アドリアン・イングリッシュ 4

海賊王の死

ジョシュ・ラニヨン

冬斗亜紀〈訳〉

Death of a Pirate King

by Josh Lanyon

translated by Aki Fuyuto

Monochrome Romance

Death of a Pirate King
by Josh Lanyon

海賊王の死

Death of a Pirate King

Adrien English 4

CHARACTERS

アドリアン・イングリッシュ

ミステリ作家で書店経営者
35歳。心臓に疾患を持つ

ジェイク・リオーダン

LA市警の主任警部補
42歳。既婚

ガイ・スノーデン

UCLAの教授
アドリアンと付きあっている

リサ・イングリッシュ

アドリアンの母

イラスト：草間さかえ

偶然とは、充分にさかのぼって見たならば、すべて必然である

（ヒンズー教の言葉より）

1

僕向きのパーティとは言えなかった。

まあ、死人が出たあたりは僕好みだろうと言われるかもしれないが、僕だってそんなものを楽しいパーティの基準にしているわけでもなければ、死体とのご対面を日課にしているわけでもない。大体、最後に僕が殺人事件の捜査に関わってから、もう二年が経っていた。

僕は、書店を経営して生計を立てている。売るだけでなく、自分でも本を書いていたが、そ

っちは生計を立てるまでとはいかない。なのにどういうわけか、僕が書いた一冊が映画化されることになり、それでこのパーティの場にいたのだった。ハリウッドに。くり返しになるが、僕向きではない——少なくとも、ポーター・ジョーンズが倒れて、ヴィシソワーズの皿に顔からつっこむまでは。

彼が倒れた時、悪いが僕は、ほっとしていた。

それまで十分間、だらだらとしゃべり続けるポーターに耳を傾けては礼儀正しくうなずき、ごくたまの言葉の切れ目に吐きかけられるやたら酒臭い息にも耐えてきたのだ。僕が本当に話したい相手は、混み合った長いパーティテーブルの向こう側に座る脚本家のアル・ジャニュアリーだった。ジャニュアリーは僕のデビュー作『殺しの幕引き』の映画化シナリオを担当している。彼がどう言うか、是非聞いておきたかった。

それなのに、心ならずもポーターから、カリブ海の島国セントルシアでのカジキ釣りについて長々と講釈される羽目になっていたのだった。

リネンのテーブルクロスに白いヴィシソワーズがはねとび、僕は立ってテーブルから下がった。誰かのしのび笑いが聞こえる。しゃべり声とフォークやスプーンの音が入り混じった喧騒が、すっと途絶えた。

「ちょっと、ポーターったら！」

ポーターの妻がテーブルの向こうで甲高い声を上げた。

ポーターの肩が震え、一瞬、僕は彼が笑っているのだと思った――いや、スープを気管に吸いこんで何が楽しいのかはさっぱりだが。僕の方は、最近似たような思いをしてきたばかりだ。

「倒れるほどおもしろいジョークを言ったのかい、アドリアン？」

ポール・ケイン――パーティの主催者が、僕に軽口をとばした。倒れたポーターを見ようとしてか、ケインも椅子から立ち上がる。彼の発音はいかにもエリート然としたイギリス風で、その口から出ると「バターを取ってくれ」という何気ない言葉も「標的を狙え！」と同じくらい印象的に響く。

スープが、僕の座っていた椅子に滴った。僕は動かなくなったポーターの姿を見つめた。日焼けしたうなじの皺、インディゴブルーのポロシャツの襟元から出た肉のたるみ。ロレックスがはまった太い腕は、ピクリともしない。

多分、彼がスープ皿に突っ伏してから二十秒ほどもかかっただろうか、やっと目の前の事態が呑みこめてきた。

「大変だ」

僕はポーターをスープ皿から引き上げる。ポーターの体はぐらりと右へ傾き、自分と僕の椅子を倒しながらカーペットへドサッと倒れこんだ。

「ポーター！」

悲鳴を上げて妻が立ち上がり、染めた金髪が肉感的でしみだらけの肩に広がった。

「馬鹿な！」ケインがいつもの悠然とした態度を失って声を立て、倒れたポーターを見下ろした。「彼は――まさか……？」

ポーターの状態は、一言では言いがたかった。顔はヴィシソワーズでギラつき、鼻の下の白いひげも光っている。淡い目はカッと見開かれて、そんな崩れた体勢の自分に憤っているかのようだった。ぽってりした唇は開いたまま、何の動きも声もない。彼は、息をしていなかった。

僕は膝をついて言った。

「心肺蘇生できる人、いませんか？　僕はちょっと無理そうなので」

「誰か救急車を呼んでくれ！」

ケインが、以前銀幕で演じた軍人役のような口調と態度で命じた。

「交替でやろう」

アル・ジャニュアリーが言いながら、ポーターの体の向こう側に屈みこんだ。彼はほっそりとした六十代の男で、チェリーレッドのズボンを穿いているというのに上品に見えた。おだやかで心安い雰囲気がある。チェリーレッドのズボンにはそぐわない落ちつきだった。

「肺炎が治りきっていないので」

僕はそう答える。倒れた椅子をどかして、ポーターの周囲に場所を空けた。

「ああ……」

アル・ジャニュアリーはうなずいて、ポーターの上に屈みこんだ。


ローレル・キャニオンの豪邸に救急救命士が駆けつけた時には、もう手遅れだった。

それから、僕らはパーティのあった正餐室《ダイニングルーム》から客間へ追い出された。大体、全部で三十人ほどか、僕以外は皆、何かの形で映画制作やビジネスに関わっている人々だ。

優美な暖炉の上にある金ピカの置き時計をちらりと見て、僕はナタリーに電話しなければと思った。彼女は今夜デートの約束があるので、早めに店を閉めたがっていた。

それと、ガイにも電話しないと。とてもじゃないが今夜のディナーに出かける体力は残りそうにない――もし運良く、ここから一時間程度で解放されたとしても。

ポーターの娘と言っても通用しそうなくらい若い妻は、ピアノの脇に腰を下ろして泣いていた。二人の女性がやや上の空で彼女をなぐさめている。どうして妻まで夫のそばから追い出されたのだろう？　僕なら、死ぬ時には誰か愛する相手にそばにいてほしい。

ポール・ケインが、救命士が何やら残りの仕事を片付けているダイニングルームへふらっと入っていった。

しばらくしてから戻ってきたケインが、皆に告げる。

「じき、警察が来るそうだ」

がやがやと、狼狽や不満の声が上がった。

つまり、ポーター・ジョーンズの死は自然死ではなかったということか。そんなことじゃないかと思っていた。僕に殺人を嗅ぎ分ける特殊能力があるとか訓練を受けたわけではなく、ただ僕は……心底、本当に、この手のことに運がないのだ。

ポーターの妻——アリーと呼ばれていた——が顔を上げて、言った。

「あの人、死んだの？」

夫が、銛《もり》を打ちこまれたセイウチみたいに背中から床にドサッと倒れた時から、もう助からないのはわかりきっていたと思うのだが、楽天的な女性なのだろう。僕が、その手のありがたくない経験を積みすぎているだけか。

彼女の横にいる女たちが、またおざなりになだめる。

ケインが僕へ歩みよって、こなれた、魅力的な微笑で話しかけてきた。

「君は何ともないかい？」

「僕？　大丈夫ですよ」

ケインはそんな言葉に誤魔化《ごまか》されないよ、というように微笑んでいたが、本当に僕の気分は悪くなかった。一週間近くも入院した後ではどんな環境の変化も新鮮だったし、それに大多数の客と違って、人が突然死んだ後にどんな成行きを覚悟するべきか、それなりの予備知識もある。

　ケインが、花柄の大きな長椅子に腰を下ろした。この部屋はインテリアデザイナーがしつらえたものなのだろう、薔薇柄だとか安っぽい金ピカの置き時計がこの男の趣味だとは思えない。魅惑的な青い目を僕にひたと据えて、彼が言った。

「どうにも嫌な感じがするねえ」

「ええ、まあ」

　僕は同意した。自宅で客が変死するのは、一般的にいい感じのものではなかろう。

「ポーターは、何か君に言ってたかい？　どうも、随分としつこく君をわずらわせていたようだが」

「彼が話していたのは、塩水の上のスポーツフィッシィングのことばかりでしたよ」

「ああ、彼の情熱」

「情熱はいいものです」と僕は応じる。

　ケインが僕の目を見つめて、微笑んだ。

「相手がよければね」

　僕は、疲れた笑みを返した。ケインが僕を口説きにかかっているとは思えない。何と言うか、役者の反射神経みたいなものだろう。

　ケインは僕の膝をポンと叩いて、立ち上がった。

「もうじき終わるさ」

この手のことの実態を知らないのだろう、能天気に言った。

それから四十分も待たされただろうか、客間のよく注油された蝶番《ちょうつがい》が音もなく動き、ドアが開いて、スーツ姿の二人の刑事が入ってきた。片方は三十歳くらいのヒスパニックでいかにも野心的でやる気をみなぎらせており、そしてもう一人は、ジェイク・リオーダンだった。

まさに、衝撃。ジェイクは主任警部補に昇進しており、わざわざ現場に顔を出す必要などない筈だ——よほど重要な事件と見なされない限り。

僕はジェイクを見つめた。まるで初めて見るかのように——ただ今回は、多少の裏知識付きで。

ジェイクは、前より年を取って見えた。冷徹で猛々しく、金髪、大柄の、相変わらず魅力的な姿だ。だが以前よりも削ぎ落とされた感じで、雰囲気が鋭利になっていた。前よりも、険しく。

最後に彼の姿を見てから、二年になる。至福の二年間とはいかなかったようだが、今でもジェイクは言葉にできない何かを漂わせていた。どこかしら、若い頃のスティーブ・マックイーンとか、少し枯れたラッセル・クロウのような。映画業界の人間の中をうろついていたせいで、つい映画を基準に物事を考えている。

見ていると、ジェイクの黄褐色の目が室内をよぎり、ポール・ケインに留まった。ケインの

顔に安堵の色が浮かび、この二人が知り合いなのだと僕はピンときた。二人の視線が出会い、絡んで、離れる――そこに、何かがにじんでいた。誰もが気付くようなものではないが。ただ僕はたまたま、そのジェイクの表情が何を意味するのかよく知る立場にあった。

そして、このジェイク・リオーダンのひそかな性的逸脱を知る僕としては、ポール・ケインにまつわる噂も真実だったのだろうと結論づけた。

「皆さん、聞いてもらえますか？」

若い方の刑事が声をかけた。

「こちらはリオーダン主任警部補、私は刑事のアロンゾです」

彼はさらに話を続け、ポーター・ジョーンズの死因はまだ不明だが今から警察による事情聴取が行われること、まずは被害者の両隣に座っていた客から始めると告げた。

ケインが答えた。

「隣にいたのは、ヴァレリーと、アドリアンだね」

ジェイクの視線が、ケインの示した方へ流れる。そして僕を見つけた。ほんの一瞬、ジェイクの顔が凍りついたようだった。こっちは心構えをする数秒があって幸いだった。おかげで僕は、彼をまっすぐ見つめ返すことができた。ささいな優越感。

「でも、何で……」未亡人になりたてのアリーが反問した。「まさか、警察は――いいえ、警察はどういうつもり？　あの人が殺されたとでも？」

「奥さん――」

アロンゾ刑事がうんざりと言いかかった。

ジェイクは何か、低い声でケインに問いかけ、ケインが答えた。それからジェイクが口をはさむ。

「ミセス・ジョーンズ、あちらの部屋でお話をうかがえませんか？」

アリーをつれて、彼はラウンジへつながるドアへ向かった。ついてくるよう、アロンゾにうなずく。

アロンゾは、ポーターの死因は不明だと言ったが、警察が事情聴取を始めたとなるとやはり何か不審な点があると思った方がよさそうだ。

アロンゾに代わって制服警官が僕らへ指示を出し、申し訳ないがしばらく待ってほしいということと、お互い同士で話をしないように、と命じた。途端に全員が口を開く――主として抗議の声だった。

そんな状態が少し続いた後、ラウンジへ続くドアが開き、皆がぎくりとしてそちらを見やった。アリーが、凛《りん》として出てきた。

「一生一度の見せ場ってところだね」

僕の隣でアル・ジャニュアリーがそう述べる。目を向けた僕へ、彼は微笑んだ。

「ヴァレリー・ローズは、こちらへ」

アロンゾ刑事が呼んだ。

茶色い髪の、すらりとした四十代の女性が立ち上がる。このヴァレリー・ローズが僕の『殺しの幕引き』の映画版を監督する――撮影に取りかかるとして、の話だが。もはや雲行きは怪しいものだ。彼女はごく薄化粧で黒っぽいパンツスーツを着ていた。緊張を見せずにアロンゾ刑事の横をすぎて、隣の部屋へ入っていった。

十五分ほどしてから、扉がふたたび開く。出てきたローズは無言のまま部屋を横切っていった。アロンゾ刑事が僕を呼ぶ。

「アドリアン・イングリッシュ、こちらへ」

病院で名前を呼ばれる時に似ている。大丈夫、怖くないよアドリアン、ちっとも痛くないからね……。

僕は沈黙と、皆の視線を感じながら、隣の小部屋へ入っていった。

室内は雰囲気がよく、きっとケインが書斎として使っている部屋だろう。ケインはいかにも書斎を愛用しそうなタイプに見えた。ガラス扉の書棚、大きな暖炉、いくつもの革張りのソファ。壁際にテーブルと椅子が置かれ、事情聴取はそこで行われているようだ。

庭を臨む大きな張出窓の前に、ジェイクが立っていた。石のような横顔をちらっとだけ見てから、僕はアロンゾとテーブルをはさんで向かいの椅子に腰を下ろした。

「では――」

アロンゾが話を始める前にメモを書きつける。

ジェイクが振り向いた。

「eのつくアドリアンだ」そう、部下に教える。ジェイクと僕の視線が合った。「ミスター・イングリッシュとは前に面識があってな」

まあそういう言い方もできるだろう。突如として僕の中に、ぎょっとするほど鮮やかな記憶がよみがえってきた――僕の髪に、ジェイクが囁きかけている。「ベイビー、お前のせいで、こんなに……」――この上なくタイミングの悪い追憶。

「そうですか」

アロンゾは漂う緊張感に気付いた様子もなかった。刑事だから、普段からこわばった空気に慣れすぎているのだろう。

「では、お住まいはどちらに、ミスター・イングリッシュ？」

僕の住所と仕事について、手早く聞き出す。それからアロンゾは本題に入った。

「亡くなったミスター・ジョーンズとはどのくらい親しい仲ですか？」

「今日、初めて会った」

「ミセス・ビートン＝ジョーンズによれば、あなたと被害者は食事中、熱心に話しこんでいたそうですが」

ミセス・ビートン＝ジョーンズ？　ああ、成程《なるほど》。旧姓と夫の姓をつなげて複合姓にしているのだ。いかにもハリウッド。ポーターの妻のアリーのことだろうと僕は見当をつける。

アロンゾへ答えた。

「話していたのは彼で、僕は聞き役だった」

これまでの経験から、警察には余計な話をするべきでないと身にしみていた。

ちらっと、ジェイクを見る。彼は窓の方を見つめていた。左手に金の結婚指輪。その金色が日の光にやたらときらめいている。小さな太陽。

「被害者は何の話を？」

「正直言って、細かくは覚えてない。ほとんど沖釣りの話だった。カジキ釣りの。ご自慢のハトラス社の四十五フィートの高級クルーザーで海にくり出して、ね」

ジェイクの唇がピクッと揺れたが、視線は窓の外へ据えられたままだった。

「海釣りに興味があるんですか、ミスター・イングリッシュ？」

「特には」

「どのくらい長く話してました？」

「多分、十分くらい」

「何が起こったのか教えてもらえますか」

「僕は、飲み物を取ろうとして横を向いた。彼——ポーターが、ただ……テーブルにばたっと倒れたんだ」

「あなたはどうしました？」

「ポーターが動かないとわかると、すぐ肩をつかんで引いた。彼は椅子からすべり落ちて床に倒れた。それで、アル・ジャニュアリーが心肺蘇生をした」

「あなたも心肺蘇生のやり方は知っていますよね？」

「ああ」

「夫人は、あなたが被害者へ心肺蘇生を行うのを拒否したと」

僕は彼を見て、まばたきした。ジェイクへ視線をやる。黄褐色の目が僕をまっすぐ見据えていた。

「拒否する理由があるんですか？　ＨＩＶ陽性だとか」

「違う」

その問いにこみ上げてきた怒りは、自分でも驚くほどのものだった。僕はそっけなくつけ足す。

「肺炎が治ったばかりなんだ。だからまともに人工呼吸ができるとは思えなかった。もし誰もやらなければ、その時は自分でやってたさ」

「肺炎？　そりゃあ災難だ」下っ端刑事に同情される。「もしかして、入院したり？」

「ああ、ハンティントン病院で五日ほど、楽しくすごしたよ。医者の名前と連絡先なら喜んで教える」

「いつ退院を?」

「火曜の朝」

「それで、すぐ日曜のパーティに参加を?」この問いはジェイクからで、上辺だけ親しげな、嘲りの口調だった。「ポール・ケインとはどういう知り合いだ?」

「会うのは、今日が二度目だ。僕の小説の映画化権を、ケインが買ったんだ。それで僕と監督や脚本家の顔合わせをしておこうと、彼がこのパーティを主催した」

「つまり、あなたは作家だと?」

アロンゾが問いただした。まるで僕が重要なことを隠蔽したのをたしかめようというように、手帳をのぞいている。

僕はうなずいた。

「いくつもの顔の一つだがな」

ジェイクがそうつけ加える。

正直、僕との昔の友人関係を勘ぐられたくないならジェイクはもう少し口に気をつけた方がいいと思うが、ジェイク当人は、結婚と出世のおかげですっかり安全地帯にいる気分なのかもしれない。続いてアロンゾ刑事があれやこれや聞く間は、もう口をはさまなかった。

僕はアロンゾの質問に答えながら、ポール・ケインと初めて会った時のことを考えていた。この南カリフォルニアに住んでいればいわゆる〝映画スター〟たちを見かけるのにも慣れる。

個人的な経験から言うと、映画館のスクリーンで見るほど彼らは背が高くも凛としてもおらず、肌もきれいではなく、粗《あら》が目に付くものだ。現実では、髪形だって映画の中ほど見事ではない。

ポール・ケインは例外だった。実物の彼も、昔ながらの昼ドラ主役風の魅力にあふれていた——完璧な見た目、セックスアピール、いかにも女性ファンを夢中にしそうな姿。エロール・フリンばりだ。背が高く、まるで大理石の彫像のように美しく、青い闇のような目と、金の輝き混じりの茶色い髪。整いすぎていると言ってもいいくらいだった。僕としてはもう少し粗削りな方が好みだ。ジェイクのような。

「映画化とは、大したものだ！」

アロンゾがほめる。まるでこのハリウッドが、映画で一山当てようとするシナリオライターや映画化権を買われた原作であふれ返っていることなど知らないかのように。

「それで、あなたの本はどんな話なんです？」

やや投げやりに、僕はアロンゾに自分の本の中身を説明した。

映画化予定の小説の主人公が、ゲイのシェイクスピア役者兼アマチュア探偵だと聞いてアロンゾは眉を上げたが、せっせとメモを取りつづけていた。

ジェイクがテーブルに歩みよってきて、僕の向かいに腰を下ろした。僕の首の筋肉はピンと張りつめて、今にも頭が震え出してしまいそうだ。

「しかし、あなたはパサデナでミステリ書店、クローク&ダガーを経営されてもいますよね？」アロンゾが問いつのる。「ポーター・ジョーンズは顧客の一人でしたか？」

「違うと思う。僕の知る限り、ポーターに会ったのは今日が初めてだ」

僕は、何とかジェイクの方を見やった。彼は下を見つめていた。自分の態度に殺人マニア的なものがにじみ出ていやしないかと、僕は手を見下ろす。張り出し窓から明るくさしこむ光の下で、その手は痩せて、白っぽく、肌の下の血管が青く透けていた。

腕組みして、僕は椅子の背もたれによりかかり、警戒よりも無関心を装おうとした。

話は三十分に及び、被害者を知らない人間を尋問するには長すぎる気がした。だが警察だって、本気で僕を容疑者として見ているわけはあるまい？　ジェイクが本気で、僕がポーターを殺したと疑っているわけはないだろう？　僕はちらっと角の大時計を見た。五時。

アロンゾの質問は、とりとめのない僕の身辺情報に戻っていった。ほとんど無意味な話だが、時にこうしたやり取りから意外な手がかりが浮き上がることもある。

アロンゾが驚き、僕がほっとしたことに、ジェイクが突然尋問をさえぎった。

「もう充分だろう。時間を割いてくれて感謝する、ミスター・イングリッシュ。また何かあれば、こちらから連絡する」

僕は型通りの挨拶を返そうと口を開いた——だがかわりに、笑い声がこぼれた。短く、刺々しい笑い。僕もジェイクも、その声に驚いた。

2

「まあ、なんてひどい顔してるの！」

ナタリーが叫んだ。

僕は彼女にぱちぱちと睫毛をはためかせる。

「君はいつも嬉しいことを言ってくれるよ」

ざっと、今日の売り上げレシートをめくった。

二年前、書店の従業員だったアンガスがどことも知れぬ地へ去ってから、僕はナタリーをこの店へ受け入れたのだった。数人の派遣社員を試した末、僕は——己の良識に反して——母の願いを入れ、ナタリーを雇った。

ナタリーはその時、僕の義理の妹になったばかりだった。父に死なれて三十年以上も独り身ですごした僕の母、リサが、いきなりの再婚を決め、お相手のビル・ドーテン議員には三人の娘がいたのだ。上から順に三十代のローレン、二十代のナタリー、それに十二歳のエマ。

ドーテン家は、世界一素敵な家族だった。僕はこの一家に隠された裏の顔があるのではないかと、不穏な気配に目を光らせているのだが、ない。何もなかった。たしかに、ビルは休日にイエーガーマイスターを飲みすぎていたたまれなくなるほど感傷的な酔っ払いになるし、ローレンの社会奉仕活動には巻きこまれたくないし、ナタリーは僕の知る限り男の趣味が最悪だ——僕よりはマシでも。しかしエマは素晴らしかった。

「どうしてこんな時間まで？　心配してたのよ」

「思ったより長くかかってね」

僕は曖昧に濁した。ナタリーに話した内容は一言残らず、一時間以内に家族ネットワークに筒抜けだし、今はまだ事件のことを言いふらしてほしくはない。

「楽しかった？」

ナタリーは、本気で気づかっていた。本心から、僕がパーティを楽しんできたかどうか気にしていた。このあたり、義理の家族ができて以来、どうにも慣れない。彼らから向けられる親しげな好奇心や関心は、温かいが、なじめないものだった。

僕とリサの二人だけで——まあ大半は僕一人だけで——生きてきた年月の後で、今さら周囲の注目の的になったり踏みこんで来られるのは、落ちつかないのだ。

僕は醒めた目で、ナタリーの最新のボーイフレンドを見やった。ウォレン・なんとか。彼はカウンターそばの革張りの一人がけソファに伸び、退屈そうにしていた。だらしなく広がった髪、貧弱な体、顎からヒョロッと垂れた山羊《やぎ》ひげ。あれを見るたびに僕はよく研いだ剃刀がほしくなる。それも、ひげを剃る目的ではなく。

ウォレンは〝オンナ日照り〟と胸に書かれたTシャツを着ていた。ミュージシャンか何からしいが、今のところ彼がかき鳴らしているのはギターの弦ではなく僕の神経だけだ。

ナタリーを雇ったのは、これまでで最高の決断だった。彼女の唯一の問題点は、しつこくウォレンも雇わせようとすることだけだ。

「まああね」と僕は答えた。「二人ともコンサートか何か行くんじゃなかったのか?」

ウォレンがやっと息を吹き返した。

「そうだよ、ナット、もう行こうぜ」

「リサから電話が四回あったわ。あなたが退院してこんなにすぐ出かけるから心配してた。電話してあげて」

僕はぶつぶつと呟き、ナタリーと目を合わせた。彼女がクスッと笑う。

「あなたはまだ、リサの可愛い子供なのよ」

ウォレンが小馬鹿にしたように笑った。

心底、こいつにはうんざりしてきた。

「リサには電話しとくよ。戸締まりをたのむ」

ナタリーはうなずき、僕は二階にある自分の住居へと向かった。何年も前、父方の祖母から相続した金で僕はこの建物を買い、クローク&ダガー書店を開いたのだった。あの時は、作家として独り立ちするまで食いつなぐ手段のつもりで。

二階のフラットの明かりをつけた。留守番電話の赤いライトが点滅している。メッセージが八件。僕は再生ボタンを押した。

『ダーリン……』

リサだ。僕は早送りボタンを押した。

『ダーリン……』

早送り。

『ダーリン……』

嘘だろ？　早送り。

『ダーリン……』

勘弁してくれ！　早送り。

早送り――早送り――早送り――。

スピーカからのガイの声が、部屋の静寂を破った。

『やあ、今日はどうだった？』

ガイ・スノーデンと僕の出会いは二年前で、ジェイクと離れてから、僕は彼とつき合うようになった。停止ボタンを押し、受話器を取り上げたが、ふと僕は考えこんだ。

もし今からガイに電話すればきっと短い話ではすまないだろうし、今の感情を直視するには、僕は疲れすぎていた。ガイがどう反応するにせよ、それを受けとめる余裕もない。

受話器を戻し、僕はバスルームへ向かうと、鏡の中の目が落ちくぼんだ顔を見ないようにした。猫が引きずってきた獲物のようにボロボロの有り様だと、あえて己を思い知る必要はない。

実際、猫の獲物のような気分だった——何時間か、かじられた末の。胸が痛いし、肋骨も痛い。咳をするのもつらいのだが、肺をきれいにするためにも咳を我慢してはならないと言われている。まったくもって、幸せ一杯の状況だ。

抗生物質を飲み、僕はカウチに寝そべった。十五分休んだらリサに電話しよう。余力があれば、ガイにも電話してパーティとポーター・ジョーンズの死、そしてジェイクのことを話そう。ガイには楽しくない話題だろうが——特にジェイクの部分は。いや、ジェイクと僕がどういう関係だったのか話したことはない。だが、ガイはカリフォルニア大学ロサンゼルス校《UCLA》で歴史とオカルトを教える大学教授だが、ジェイクが捜査していた殺人事件の容疑者にされたことがあって、そのせいで警察というものに、とりわけジェイクに、あまりいい印象を持っていないのだった。

僕は、今日のポール・ケインの邸宅でのパーティのことを思い返した。まあ、この午後の出来事を〝パーティ〟の一言でくくるのは無理があるか。死んだポーターとの初対面をはっきり思い起こそうとする。部屋のバーカウンターの中に立ったケインがカクテルを作りながら、僕らを紹介したのだった。ケインは、カウンターにしばらく置かれていたグラスを僕に渡し、言った。

「これはポーターの分だ。俺の秘蔵のレシピでね」

僕は、そのグラスをポーターへ渡した。

勿論、その一杯だけでなく、ポーターはあの日たっぷりと酒を飲んでいた。彼へと、山ほどのグラスが手渡されていった……。


目を覚ますと、階下でブザーが鳴り響いていた。

たて続けに見た奇妙な夢を引きずったまま、僕はぼうっと、カウチに起き上がった。部屋の角に濃い影がわだかまっていた。ほんの一瞬、自分の家ではなく、どこか、他人の家にいるような感覚があった。まるで僕が消えた後で、他人が数年間住んだ家のように見えた。ビデオデッキに表示された時計で、八時だと知る。しまった。ガイとのディナーをすっぽかしてしまった。

階下のブザーがまた鳴った。やかましく、せかすように。

ガイではない。彼なら鍵を持っている。

まさかな、と僕は思った。途端に、口いっぱいの埃を吸いこんだように咳きこむ。多分、埃をかぶった思い出を。

　立ち上がる。いきなりスイッチが入ったように、アドレナリンで全身がざわついていた。一階へ下り、店の明かりをつける。のしかかるように高い書棚と洒落た配置の椅子の間を抜け、静かな店内を横切りながら、僕の視線はセキュリティゲートの向こうにたたずむ背の高い影に据えられていた。

　どうしてか、わかっていた——彼が動いて、ポーチライトのくすんだ黄色い光の中に、姿を見せる前から。

　僕は口の中で毒づいて、店のドアの鍵を開けた。セキュリティゲートを横へ引き開ける。

「入ってもいいか?」

　ためらい、それから僕は肩をすくめた。

「どうぞ」横へのく。「ほかにご質問は?」

「それだけだ」

　ジェイクが店の中へ歩み入って、周囲を見回した。

　この春、僕は店の続きのフロアを買っていた。内装をはぎ取られた隣の店内と書店は今、透明な分厚いビニールの壁で仕切られていた。それ以外は、とりたてて変化もない。居心地のいい椅子、フェイクの暖炉、背の高いウォルナットの本棚、相変わらず神秘の微笑みを浮かべた東洋風の仮面。昔のままだ。僕以外は。僕は、大きく変わった。

ジェイクと出会った日のことを思い出す。彼がロバート・ハーシーの殺人事件の捜査で、初めて店を訪れた時のことを。僕はジェイクが怖くてたまらず、今にして思うと、あのまともきわまりない第一印象を信じておくべきだったのだ。

ジェイクの視線が、やっと僕に留まる。彼は何も言わなかった。

「デジャヴだね」

僕はそう言って、自分の口調がまったく普通だったことにほっとした。

もっとも、ジェイクはそれに苛立ったようだった。いや、僕らの間に事件捜査以上の関係があったことを蒸し返されて、気にさわったのかもしれない。

ジェイクが無感情に言った。

「今日の聴取で、お前が何を隠していたのか聞きに来た」

これにには意表を突かれた。

「何もないよ」

「誤魔化すな。お前の頭の中はわかる、何か隠しているだろう」

これはなかなか皮肉なセリフと言えた。

「僕が?」

ジェイクはわずかも揺るがず、譲らず、僕を見つめ返した。

「ああ」

「へえ。時間が経っても、人間あまり変わらないもんだな」

「そうだな」嫌みったらしい口調だった。「二年も経って、またお前を殺人事件の真っ只中で見つけたってわけだ。偶然か？」

「違うとでも？」

言い返して、僕はまたひどく、ゴホゴホと咳き込み出した。

ジェイクはただそこに立って、僕を見ていた。

息がつけるようになると、僕は喘ぐように言った。

「もし、僕に黙っていたことがあるとすれば、多分、お前とポール・ケインが……顔見知りだ、ってことかもな」

何の返事もなかった。

「相変わらずのSMクラブ通いってわけか？」

ジェイクが片眉を上げた。

「まるで嫉妬しているように聞こえるぞ、アドリアン。それに、刺々《とげとげ》しい」

本気か。僕は呆気《あっけ》にとられる。

「まさか。単なる好奇心さ」

「どんな？」

「どうせ僕には無関係の話だ」と僕は肩をすくめた。

「その通りだ」

ぴしりと言い返された。一瞬置いて、ジェイクがゆっくりと言う。

「なら、それだけだったのか？　お前は、俺とポールが……知り合いだと察した？」

「ああ、そうさ」僕は嘲った。「人に言えない知り合いなんだろ」

沈黙。

僕らの関係が終わった後、ジェイクから、二度電話があった。二度とも僕は留守にしていて、電話には出られなかった。もしかしたら、いたけれども、出なかっただけかもしれない。とにかく、無言で切れた電話が誰からだったのかは、発信者番号でわかった。

さらに日が経ち、すべてが収束してから十一ヵ月もして、ジェイクからまた電話があり、今度はメッセージが残っていた。

――ジェイクだ。

僕が、彼の声も番号ももう忘れたとでも？

沈黙。

――たまにでも、お前と話ができたらいいと思ってな。

成程？　と、ジェイク当人なら小馬鹿にした返事をするところだろう。

また、沈黙。

ツー・ツー・ツー……。

二人で、何の話をするというのだ。話題は？　彼の結婚生活？　仕事の話？　天気の話？

「じゃあ、これでいいか？　それだけか？」

声がギリギリまで張りつめているのが自分でもわかったし、ジェイクにも聞き取れた筈だ。ジェイクと言い合うような気力はもうなかった。このままここに立ち、平然としたふりをする余力もなければ、今まさに古傷が――思うほどには癒えていなかった傷が――口をぱくりと開けつつあることを誤魔化すだけの力もなかった。

ジェイクが、無感情な声で答えた。

「ああ、それだけだ」

3

「まったく信じがたい」ガイが言った。「どうかしているよ、運がないにもほどがある」

「有効期限が切れてるのかもね？」

僕はそう応じてみた。

ガイは、シュリンプのロブスターソースとライスの入った白いカートンを並べていた手を止めると、二本指を立てて、僕に手の甲を見せた。イギリス風の侮辱ポーズ。

「二語かな」僕はたずねる。「ヘルプ・ミーとか？」

ガイが、あまり気持ちの入っていない笑みを見せた。その、陽を透かした波のように鮮やかな緑の目が僕の顔を見つめ、ふっと細まった。

「今日は体に負担をかけすぎてるよ、君は」

「体がなまっててね。それに、殺人事件って結構疲れる」

その言葉が、忘れていてほしかったことをガイに思い出させてしまった。

「しかもだ、警察官は大勢いるというのに、どうしてよりにもよって、あのリオーダンの奴が現場に顔を出さなきゃならないんだ？　本当に信じられないよ。彼は昇進したんじゃなかったか？」

「主任警部補にね。多分、ポール・ケインと知り合いだからだろう。重要事件だし。マスコミが注目する」

「警察は――あいつは、まさか君が事件に関与していると……？」

「思ってない」

ガイは自分にワインを、僕にミネラルウォーターを注いだ。キッチンとテーブルに腰を下ろすと、むっつりと食べはじめる。

「君は、もしかして、今回も首を……」

「いや。そんなつもりはないよ」

ガイの肩から、少しだけ力が抜けた。

僕は、ガイと出会った二年前の事件の時のことをたずねる。

「警察にガリバルディのことを話した時、僕のことは言わなかっただろ？」

「可能な限り」

「つまり？」

「つまり、あのリオーダン刑事は、情報源が誰かお見通しの様子だったってことさ」ガイは僕を見つめた。「向こうは問いただそうとしなかったし、こっちもわざわざ言いはしなかった。名前を出すなと、君にたのまれていたからな。だが、それでも……」

「何？」

「こう、リオーダンの顎に、力がこもっているのはわかったよ」ガイは自分の鋭い、日焼けした顎をさしてみせた。「君の名が出るたびに、その筋肉が引きつるんだ」

「じゃあずっと痙攣《けいれん》してるみたいになってただろ」

ガイは笑わなかった。

僕はテーブルごしに、ガイへ手をのばした。

「なあ、ガイ、嫌なことを思い出させて悪かった。今回のことは、僕には関係ない事件だ。関わるつもりもない」

ガイは僕の手を取ったが、まだ表情は固かった。

「君のことが不安なんじゃない。あの、忌々《いまいま》しいリオーダンの方が信用ならないだけだ」


リサからの電話がかかってきた時、僕らはベッドに寝そべってマイケル・ペイリンの旅行番組〝ヨーロッパ再発見〟を見ていた。というか見ていたのはガイで、僕はうとうとしていた。見事な騎士道精神で、ガイは僕の盾になってくれた。僕はそれに甘えて、一方通行の会話に耳を傾ける。

「アドリアンは大丈夫だよ、リサ。ああ、そばにいる。早めに寝てるよ」

哀れなガイ。まるで尋問だ。リサは何を考えているのだ、僕らが別々の部屋で寝ているとでも？　二段ベッドの上下に分かれてとか？

僕はリモコンでテレビのボリュームを落とした。ベッドルームにテレビを置くのはガイのアイデアだった。ベッドで読書より、一緒にテレビを見る方がより親密だと感じたようだ。もっとも、僕らがベッドでそう知的な活動をしていたわけではないが。

「ああ、薬も今日の分は全部、飲んでいたよ」

「勘弁してくれ」

僕はそう呟く。僕を見るガイの目に笑みが浮かんだ。

「ああ、食事もしてる。休息も取ってる。明日、電話させるよ。ああ、必ず電話させるから」

僕はひょいと眉を上げた。ガイが応じて、自分の眉を上げる。

頭の後ろで手を組み、僕は窓のレースカーテンの向こうで光る街灯を見つめた。誰にも言うつもりはなかったが、自分の体力の、あまりの衰えぶりが怖くてたまらなかった。肺炎の予後につきものの疲労感だとわかってはいる――ズキズキする肋骨やひどい咳と同じく。だがこの疲弊感と息切れは、昔の嫌な記憶をつれてくる。病院のベッドも、同じく。

もし僕の時間が尽きるなら、落雷のように、一瞬の終わりがいい。絶対に、病院のベッドで点滴のチューブだらけにされて色々な装置につながれ、息をしようともがきながら死んでいきたくはなかった。

「おやすみ」

ガイがそう受話器に囁くと、電話を切り、体をのばして子機をスタンドに戻した。

「ありがとう、助かったよ」

「リサは可愛いぞ。人形みたいだ」

「うーん、チャッキーの花嫁並みには……」

ガイは笑いをこぼすと身を屈め、涼しい吐息と彼の唇が、僕の唇にふれた。

「君が一言言ってくれさえすれば、彼女の恒久的な相手を引き受けるんだがね」

僕は軽いキスを返した。ガイが眉を上げる。

「ノー?」

　僕は溜息をついた。

「どうすれば、私が本気で先のことを考えていると、君に信じてもらえるんだろうな」

「単に僕が、一人の生き方に慣れすぎてるのかもしれない。一人暮らしが長すぎたかもね」

「君は三十五歳だ、アドリアン。人生の盛りはまだこれからだろう」

　だが、そんな気はまるでしなかった。このところ前よりも頻繁に喉元で鼓動が乱れるのを感じる。それをガイには言えなかったが。ほかの誰にも言えはしなかったが。

「君を愛しているのはわかってるだろ」ガイが続ける。「だろう? なら、何が問題なんだ」

「わからない。多分、問題は僕にあるんだろう」

「いいや。君は、ただ時間が必要なだけさ」ガイはまた僕にキスをした。「いいよ。好きなだけ、時間をあげるから」


　翌日の月曜、朝方に僕とナタリーが商品ロスをどうするか話し合っていると——ナタリーは本の万引きよりも店の人手不足の方が重罪だと言い張っているが——アロンゾ刑事が、ジェイクと連れ立って店に現れた。

「少々お時間をいただけますか、ミスター・イングリッシュ?」

アロンゾが工事のビニールシートの向こうから響く機械の騒音に負けじと、大声でたずねた。

僕は、ジェイクを見た。彼の表情からは何も読み取れなかった。

二人をつれて、奥のオフィスへ向かう。ジェイクは壁にもたれかかり、まるで部下の訓練課程を見守る監視役のような態度を取っていた。

アロンゾが切り出した。

「昨日の聴取の後、何か新たに思い出したことはないかと思いましてね」

「たとえば、どんなことを？　僕がポーター・ジョーンズを殺したとか？」

彼の笑顔は、すばしこいネズミを前にした猫のようだった。

「そんなようなことです」

「いいや。意識的には、やった覚えがないね」

アロンゾが興味を引かれた様子を見せる。

「それはどういう意味です？」

昼食の席につく前に僕がポーターに手渡したカクテルのことを、言おうかどうか昨日からずっと迷っていたのだが、ここで言ってしまう方が簡単――そして安全――だろうという結論を出した。僕は答える。

「つまり、もし毒殺なら、僕がその毒の入ったグラスを彼に手渡した可能性はあると思う」

「被害者が毒殺されたと、どうしてそう思うんですか、ミスター・イングリッシュ？」

「撃たれたり刺されたりしていたなら、さすがに僕も気がついただろうからね」

アロンゾは許可を求めるかのようにジェイクの方へ視線をとばした。

「あなたの態度はなかなかのものですな、ミスター・イングリッシュ。失礼ながら」

「いいや、気にしてないよ」

アロンゾは黒い眉をぐっとしかめた。

「あなたには意外ではないでしょうが、検死官の所見によれば、ミスター・ジョーンズは毒殺された可能性が高いそうです」

「ああ」

この先の展開が読めた気がした。

「その毒を飲んだと思われるグラスも発見されました。ゴミ袋の中に捨てられて割れていたが、指紋は充分残っていた」

「当てようか。僕の指紋だ」

「ビンゴ！」

アロンゾ刑事が応じる。この役回りを楽しんでいる様子だった。

警察から聴取を受けるのはこれが初めてではないし、何も後ろめたいことはない、と僕は己に言い聞かせる。

「さっき、僕が無自覚に毒を手渡した可能性はあると言っただろ。食事の席に着く直前、僕はポーターにカクテルのグラスを渡した。グラスには僕以外の指紋もあっただろ？」

「被害者、ジョーンズのね」

「ポール・ケインの指紋もついていた筈だ」

「まあ、あそこは彼の家ですから」

アロンゾがそう指摘する。

ジェイクが口を開いた。

「興味深いのは使われた毒物だ」

僕はこの時に至ってやっと、彼の方へ目を向けた。ジェイクの凝視には感情がなかった。

アロンゾが質問する。

「あなたは心臓が悪いですね？」

ジェイクの視線が、さっとアロンゾの方へそれた。僕はうなずいた。

「どのような薬を服用していますか？」

「ジゴキシンとアスピリン」

「ジゴキシン。その薬は、ジギタリスから抽出されたものですよね？」

「その通りだ。心拍数を下げ、心臓の収縮力を高める」

「錠剤で、それとも注射か何かで？」

「錠剤で」

そう言って、僕は待った。次に何が来るのかはわかっていた。

「興味深い事実がありましてね。検死によれば、被害者のジョーンズの死因は、ジギタリスの成分を大量摂取したことによる心臓発作でした」

二人の目が、僕を見つめた。

初めてか、二度目の殺人事件の頃であれば、僕は震え上がっていたかもしれない。だが今の僕は、アロンゾを見つめて、当惑していた。

「あのグラスはバーカウンターにしばらく置かれたままだったんだ。カウンター周りは特に混雑してたし。誰だろうとあのグラスに何か入れられたと思うよ」

「そのグラスが被害者のだと、ほかの客は知らなかったのでは？」

「僕だって知らなかったさ。ポール・ケインがそのグラスを渡してきて、ポーターの分だと言ったんだ。それで僕はグラスをポーターに渡した」

「ジギタリスの入手には処方箋が必要ですよね？」

「いいや。つまり、ジギタリスの強心配糖体はキツネノテブクロあるいは同名のジギタリスと呼ばれる植物に含まれる成分であって、この植物自体はかなりありふれているものだ」

僕の脳裏に、ポーターランチにあるリサの家の、伝統的なイングリッシュガーデンで優美に咲き乱れたジギタリスの光景が浮かんだ。

「全草に毒があるが、特に葉の毒性が強い」

「随分と詳しそうですな」

「テレビ番組をよく見るんでね、そこで」

「しかもあなたはミステリ作家だ。毒についての知識は豊富でしょう」

「もう結構。その上、僕は心臓病患者だし、誰かを毒殺する気になったら、もう少し自分に縁のない毒を使うだろうよ」

アロンゾはまた、助言を求めるような目をジェイクへ向けた。反応なし。

「ミスター・イングリッシュ、言わせてもらえば、これまで大勢の容疑者を取り調べてきましたが、普通なら殺人の容疑者にされた人はもっと違う反応をするものです。無実であれば」

「殺人事件の取調べを受けるのはこれが初めてじゃないからね」

僕はそう応じた。ジェイクの方を向く。

「僕とどういう知り合いだったのか、教えといた方がいいんじゃないか?」

ジェイクは筋肉ひとすじ動かさなかった。

「アロンゾはもう知っている」

「本当に?」僕は歪んだ笑みを浮かべた。「何もかも?」

まばたきすらせず、ジェイクは答えた。

「必要なことはすべて」

彼は、僕がその言葉を口にするのを待っていた。決定的な一言を言い放って、ジェイクが四十二年間守ってきた秘密を白日《はくじつ》のもとに晒《さら》す瞬間を思い描き、僕は鼓動が速まるのを感じた。その一言で、ジェイクに傷つけられたのと同じほど深く、ジェイクを傷つけられる——永遠に消せない傷を刻めるのだ。ジェイクの大切なものをすべて叩き壊せる。仕事、出世、結婚。僕の、ほんの一言で自分が破滅させられると、ジェイクにもわかっていた。今まさに、僕がそれを考えていることも。

ジェイクは、覚悟していた。じっと僕を見つめていたが、その目に懇願の色などなかった。彼はただ……待っていた。息もせず。

僕は、アロンゾに向けて言った。

「聞いているならわかるだろ、僕は殺人の捜査がどういうものなのか知っているし、警察にまかせておけば大丈夫だと信用しているんだよ」

アロンゾは、ジェイクと僕とを見比べ、まるで僕から不意のパンチでも食らったかのように顎に手をやった。

ジェイクが壁から身を起こし、背すじをのばして口を開いた。何故か、その声はかすれていた。

「ありがとう。これで全部だ」

彼から目を向けられて、アロンゾも同意した。

「ああ、まあ、今日のところはいいでしょう。お時間どうも、ミスター・イングリッシュ」

ジェイクとアロンゾが出ていって店のドアが閉まるや、ナタリーが問いただした。

「一体どういうこと？　あの人たち警察でしょ？」

「ああ、ただの型通りの捜査だよ」僕はそう返事をする。「昨日のパーティで人が死んでね、それで何か気がつかなかったかどうか客に聞いて回ってるんだよ」

「うわ、凄い！　つまり殺人だったってこと？」

「かもね」

僕はあえてはぐらかした。ナタリーはミステリマニアで、僕が幾度か殺人事件に巻きこまれた時、そこに自分が居合わせて「助けてあげられなかった」ことをよく嘆いているのだ。

「あなたも捜査するんでしょ？」

「冗談だろ、それ？」

ナタリーは少しきょとんとした。

「いいえ？　あ、そうそう、電話が色々かかってきてたわよ。リサが、何が何でも電話してくれって」

僕に向けたまなざしは、同情しつつも、息子としての責任を果たさない僕への非難の色もしっかり含んでいた。

「あとお医者さんから、明日の午後三時の予約確認。それと！　ポール・ケインから電話！」

「ポール・ケインは何の用だって？」

ナタリーはあきれたような笑いをこぼした。

「アドリアン、あなた一度もポール・ケインと知り合いだなんて言ってくれなかったじゃない！」

「知り合いってほどじゃない。彼が、僕の本に、まあちょっと興味を持ってて」

「興味？　つまり、映画化ってこと？」

映画化、という魔法の言葉にナタリーの声がはね上がった。僕はたじろぐ。

「少し興味を示しただけだよ」僕はあわてて、少し嘘まじりに言った。「多分、実際にどうこうなるってことはないと思うし」

ナタリーは信じていない表情だった。僕はもう一度たずねる。

「それで、ケインは何の用だか言ってた？」

「言ってなかった。ただ、すぐ電話してほしいって」

僕はうなずき、オフィスへ引き返すと、ケインに電話をかけた。てっきり秘書か何かを、少なくとも一人は通されるだろうと思っていたのだが、三度目の呼出音でポール・ケイン本人が電話に出た。

『アドリアン、調子はどうだい？』

実にいい声だった。なめらかでセクシーな。オーディオブックの朗読でもしてみればいいのに。

『昨日のことは本当にすまなかったね』

「それは自白？」

『何だって？』彼は笑い声を立てた。『ああ、警察から話を聞いたかい。どうやら俺は、一番の容疑者らしくてね』

「僕はそういう印象は受けませんでしたけどね」

『ほう？　こっちはそう感じたよ。なあ、時間があいていればだが、昼食を一緒にどうだい？少し話したいことがあるんだ』

　僕の今の望みはただ、横になって一、二時間昼寝したいだけだ。常にひどく疲れていてたまらない。だが、僕は映画の制作話を進めたかった。書店の拡張にかなり金がかかるし、祖母からの信託財産の残金を受け取れるのは五年後だ。

「あいてます」僕はそう答えた。「どこに行けば？」

『今日はスタジオにいるんだ。フォルモサ・カフェでどうだい？　一時で大丈夫かな？　君にとって、興味深い提案があるんだよ』

4

フォルモサ・カフェへ足を踏み入れると、古き良きハリウッドに時が巻き戻されたような気がした。赤煉瓦《あかれんが》、窓の上に突き出た白と黒の雨よけ、ネオンサイン。レイモンド・チャンドラーがハリウッド向けの脚本を書きながら何杯かハイボールをあおっていそうな店だった。実際、そんなこともあったかもしれない。この店は一九三九年からここにあり、今でも〝スターの集う店〟を謳っている。

壁にはスターたちの二百を超える白黒スチール写真が飾られ、中にはハンフリー・ボガート、エリザベス・テイラー、ジェームズ・ディーン、エルヴィス・プレスリーなどの姿もあった。最近のハリウッドスターもまだ食事や、せめて一杯引っかけにここへやってくる。この店のマイタイは有名で、僕が薄暗いフロアを抜けてテーブル席にたどりついた時、ポール・ケインもマイタイのグラスを傾けていた。

「やあ、来たね」

ほっとした様子だった。僕が来ないとでも思っていたのだろうか。彼はウェイトレスを手招きし、僕にもマイタイを持ってくるよう手で示した。いらないとあわてて手を振りながら、僕は赤いレザーの席に腰を下ろした。

「まさか、毒を盛られる心配をしてるのかな？」ケインがそう、悲しげな顔をしてみせた。

「僕を殺す動機は？」

今度は彼は楽しそうな笑い声を立てる。

「君は根っからのミステリ作家だな！」

「それ、文芸評論家たちに言ってやって下さいよ」

僕は微笑して、ウェイトレスにオレンジジュースをたのんだ。

「それで、どうしてあなたは、自分が警察の最有力容疑者だと思ってるんです？」

ケインはふう、と吐息をつき、感情豊かな顔にまた新たな魅惑の表情を浮かべた。

「遠回しにではあるが、死のカクテルを作ったのが俺だと指摘されてね」

僕は客観的な目でケインを観察した――少なくとも、しようとした。彼の顔はこちらの心を乱すほど端正で、やや古風な美しさが店の雰囲気に完璧なほどなじんでいた。

それにしても、ジェイクが本気でケインに容疑をかけているとは思えない。ジェイクの強烈な自己防衛本能からして、もしケインに犯人の疑いがあるなら、彼はケインに一歩たりとも近づくまいとする筈だ。

いや――まったく。ジェイクの言うことは正しいのかもしれない。僕はこの二年間で年を取り、物の見方が刺々しくなっているのか。いくらジェイクがケインの無実を信じていたとしても、あの働き者のアロンゾ刑事はケインを容疑者として調べるだろうし、そうするべきなのだ。そしてジェイクが二年前と大きく変わっていなければ、その捜査方針をねじ曲げるような真似はすまい。

「何を食べる?」

ケインがたずねた。

僕はキュウリと人参、コリアンダー、スプラウト、大根、白菜、それに細く切って揚げたワンタンの皮が入ったサラダを注文した。ケインは羊のあばら肉ローストをたのむ。食事の間、彼は色々なセレブたち——すぐ近くの席にいる相手まで含めて——についておもしろおかしく、痛烈に語ってみせた。

ケインが三杯目のマイタイを手にし、僕も一杯飲んでしまおうかと本気で考えはじめた頃になって、彼が切り出した。

「おそらく、ジェイクから聞いたことと思う。俺と彼が、お互いを知っていると……社交的にね」

僕は〝社交的〟という言葉の前に意味深長に置かれた沈黙を、あやうく鼻で笑うところだった。アナルプラグやら鞭やらの、どこが社交の道具なのだ。ポール・ケインにはいくらか噂があって、バイセクシュアルだと公言しているこの役者は、ＳＭプレイに傾倒しているという話だった。ＳＭの世界は僕には縁がないが、ジェイクの遊び場だ——少なくとも結婚するまでは、そうだった。

「見当はついてましたよ」

僕はそう応じた。同時に、ケインも僕とジェイクの昔の関係を知っているのだろうと見当をつけていた。もっとも、あのジェイクがぺらぺらしゃべるとも思えないし、関係があった以上のことはほぼ知らないだろうが。

ケインはまるで、僕が言わずに呑みこんでいる言葉がおもしろくてたまらないように、微笑んだ。

「ジェイクが洩らしたところによれば、君はミステリ小説を書くだけでなく、ある意味、アマチュア探偵のようなものらしいじゃないか。それも、悪くない腕前の」

僕はオレンジジュースを喉につまらせ、しばらく発作的に咳き込みつづけた。やっと自分を取り戻して、心配そうなウェイターたちを追い払ってから、口を開く。

「僕がアマチュア探偵だなんてジェイクが言う筈がない——しかも、腕がいいなんて」

「たしかに、腕がいいとは言っていなかった」

ケインは目をきらめかせて、そう認めた。そう、本当に光がきらめいたのだ。舞台上の演出でないなら、一体何だ。

「だが、君には才能があると、たしかにそう言っていたよ」

本当にそんなことを、ジェイクが？　そりゃおもしろい。なにしろ僕がはっきり覚えている限りでは——。

いや、どうでもいい。もうぼやけた水彩画のような記憶だ。きっと僕の表情の中に暗いものがあったのだろう、ケインが急いで言葉をつないだ。

「別に、そこまで堅苦しい話にするつもりはないんだよ」

「何がです？」

「考えていたんだ。君がもしかして——ひそかに——少しばかり、調べてみてはくれないかと」

「何を？」僕はまばたきした。「まさか、僕にそんなことを——いや。あなたは一体、何を調べろと言ってるんですか？」

ケインがテーブルごしにのばした手で僕の手を軽く、安心させるように握った。

「おかしな話に聞こえるかとは思うが、どうも君のような人間の方が、ジェイクや彼の働きアリたちよりもずっと、この悲劇的な出来事の根本に近づけそうな気がするんだよ。言っておくが、これはジェイクを——働きアリの有無に関わらず——敬愛する者としての言葉だからね」

ジェイクと敬愛という言葉が、僕の頭の中でなかなかうまく結びつかない。

「正直、よく理解できませんね」

僕はゆっくりと言った。ジェイクとケインの関係がＳＭの遊び仲間だというところまではわかっている。だが——昔のお仲間なのか、それともジェイクはまたＳＭクラブに足を運んでいるのか？　この二人は表立っての友人関係なのか？　つまり、お互いの誕生日パーティに行ったりとか。ジェイクが僕との友人関係を注意深く隠していたことを思えば、ありそうにないが。

僕は続けた。

「はっきり聞いた方がいい気がするので。あなたとジェイクの関係は、つまり、どういうものなんです？」

ケインの眉がひそめられた。

「君は知っているものだと思ってたよ。ジェイクと俺は、恋人だ。五年のつき合いになる」

僕は一言も言わなかった。

どうやら、言う必要もなかったようだ。ケインは困ったように言った。

「どうして君は知っていると思いこんでしまったものか……」色気のある唇の端を、ちらっと下げた。「俺は、君のことを聞いていたよ」

数メートル先に、笑顔の仏像が置かれていた。ポール・ケインの肩の向こうからその笑みがこちらを見ていて、僕はすべて悟ったような石の顔をもう何年も見つめている気がした。これから何年経とうが、その笑顔は瞼《まぶた》の裏に焼き付き、目をとじるたびに浮かんでくるだろう。ゆるんだ目元と陽気な笑みに裂けた口、笑いの最高潮を見事に再現したふくよかな顎のたるみ。

そのすべてを。

もう、心臓のことで不安になる必要もないのかもしれない——数秒前、僕の鼓動は止まったのに、まだ僕はここに座って、生きて、息をしているのだ。すべての感覚が麻痺したように、何も感じないままで。

「いや」僕は答えた。「僕は、知らなかったよ」

その冷たい、落ちついた声が自分の口から出たことに驚く。

「まあとにかく」とケインが話を続けた。「俺はね、あの野蛮なアロンゾ刑事から三度もねちねち聞かれて、その時にひらめいたんだよ。彼のような刑事より君の方が、皆からずっと多くを聞き出せるんじゃないかとね。君のように、彼より少し頭がよく、気配りがあり、思慮深い人間の方が。皆には協力してくれるよう俺からたのんでおくから、大丈夫だよ。勿論、君が調べてきた情報はすべて、すぐ、ジェイクへ伝える。別に君に殺人を解決してくれと言ってるわけじゃないんだ、ただ、こう……我々の刑事さんのために、少し裏で働けないものかとね」

僕は笑った——自分でもそれが驚きだった。この状況を愉快だとは、何ひとつ思えなかったからだ。

「この話、まだジェイクには言ってないんでしょう？　賛成するわけがない」

「ああ……話してない」

ケインが認めた。

「だが、俺もジェイクにすべて話してるわけでもないし」と、彼は僕と目を合わせる。「ジェイクにも、俺に話してないことがあるしね」

まだ僕のプライバシーはまがりなりにも守られていると、そう安心させているつもりなのだろう、多分。

僕は言葉を返した。

「あなたは、ジェイクが捜査への干渉をどれほど嫌がるか知らないんでしょう？　間違いなく、ありがたくないことになりますよ——僕にとっても、あなたにとってもね」

突如として脳裏に、フラットの廊下に倒れて、まばたきしながら天井の石膏の装飾を見上げていた自分の姿が浮かぶ。ジェイクの姿はそびえ立つようで、顔は憤怒にどす黒かった。

「ジェイクのことは俺にまかせてくれ」

ケインはそう、何の気負いもなく請け合った。その自信も当然か。彼とジェイクの仲は五年間続いているのだし、ジェイクの結婚でも壊れなかったのだ。どう考えても、彼の方が僕よりずっとよくジェイクを知っている。

ケインは僕に微笑みかけながら、答えを待っている。我ながら情けないが、この男のたのみを断るのは爽快だろう。僕は残念そうなふりをしながら、言った。

「やめておきましょう、ポール。僕もおとなしくしてる方が身のためだと思うし」

予想外の返事だったらしいが、ケインはすぐ落胆を隠して表情を取り戻した。

「やれやれ！　どうにか考え直してもらう道はないかな？」

僕はまだ残念そうに、だがきっぱりと首を振った。オレンジジュースに口を付けながら、自分の手がまったく震えていないことに満足する。心が麻痺したようだからか。それとももうすべてが遠い昔のことで、今となっては、本当はどうでもいいことなのかもしれなかった。

ケインが、考え深げに僕を眺めていた。

「だがな、君もわかってくれるだろうけど、俺としても殺人容疑なんかをかけられている間は、君の映画に集中するのはなかなか難しいんだよ」

見事なものだった――魅力的で、困ったようで、そしてほとんどジョークめかして。これが脅迫だとは誰も思わないだろう。だが僕は母のおかげで、この手の婉曲でお上品な脅迫は学習済みだ。母にかかれば恐喝王ミルヴァートンだってかたなしである。

ケインのために言えば、警察から殺人の第一容疑者にされた時の気分は、僕にもよくわかる。その点は同情できた。まあ、自分が一番疑われているというのはケインの勘違いだと思うが。これまでの経験上、僕はどうも、警察の容疑者リスト内での人気が抜群なのだ。

ふむ、その点を考慮に入れると、この事件の捜査を素早く穏便に片付けようというのは、僕にとっても悪くない話かもしれない。

きっと僕の心の変化を感じとったのだろう。ケインが僕を懐柔しにかかった。

「こういうのはどうかな？　とりあえず、少しだけ皆から話を聞いてみてくれないか。そこで続けたくないと思ったら、もう終わりにしていいから。俺もそれ以上は何も言わないよ」

僕は、溜息をついた。

「たのむよ」とケインがうながす。

彼は本当に美しい男で、人を魅了してやまない笑顔を持っていた。だが仮に彼の死亡記事を新聞で見かけても、僕は心を痛めることなく読めるだろう。ひどい話だ。ケインが、僕を傷つけたわけではないのに。僕が怒りを向けるべきはケインではない——そもそも、怒りを向けるべき相手がいるとして。

だから僕は気乗りしないまま、ゆっくりと言った。

「まあ、いくつか質問して回るくらいなら。命に関わるようなことでもないし」

思えば、いい加減、もう少し経験から学んでいてもよさそうなものだった。


ドクター・カーディガンは聴診器を下ろして胸元に垂らした。

「肺もよく回復してきているようだ。気分はどうかね？」

「疲れてます」

僕は答えた。

論理的でないのはわかっているのだが、僕は自分よりも若い医者を信用できない。その点、このカーディガン医師は六十歳すぎで、賢そうな黒く丸っこい目をして、思慮深いが単刀直入な物言いで、彼なら信頼できた。

とはいえ、彼と会うのが楽しみになるほどではなく、もし義理の妹のナタリーが明らかに母の手先になって僕の一挙一動を司令塔へ報告していなければ、このハンティントン病院の予約もすっぽかしていたかもしれない。

特に、ポール・ケインとの昼食を終えたばかりとあっては。皆に少し話を聞いてみる、とケインの提案に同意し、三分後には、僕の気持ちはもう後ろ向きになっていた。ジェイクの領域に踏みこむなんて、愚かもいいところだ。それにポーター・ジョーンズの死の周辺を嗅ぎ回るなど、考えただけでも……面倒だ。

医師の黒い目がじっと僕を見た。

「疲れとは、どのような？」

「相変わらずの息切れと、咳の発作」と僕は肩をすくめる。

「それは予想された内だね。寝る時には酸素吸入器を？」

僕は首を振った。

「アドリアン――」

「そこまでの息切れじゃない。枕さえあればちゃんと眠れる程度ですよ」

医師はたしなめるような目を僕に向けた。

「たっぷり休養を取って、無理をしないことがとても大事なんだよ」

僕はうなずいた。

じっと観察されて、もぞもぞ動きたい気分がこみ上げる。この時間が嫌いだ。と言うか、不安定な心臓を持つ男、という己の立場のすべてが嫌いだった。

医師が口を開く。

「あなたの病歴を考えると、少し追加の検査を行って、また心電図を取った方がよいかと」

僕は再度溜息をつきそうになって、こらえた。あまり息をついて、ここで酸素吸入をさせられてはかなわない。

「いいでしょう」と応じた。

僕の口調に眉を上げたが、ドクター・カーディガンは処方箋を書きはじめた。

「しばらくは充分に休んで、よく水分を取って、薬をきちんと飲むように」

「はいはい」

彼はちらっと目を上げた。

「それと、元気を出しなさい、アドリアン」

とても一筋縄とはいかなかったが、僕は何とかリサを説き伏せて、年若い義妹のエマが乗馬レッスンを受ける許可をもぎとっていた。月・水・金の週三日、僕はエマをグリフィス・パークまで車で送り、パドック乗馬クラブで彼女の上達ぶりを眺めた。エマには才能があるし、その年頃の僕をしのぐほどの馬好きだ。だからこそ、僕はリサに頑固に立ち向かい、この乗馬レッスンを勝ち取ったのだ。

次の段階として、エマに自分の馬を買ってやろうと思っていたが、それを切り出すには最適の心理的タイミングを狙う必要があった。とりあえず、もっと小さな、ハムスターあたりから始めてみるか。

普段は、レッスンが終わると、エマと一緒に乗馬をする。グリフィス・パークには五十本あまりもの乗馬コースがある。だが退院して一週間足らずで、僕はまだ乗馬気分ではなかった。かわりに僕は、六つある砂馬場の一つで障害を飛び越えるエマの乗馬姿を眺めた。乗馬服に身を包んだエマは、何とも小さくて、可愛らしい。僕はポーター・ジョーンズの未亡人へどう切りこむか、いい糸口を考えようとした。被害者の配偶者や恋人は、常に殺人の第一容疑者だ——真実の愛などそうそうこの世に存在しない、というわけだ。

何にせよ、未亡人にどういう質問をぶつけるか考えている方が、ジェイク・リオーダンについて僕がこれまで信じてきたことがほとんど嘘だったのだと、くよくよ思い悩むより遥かにましだった。しかし振り返ってみても、どうしてジェイクと会っていた頃、彼がSMクラブ通いをやめたと信じていたのか、自分でもわからない。ジェイクがはっきりそう言ったわけでもなかったのに。

きっと、ただ思いこんでしまったのだ。そうであってほしかったから。

本音を言えば、気持ちがヒリヒリするのは、ジェイクがＳＭクラブに通いつづけていた点に対してなどではなかった。そうではなく、ジェイクが、僕との関係の間もずっとポール・ケインとつき合っていたという点だ。なにしろ僕は本当に嬉しかったのだ――ジェイクが初めて恋人としての関係を持った男が、僕だったということが。ジェイクもはっきりそう言った。だが昔なじみのＳＭ相手をジェイクがどう呼ぼうが、五年間続いた関係なら、僕から見ればそれは恋人だった。

そう、そこに腹が立つ。そして自分が腹を立てていることにも、腹が立つ。何故なら……何故なら、もう終わったことだからだ。二年も前にすっかり終わったことでしかない。今の僕にはつき合っている相手がいるのだ。しかし、それならどうして僕は馬や馬糞のにおいの只中にたたずんで、もう関係ない昔のことで胃を締めつけられているのだ？

殺人事件について考えた方が、余程気がまぎれて楽しそうだ。

ケインの話によれば、あのパーティの客の中でポーター・ジョーンズを殺す動機があるのは年の離れた若妻――もう独り身になるが――女優のアリー・ビートン＝ジョーンズだった。ケインの情報が確かなら、ポーターは妻と離婚する心積もりで、私立探偵まで雇って彼女の素行を調べさせていたらしい。

「想像はつくけど」と僕はケインにたずねたのだった。「婚前契約があったんでしょう?」

離婚時の財産分与について、結婚前に契約書を交わしておくのだ。妻の不貞が原因なら、財産を分けずに離婚できるという具合に。

「近ごろじゃ、常識と言えるね」

ケインはそう答えた。

その通りなのかもしれない。僕はこれまで自分の〝愛の旅路〟――昔の友人、クロードならそう言うだろう――において、そんな交渉を要するところまで踏みこんだことがなかった。

「アドリアン、こっち、見て!」

物思いから顔を上げ、僕は馬上で次のジャンプに向かっていくエマの満面の笑みを見た。親指をぐっと立ててやり、リサとビル・ドーテンの間に何らかの婚前契約があるのかどうか、もしそんな事態に至ればエマと僕が縁者でいられる可能性はあるのかと、ぼんやり考える。

別に、母の結婚生活が危ういとか、そんなことではない。真逆だ。ただ、こうして思うと、僕はその手のことを何も知らないのだった。ガイのことを考えたが、途端に、僕の思考は三段障害を前にした馬のようにぴたりとそこで停止してしまった。

ガイのことは好きだが、僕はどんな形であれ、身を固める心の準備ができていなかった。その上、僕と会っていた間もずっとジェイクがポール・ケインと続いていたなどと聞かされては、ますます今の価値感を変える気にもなれない。

どうして、こんなに衝撃を受けている？　ジェイクがケイト・キーガンとつき合っているのはずっと知っていたのだ――しかもコンドームなしの真剣なつき合いだと、知っていたし、そのことは受けとめていた。ある意味で、割り切ってすらいた。それが今さら、怒りを抱くには少し遅すぎるだろう。遅効性のストレス反応か何かか？

それに何だって、またこんなことを考えているのだ。僕はふたたび思考と感情を事件の方へ切り替えた。

死んだポーターと妻のアリーの二人がパーティでどんな様子だったか、僕の印象はおぼろげとすら言えないほどだ。ポーターがじき死ぬとわかっていれば、もっと注意を払っただろうが。アリーは、ポーターにはいささか若すぎる妻に見えたし、ポーターは妻より海釣りに夢中の様子だった。アリーの方は――いわゆる、ブロンド女に見えた。色気たっぷりで、頭はからっぽ。

しかし、どれほどブロンドだろうと、彼女に夫を殺す理由があるだろうか？、僕はただの部外者だが、それでも、離婚されたところでアリーが次の金づる探しに苦労しそうには見えなかった。女優として食っていく、なんて無茶さえ考えなければ。

もしかしたら、夫の海釣りの長話にうんざりして殺害に至ったとか？　なら共感できるというものだ。僕だってあのパーティの最中、カジキがその長い口でポーターを串刺しにして、『白鯨』のエイハブ船長気取りの彼を夕陽さす海の彼方へつれ去ってくれたら、喜んで見送っただろう。

ともあれ、何の仮説もない以上、まず被害者の妻、アリー・ビートン＝ジョーンズから話を聞くのは妥当だろう。ただ彼女が夫に毒を盛っていないとしても、両手を広げて僕を歓迎してくれる気はしない。ポール・ケインが僕の話術と気配りをどれだけ高く評価していようが。

「見て、アドリアン！」

エマが叫んだ。

僕は顔を上げ、微笑んだ。エマの頬はピンクに上気して青い目が輝き、去勢馬が蹄をリズミカルに慣らして砂場を駆け抜けると、乗馬用ヘルメットからはみ出た黒髪の先端が上下にはねた。自分が子供好きだとは考えたこともなかったが、そんな僕でも否定できないほど、エマにはすっかり心をつかまれていた。

「踵を下げて」

僕は指示をとばす。

エマがきゃっきゃと笑った。

ケインは、僕のためにアリーに電話して約束を取り付けておくと言っていた。第一歩目は順調だ。どうにかして、ポーターが雇っていたという私立探偵の名を探る方法はないだろうか。ジェイクなら知っているかもしれない。猛烈に、徹底的に調べ上げる男だ。もうポーターの人生を裏表に至るまでほじくり返しているだろう。人が墓場まで持っていきたいような秘密までも掘り出して、分析するのだ。捜査というのは冷酷にならざるを得ない。常識の通用しない世界だ。殺人事件の捜査ともなると、一分一秒が貴重だ。ほとんどの殺人事件で、事件から四十八時間以内に犯人が逮捕されている。勿論、殺人をやらかす人間の大半が馬鹿だからだが。

そう、ポーターが探偵に妻を調べさせていたのが本当なら、ジェイクはもう探偵の名を把握しているだろう。だが彼に聞けるわけがない。ジェイクに一歩たりとも近づくつもりはなかった。

ポール・ケインにたのめば、ジェイクから聞き出してくれるに違いない。だが、実におかしな話だが、ケインがジェイクと話すのも、自分がジェイクと話すのと同じくらい気に入らなかった。

正直、それ以上に、気に入らなかった。

5

ポーター・ジョーンズの家は高級住宅街のベル・エアにあり、周囲の豪邸にまったくひけを取らない威容を放っていた。

背の高い、まるでパラマウントスタジオの正門を思わせる装飾的なゲートの向こうに、生け垣にはさまれた長い引込み道がのび、奥に家がそびえ立っていた。フォンテーヌブロー宮殿の小ぶりなレプリカのようだ――金はもっとかかっていそうだ。プラチナ・トライアングルと呼ばれるこの西ロサンゼルスの富裕層向けエリア、チャロン・ロード沿いの丘には、こんな数百万ドルの豪邸が点在している。

ドイツ訛りのメイドが出迎え、僕は二階にある巨大な続き部屋のベッドルームへ案内された。室内はまるで、エマの年頃の女の子向けに飾り付けられたようだった。濃淡さまざま、ピンク色が一部屋にここまであふれているのは初めて見た。悲嘆に暮れた未亡人は、赤いサテンのキャミソール姿で僕を迎えた。迎えたというか、僕の姿を見るなり、彼女は言い放った。

「あなたと話す暇はないの」

「また出直した方がいいですか?」

「二度と戻ってこない方がいいわ」そう言って、彼女はそれぞれ黒いドレスがかかったハンガーを左右の手でかかげた。「どっち?」

僕がファッション評論家に見えるとでも?

「右の方ですね」と僕は言った。女性から服について聞かれると、いつもそう答える。

「私もこっちがいいと思ってたのよ」

アリーは両方のドレスを、ローズピンクのロココ調チェアの、扇型の背もたれに投げかけた。それから腰に手を当て、僕に視線を向ける。

僕より少し若いくらいか、と僕は彼女の年齢を見積もった。肌は小麦色に焼け、見事なブロンド。あまりにきらきらした髪の色なので、てっきり彼女は――ドーテン家の義妹たちと違って――染めたブロンドなのだと思っていたが、はっとするほど淡い眉や睫毛の色を見ると、生来の色かもしれない。

「いくつか聞きたいことがあるだけです。すぐすみますよ」

ベッドルームでぺらぺらのキャミソール一枚の彼女と二人きりときては、なおさら早く退散したい。別に、よく締まったアリーの体つきに文句があるわけではないが、半裸の他人と個室で話すのは居心地がいいとは言えない。

「やってらんないわ」

彼女はくいと首をそらし、髪を揺らしながらそう言った。本当にそんな気取った仕種をする女は初めて見た。やってらんないわ！　アニメか何かのシーンのようだ。まるで耐えられない、というポーズ。

アリーは僕に背を向けると、ウォーキングクローゼットと言っても通用するくらい背の高い宝石棚をあさりながら、ぼやいた。

「こんなバカな話、聞いたこともない。ポールは一体何を考えてんのよ」

それには賛成だ。だが、僕は言った。

「きっと彼は、僕に話した方が、警察を相手にするより皆さんの不快感を減らせると考えたんでしょう」

見事なでまかせだ。シルクハットと片眼鏡《モノクル》でひとつ本格的な探偵気取りといきたいくらいだった。

彼女が大きな宝石をいじり回している間に、僕はベッドルームを見回した。すでに夫の痕跡は片付けられたか、ここはアリー専用の寝室かのどちらかだ。片方だけのスリッパやタイピンのような、男の気配はかけらもない。山ほど置かれた金縁のフォトフレームの中にも、ポーターの写真は一枚としてなかった。

まあ、世の中には別々の寝室を使う夫婦もいるし、夫を思い出すのがつらくて思い出の品をすべて片付けたのかもしれないが。

「そう？　あなたと話したところで警察の不愉快さがどうにかなるとは思えないけど。もう、一度話を聞かれたし、あれが最後のわけもないし」

アリーはそう応じた。キャミソール一枚で己の寝室に男を招き入れるわりに、頭が悪いというわけではないようだ。女はわからない。

やむなく、僕は話をそらした。

「お気持ちはいかがですか？　ポーターのこと、お悔やみを言う機会がなくて」

彼女は顔を上げ、目を大きくして僕を見つめた。

「これ、留めてくれる？」

僕以外に喜んでやる男がいくらでもいるだろうに。ここにいるのは僕だけだ。アリーはのんびりと僕のところへやってくると、背を向け、ネックレスの留め金をはめるよう手で指図した。僕は言われた通りにした。これだけの富を享受し、磨かれてきた筈なのに、アリーにはどこか低俗な感じがあったが、どことはつかめなかった。首が少し太めだ。僕の母もたまにつけるシャネルの香りを漂わせていたが、アリーがまとうと安っぽく思えた。

僕に背を向けたまま、彼女が言う。

「ポールが何考えてるかなんてわかってるわよ。みんな、私が夫を愛してなかったと思ってる。お金目当てで結婚したんだってね。だけど、私とポーターは――」

肩をすくめた。

結構な愛の誓いだが、もっといいラブシーンなら山ほど見てきた。それでも、僕はうなずいた。

「二人の間のことは、他人は理解してくれませんからね」

それどころか、当人同士にだって理解できないこともある。

「そうなの！」彼女は驚いた様子でさっと僕へ向き直った。「他人にはわからないのよ！皆、いちいち忠告しようとしたり、くどくど文句をつけたり……ほんと、色々よ」

「皆、あなた方が離婚をとりやめたことを知らないのかもしれませんね」

「離婚?」アリーの表情が変わった。吐き捨てる。「どうせあいつに吹きこまれたんでしょ!ポールの言いそうなことよ。どうしてか彼、いつも私にいじわるなの。もしかしたら夫に気があったのかも」

ポーターを口説くポール・ケインを想像しようとして、僕は失敗した。ありがたいことに。

アリーは続けていた。

「ええ、私とポーターは離婚の話し合いをしたわよ、でも気がついたの。こんなに愛し合ってるのに、バカなことはできないって」

「それはよかった」僕は相槌を打った。「愛する相手にわだかまりを残したまま死なれてしまったら、あなたもどんなにつらかったことか――」

「そうなのよ! まさにそうなの!」彼女は叫び、我が意を得たりとばかりに、目をみはって僕を見つめた。「やっぱりゲイの方がずっと女の気持ちがわかるのね」

「まあ、遺伝子のおかげでしょうね」そう応じておく。「あなたとポーターの間に子供はいないんですか?」

子供という言葉に、彼女はごくりと唾を飲んだ。

「いいえ」

「結婚して何年です?」

「四年よ」

「あなたにとっては、初めての結婚？」

アリーは、いたずらっぽい笑みを見せた。

「本当の結婚としてはね」僕にちらりと、探るようなまなざしを向ける。「いいこと、もし誰かが、夫を消してしまいたいと——私はしないわよそんな野蛮なこと！——思っていた人がいるなら、そうね、アル・ジャニュアリーに話を聞いた方がいいんじゃない？」

「まさか、冗談でしょう」

もし僕が本当に片眼鏡《モノクル》をはめていたなら、ここで目から転げ落ちていたことだろう。

アリーは首を振った。

「ポールから、アルのことは聞かされてないんでしょ？　そうでしょうよ、あいつはアルが好きだものね。それに自分の映画にもアルが必要だし。ポールにとって、アルはボスレーみたいなものよ」

「ボスレー？」

チャーリーズ・エンジェルに出ていた男を連想して、三人のエンジェルたちがスピーカーの前でチャーリーの声から指示を受けるシーンが脳裏をよぎった。

「ほら、伝記作家の」それを言うならジェイムズ・ボズウェルだろうが、アリーは続けた。

「ポールにとってアルは、おかかえの伝記作家みたいなものなのよ。専属の脚本家。だから私が晒し者になるのはかまわないけど、アルに目を付けられちゃ困るってわけ」

　僕はできる限り彼女の話を噛み砕いた。

「ということは、目を付けるような何かが、アルに？」

　アリーは強情そうに口元を歪めた。

「そうねえ、まず夫とアルはラングレー・ホーソーンの取巻きだったくせに、お互いはあまり仲良くなかった。それに、あの二人は近ごろよく言い争ってた。あのパーティでもね。大勢が聞いた筈よ、ポールも」

「僕は覚えてませんが」

「あなた、まだ来てなかったもの。結構後から来たでしょ？」アリーは微笑んだ。「あなたのことは、よく覚えてるわ」

　そう言って、僕に好意の目を向ける。

「物静かで礼儀正しい男が好きなの、私。ヒューゴ・ボスのスーツを着ている男もね。あなたがゲイでなければよかったのに、って思ったものよ。それか、半分だけゲイならいいって。ポールみたいにね」

「ええと……どうも、すみません」僕はあやまった。「今のところフルタイムのゲイです。フルタイムの割に実入りは今いちですが、役得《ボーナス》はなかなか……」

　彼女はきゃあっと笑い声を立てた。

「あらあら、怖がっちゃって！」ふっと重々しい顔を作る。「わかってるでしょ、私、未亡人なのよ」

「わかってます」

僕は応じた。途端にアリーはまたのびのびと笑い出す。

ポール・ケインの疑いにも一理ある――この未亡人は年上の夫の死をろくに悲しんではいなかった。だからと言って、夫殺しの根拠にはならないが。正直、毒入りカクテルはアリーには複雑すぎる手法に思えた。彼女はどちらかと言うと、ジャガーを運転して夫を轢き殺すとか彫刻でぶん殴って庭のプールにつき落とすとか、そういうタイプに思える。

「ポーターがアルと何を言い争っていたのか、覚えてますか？」

彼女は化粧台へ歩みよるとマスカラをつけはじめ、三面鏡の間で首を不自然にねじ曲げ、口を半開きにしたまま自分の姿をじっくりとチェックした。鏡の枠で分割された彼女の鏡像は、ピカソの絵のようだった。

「いいえ」注意深くその一言を押し出しながら、睫毛をせっせと梳いている。「どうせ、仕事のことでしょうよ」

「殺人の動機になるほど、仕事がこじれていたんですか？」

アリーは丸い肩をまたすくめた。

「私、あの人が何をしてようが、聞き流すことにしてたもの」

ふむ。やっと本音だ。結婚を長続きさせる秘訣。

僕は指摘した。

「アル・ジャニュアリーはポーターを助けようとしたんですよ。倒れたポーターに心肺蘇生を行っていたのは彼です」

「でも、結局は助けられなかったでしょ。ほら」と、アリーが即座に指摘し返す。

「警察の話を寄せ集めた限りじゃ、誰がやってもポーターを助けられたとは思えませんね。何だろうと、とにかくかなりの量の毒が盛られていたようですよ」

「心臓の薬がね」

「ポーターは心臓に問題がありましたか？」

彼女はブラシをマスカラ液に浸した。

「いいえ」

「あなたは？」

きつい目で僕をにらんだ彼女へ、僕は微笑んだ。

「実は、僕は心臓が悪くて」

「あら」睫毛をまっすぐに整える。「まあ、まあ」

「ほかに誰か、ご主人を邪魔に思っていたような人の心当たりはありませんか？」

アリーが不意にまばたきし、点々と飛び散ったマスカラのせいでその顔が〝時計仕掛けのオレンジ〟のマルコム・マクダウェルのようになった。

「やば！」

ティッシュをつかんで、彼女は黒いマスカラの点をひとつずつ拭っていく。すべての黒点を取り除くと、マスカラの蓋を閉め、化粧品のトレイへ丁寧に戻した。

「ないわね」

アリーがぼそっと言って、僕は元の質問をはっきり思い出すのに数秒かかった。

「ご主人には敵対していた相手がいませんでしたか？　または、アル・ジャニュアリー以外に揉めていた相手は？」

首を振って、アリーはずらりと並んだ化粧品を見つめていた。

「彼にとって、あなたは最初の結婚ではないですよね。前妻や子供はいましたか？」

彼女の顔がぱっと明るくなった。

「ええ。以前はマーラ・ヴィチェンザと結婚してた。でも子供はいなかったわね」斜めの視線を僕によこす。「ポーターは、子供が作れないの」

知って嬉しい情報ではなかった。結局、僕は探偵役には向いていないのだ。皆の内輪の秘密など本当は知りたくもない。

「ポーターと前妻との仲はどうでした？」

「よかったわよ」アリーは肩を揺らした。「いいこと、もしマーラがあの人を殺したけりゃもっとずっと前にやってたでしょうよ」

僕に向けてパウダーブラシを振ると、粉がパッと宙に舞い飛んだ。

「ねえ、もういい？　そろそろ着替えないといけないのよ」

下着姿はいいが、服を着る段になると人目が気になるらしい。僕は答えた。

「ええ、いいでしょう。もしほかに聞きたいことができたら電話してもいいですか？」

彼女は溜息をついた。

「そうね。とにかくわかってほしいのは、私と夫が本当に幸せだったってことだけよ。私たちの結婚生活を脅かすものなんて、何もないくらい」

「わかります。色々と話してくれて感謝します」

「私はただ、全部、さっさと片付いてほしいだけ」

その言葉には大いに共感するところだが、個人的な経験から言わせてもらえれば、殺人事件というのはそうさっさと片付いてくれるようなものではないのだ。

僕は一人で、大理石の彫像やタイル画や高価そうな芸術品の間を抜け、階下へおりていった。人が暮らしている気配があまりにも希薄なせいで、本当にフォンテーヌブロー宮殿の中にいるようだ。ジョーンズ家の豪邸には、閉館後の美術館のような冷え冷えとした空虚感が漂っていた。あふれる装飾のせいか、生活感のなさのせいか。

アリー・ビートン＝ジョーンズが殺人犯だとは思えなかった。話の最初から最後まで、彼女は真実を話していたようだ。ただ、他に疑わしい人間はいないかと僕が聞いた時は、嘘とまでは言えないかもしれないが、あからさまに計算して答えていた。まあ誰だって殺人事件絡みとなれば用心深くもなるが。僕だってそうだ。

アリーは至って平然と、アル・ジャニュアリーを容疑者として差し出してきたし、夫が誰かに殺されたことを否定する様子もない。むしろあっさり受け入れているように見えた。なら、ほかに疑わしい人間は、と聞かれて、彼女がふと思い浮かべた相手は誰だったのか——そしてどうして動揺したのか？

煉瓦敷きの前庭を抜け、僕はフォレスターに乗りこむと、まるで個人所有の公園のような、門までの長い私道を見つめた。道の先にある門の向こうに、銀の車体の、目立つアンテナを装備した覆面警察車両が停まっていた。

ジェイク・リオーダンが車の横にもたれかかり、腕を組んで、あからさまに待ちかまえていた。

僕は車を門から出すと、彼の車の横に停め、窓を下げた。

「ほう、ほう」とジェイクが言う。「偶然ここにいたわけじゃあるまい？」

「かもしれないよ」僕は応じた。「たまには偶然だってあるさ」

「成程？」

ジェイクは無表情に僕を眺め、僕はカッとこみ上げる苛立ちを感じた。苛立ちだろう——この男がいざとなればどれほど嫌な態度を取れるのか、こっちもよく身にしみている。

「つまり、お前はただお悔やみのために訪問しただけで、殺人捜査に首をつっこむつもりはないと言ってるのか？」

僕は何も答えなかった。ポール・ケインは、僕が多少質問するくらい何の問題もない、と保証していたが、現に、こうして目の前にジェイクがいる。これ以上の問題があるか。

僕の沈黙へ、ジェイクが続けた。

「あのガリバルディの捜査に首をつっこまなかったのと同じく、ってことだな？」

「ああ、そうだね」

僕は慎重に答える。ジェイクが鼻で笑った。

「それだけつけば、そろそろ嘘がうまくなってもいい頃だろ、お前は」

「僕の嘘がどうしたって？」

一瞬にして、ポール・ケインからの、ジェイクが僕と寝ていた間もずっと彼とつき合っていたという話がよみがえってきて、理屈のない怒りが僕の警戒心を吹きとばしていた。

僕の表情に何を見たのか、ジェイクは車にもたれていた背をのばした。できればこんなところでまた格闘戦などしたくないものだ。近所の人が見たら何と思われるやら。この高級住宅街のベル・エアでは、セレブはたとえ人を殺してもつかまらないと囁かれているが、やはり超えられない一線はあるだろう。

僕は、彼に言った。

「もしかしたら、僕は招かれてこの家に来てたのかもしれないよ」

「もしかしたらな」

ジェイクはそう同意した——そして、その厳しいまなざしと裏腹に、僕は不意に、彼が怒っていないことに気付いた。本当なら、怒る筈だ。昔のジェイクならここで怒った筈だ。今のジェイクはただ……慎重？　警戒？　正直なところ、僕にはよくわからなかった。ジェイクの表情がまるで読めない。そのことが、ほかの何よりも、二人で共にすごした時からもう長い時間が経ってしまったのだと、僕に思い知らせてくる。共にすごした、とあれを言っていいのなら。

胸をえぐられるような一方で、すがすがしくもあった。

「もしかしたら、僕とジョーンズ夫人がいい仲だってこともあるかもしれない」

僕はそう言う。ジェイクの口がピクッと、不本意そうな微苦笑に歪んだ。あまりにも昔のままの表情だった。

「違っているよう祈るよ。そうなら、お前がポーター・ジョーンズ殺害の第一容疑者になるからな」

「もう第一容疑者だと思ってたよ」

ジェイクの返事は僕の虚を突いた。

「ふむ。そのことだが、少し話をしないか」

「そのためにここで待ってたのか？」

「アロンゾを待ってたんだ。あいつが来なくてな」

ジェイクは腕時計をたしかめ、僕は気付くと、また彼の結婚指輪を見つめていた。特別派手な指輪というわけではないが、どうも目につく。

「もう昼飯時だ。何か食いに行こう」

そう言われても、ジェイクと昼食など一緒に取りたくなかった。彼には二度と会いたくなどなかった。だが、ジェイクが何を言うつもりなのか、話の中身を聞かないわけにもいかず、僕はうなずいて車の窓を閉めた。

ジェイクの車についていき、ビバリー・グレン大通りの北端、モルホーランド通りにほど近いところにあるビバリー・グレン・デリに入った。

パティオのテーブル席につく。六月も後半で、陽はすっかり温かく、僕にとってはありがたかった。退院して以来、ずっと凍えているような気がする。ジェイクは椅子の背にもたれかかり、僕をじっと眺め、僕も彼を眺め返した。

一体、この男はどうなっているのだ？　ビタミン注射か何かでもしているとか？　そうでもなければ、自分を取り巻く男女や、表裏のある日々の暮らしをどうさばいていけるものやら。そして、もし彼がポール・ケイン相手の危険な関係を続けるつもりだったのなら、僕と別れる時に言った「本物の結婚にしたい」というでたらめは何だ？　まるで理屈が通っていない――ジェイクの、掛け値なしに歪んだ価値観から見ても、だ。

それとも実は、ケインと関係を続けようと思ってはいなかったのだろうか。ただ、九時から五時までの昼間の顔でノーマルな生活を送るのは、ジェイクにとって、思っていたよりも難しいことだったのかもしれない。

二年前、正常な人生への切望から、ジェイクは僕との関係を断ち、ケイト・キーガンという女性警察官と結婚した。それだけの話だ。僕は何ヵ月か後、ジェイクの警察でのパートナーで、書店に集まるライティンググループの一員でもあるポール・チャンから、ケイトが流産したことと、仕事に復帰したことを聞かされた。それでもジェイクが望む〝家族〟を手に入れるチャンスはまだ残る筈だが、彼が昔ながらのひそかな趣味にまた――完全に卒業すらしていなかったようだし――ふけっているというなら、望みは薄いかもしれない。

ジェイクとポール・ケインの、五年ものつき合い。もしそれを知っていたなら、アロンゾの前でジェイクの秘密を暴露しそうになったあの瞬間、僕は衝動に負けずにいられただろうか？　それくらいの自尊心はあると思いたかったが、自信が持てなかった。

ウェイトレスが来て、メニューを手渡した。僕はオレンジジュースを、ジェイクはコーヒーをたのむ。ジェイクの携帯が鳴り、「アロンゾからだ」と彼は席を立っていった。

僕は地元の住人たちが乗ったメルセデスやマセラティがやってきてはテイクアウトのクリー

ムチーズとサーモンやコンビーフのサンドイッチを受け取っていく光景を、パティオから眺めた。このベル・エアでは、排気ガスすら少し高級そうなにおいがする。

何分かして、ジェイクが席に戻った。

僕らのどちらも、何も言わなかった。実に奇妙な、いびつな瞬間だった。昔なら、こうしてジェイクと外で食事をするなんてシンプルなことがどれほど嬉しかったことだろう。二人でいるところを知り合いに見られやしないかと、人目を気にしてばかりいないジェイクと。あの頃は、二人でいて、お互いに話題が尽きたことなどなかった。

ウェイトレスが僕らのドリンクを持ってくると、注文を取りにかかった。先にたのめ、とジェイクが僕にうなずく。

「いや、僕はいいよ。腹が減ってないんだ」

僕の返事に、ジェイクが顔をしかめた。

「何か食うんだ。お前、まるで干からびたみたいに見えるぞ」

僕は溜息をつく。「わかってる、わかってる。僕は〝赤い河〟に出ていた役者のミイラに似てるんだろ？」

あの映画にはクリストファー・モンゴメリーが出ている。これは僕らの昔のジョークだった。ジェイクが覚えているとは期待していなかったが、彼の口元が上がり、短い、鋭い笑い声がこぼれた。僕が子供だとでも言いたげに首を振って、ジェイクはウェイトレスへ指示した。

「二人とも、チキンポットパイをたのむ」

その独裁的な態度に彼女は眉を上げたが、僕も無用な戦いを避ける程度には利口になっている。投げやりにうなずいた。

「ああ、それでいいよ」

ウェイトレスが立ち去ると、ジェイクはテーブルの表面を指ではじいて鳴らした。その目は駐車場に並ぶ車の列を見つめていて、きっと脳内の手配書と照合しているのだろう。不意に、僕へたずねた。

「それで、一体どうして肺炎にかかった？」

本気か。ここで、ジェイクと、世間話？

「どうしてって、理由がいるものか？」

僕はオレンジジュースを飲み干した。おしゃべりしたい気分ではないし、記憶によれば、ジェイクも無駄話を好むタイプではなかった筈だ。この成行きのまま、ジェイクが母のことを聞こうものなら、頭にグラスを投げつけてやる。

「インフルエンザにかかってね。それが悪化して肺炎を起こしたんだよ」

こじらせて、二週間も寝ついたのだ。僕はまだ若い方だしそれなりに体力もあったが、心臓の病気のせいで少し面倒なことになった。

「お前、予防接種を受けてなかったのか？」

まさにそのことで、僕らは言い争ったものだ。何万年も昔のことだが。公僕の一員たるジェイクは、必要な人々はインフルエンザの予防接種を受けるべきだという強固な信念の持ち主だった。僕のような人々。健康に、潜在的リスクを持つ層。

僕は、じろりと彼を眺めた。

「いいや、リオーダン主任警部補。僕は、運にまかせた。おかげで思い知ったというわけさ」

また、いびつな沈黙が落ちた。ウェイトレスが僕らのポットパイを運んでくると、ジェイクのコーヒーのおかわりを注ぎ、僕にオレンジジュースをもう一杯どうかとたずねた。僕は首を振る。

ジェイクが皿を覆うパイ皮をフォークで一気に砕くと、中から鶏のクリーム煮の熱々の湯気が吹き上がってきた。いかにも彼らしい――無駄も、容赦もない。

ジェイクの睫毛が頬骨に鋭い影を落としていた。彼の睫毛がどれほど長いか、僕はすっかり忘れていた。ジェイクが目を上げて僕の顔を見つめ、僕は凝視してしまっていた自分に気付いた。ジェイクが口を開く。

「カラミティ・ジェーンが肺炎で死んだのは知ってるか？」

「本当に？」

ジェイクは舌先で奥歯を探っているようだ。不意に、その舌が別のところを探った記憶がよぎって、僕の心がざわつく。

「ヒストリーチャンネルで見たんだ」

さまよっていた彼の視線がふっと傾いて、頬に笑みが浮いた。

「お前がよくひけらかしてた、役に立たない雑学の類いさ」

僕は鼻を鳴らし、顔をそむけて、別のテーブルの下からパンくずをかすめ取るカケスを眺めた。顔を戻すと、ジェイクが推しはかるように僕を見つめていたが、彼の浮かべた表情の意味が、どうしても僕には読み解けなかった。

ジェイクは、いつもながらの無愛想な口調で切り出す。

「本題に入るか。ポールから聞かされたが、お前に聞き込みをさせて回ろうっていうのがあいつの考えらしいな」

「ろくでもない考えだと思ってるんだろ。僕も同感だよ」

「そうは言ってない」

僕の表情を見て、ジェイクは肩をすくめた。

「俺は、適切な状況であるならば、外部の情報源の有効性を否定はしないぞ」

「お前、一体誰だ？　あのジェイク・リオーダンの奴に何をした？」

ジェイクの口元がまた上がり、微笑みとも言えない微苦笑を刻んだ。

「特殊な状況では、特殊な手段が役に立つこともある」

「それはそうだろうけど、僕が関係者に話を聞いて回るなんてことに、お前はずっと反対だったじゃないか」

「俺は、昔、お前には捜査に必要な勘がそなわっていると言った筈だ」

「おかしいな」僕は言い返した。「まったく覚えてないね。事件から手を引けと露骨に脅された記憶ならあるけど」

ぱっとジェイクの顔に朱がのぼった。

「俺は一度も――」顎の筋肉がこわばり、ジェイクは続けた。「お前は、人と話すのがうまい。人が好きだし、相手に好かれる。話しやすいから、多くの相手がお前に色々なことを話す。だからこういうのはどうだ？　お前が誰に話を聞きにいくのか、あらかじめ俺に知らせておく限り――そして聞き出したことをすべて俺に報告する限り――好きにしていい。むしろ役に立つことがあるかもしれない」

「聞き出したことを、すべて、お前に報告する」僕はくり返した。「アロンゾ刑事は抜きで？」

「重要なことなら、俺からアロンゾに伝える」

僕はきっと、馬鹿にしたような笑みを浮かべていたのだろう。ジェイクが苛々と言った。

「お前が何を考えていようが、的外れだ。今回の事件は内輪の、特殊な業界の中で起こっていて、我々は――警察は慎重な対応を迫られている。もしポールが、お前に正直に話をするよう皆を説得できるというなら、こっちに損はない」

信じられなかった。僕はフォークを取り上げ、食べはじめた。自分の耳で聞いていなければ嘘だと思っただろう。ジェイクが、自分の恋人のために、事件の裏で手を回そうとしているのだ。しかもそのために僕を働かせる気だときた。僕は失望と嫌悪感を覚えていたが、しかし今さらどうしてジェイクのことなど気にする必要がある？　彼の動機がいかに不純だろうが、僕には関係のないことだし、むしろ僕としては自分の容疑を晴らす道が開けて喜ぶべきだろう。

そう言えば、と僕は切り出した。

「アロンゾは本気で、僕を殺人犯だと考えているのか？」

「彼は……お前の態度が、怪しいと感じている」

視線を感じて目を上げると、やはりジェイクが僕を——僕の口元を——見つめていた。パイのかけらでもついているのかと、僕は下唇をなめる。ジェイクの視線が揺らいだ。

僕は問いただした。

「それで、僕を弁護してくれたんだろ」

「時間の無駄だと、アロンゾに言った」

「でも、僕は変わったかもしれない。だろ？　もうお前の考えているような人間じゃないかもしれない——もしかしたら、昔からずっとね」

ジェイクは乾いたまなざしで、僕の目を見つめた。

「俺は、お前がポーター・ジョーンズを殺したとは思っていない」

そう言い切る。僕は深追いしなかった。

「なら誰がやったと思う?」

「被害者の妻は、最初のとっかかりとしては悪くないな。彼女は何と言ってた?」

「夫婦間に多少の波風はあったが、もうすべて解決済みだと。ポール・ケインに好かれていないと言っていたが、はっきりとした理由は言わなかった。彼女によれば、怪しいのはアル・ジャニュアリーだと」

「脚本家のか」

僕はうなずき、ポットパイをもう一口何とか食べた。料理はおいしい。だがこの頃、とにかく食欲がない。

「アル・ジャニュアリーにどんな殺害の動機があるのか、妻は言ってたか?」

「彼女によれば、ポーターとアルは昔からそりが合わなくて、あの日もパーティで口論していたと」

「それはすぐ裏が取れそうだな。あの夫婦について、パーティで印象に残ったことは何かないか?」

「あまり。二人はろくに一緒にいなかったし、でも夫婦がパーティでばらばらにいるのはおかしなことでもないしね」僕は考えこみながら答えた。「ただ彼女の寝室に、夫の痕跡は何もなかった。夫の死を嘆き悲しんでいるというふうでもない」

皿を押しやる。

「それだけしか食わないのか？」

ジェイクに、非難の口調で問いただされた。僕は皿を見下ろす。

「ああ」それから、無神経につけ足した。「食うか？　お前は昔からよく食ったもんな。別に、贅肉がついてるってこともなかったけど」

ジェイクは、咀嚼《そしゃく》していた口をとめた。その頬にうっすらと赤みがのぼっている。ごくりと飲みこんで、彼はおだやかに言った。

「お前、変わったな」

自分がひどくいじましく思えた――今のジェイクは、昔より痩せていたから、尚更だ。鍛えられた筋肉と骨で、脂肪とは無縁。無駄がなく、鋭く研ぎすまされている。態度だけは、僕の方が鋭い。

何も返事ができずにいると、ジェイクは今のやりとりなどなかったかのように話を続けた。

「アリーは死んだ夫の遺産のほとんどを相続する。何よりも強い動機になり得るな」

「僕としては、彼女が証拠も残さず夫を毒殺できるほど、複雑な頭脳を持っているようには思えないけどね」

「人は、表面からではわからないものだ」

「永遠にわからない相手もいるしね」

僕は同意した。ジェイクが僕の目を見つめる。ここで喧嘩になりたくなければこんな風に蒸し返すのはもうやめないとなるまい。それに、争いたいわけではなかった。もう終わったことなのだ。大体にして、僕だってパリの路上で老獪《ろうかい》な伯爵にたぶらかされた純情な若者というわけでもない。自分がジェイクとどんな関係にあるのか、あの時、僕にはよくわかっていた。

僕は、口調をあらためた。

「まあ、毒は女性の武器だと昔から言うし」

「ああ。だが常にではない」ジェイクが応じる。「だから思いこみは禁物だ。今回の犯人が心臓の薬を使って人殺しをした以上、お前も他人からすすめられたものを口にする時は用心しておいて損はないだろう。何か起こっても、お前がうっかり自分の薬を飲みすぎたと主張されるかもしれない」

僕のしようとしていることが危険かもしれないと、その可能性は頭にあったが、それでもジェイクの言葉に僕はたじろいだ。相手を刺激するほど深入りするつもりはないが、犯罪者がささいな質問に過剰反応しないと誰に言い切れる？

僕は問い返した。

「ポーターが雇っていた探偵の名前は、もうわかってるのか？」

ジェイクの顔がさっと無表情になった。

「探偵？」

まずい。失敗した。僕は軽い口調で言った。

「被害者が、探偵か何かに妻を調査させてたんじゃないかな、と思って」

「彼女がそう言ったのか。それとも、ポールがお前にそう言ったのか？」

僕は渋々と認めた。「ああ、ポール・ケインから聞いたよ」

ジェイクの顔に走った怒り――それは、よく見覚えのあるものだった。今回はその怒りの標的が僕でないことがありがたい。ジェイクは冷ややかに言った。

「探偵のことは放っておけ。こっちで対応する」

それ以上は何も言わなかったが、不機嫌なのは明らかだった。

僕らは食事を終えた。というか、ジェイクが自分の皿を平らげる間、僕は隣のペットショップに出入りする人々を眺めていた。この際、エマのために子犬を買っていったら、リサはどんな反応を見せるだろう？　はったりだと見破られるだけだろうし、僕に犬を飼う場所はない。この作戦はやめだ。

ジェイクが、昼食の代金を払った。あくまでビジネスランチだろうと判断して、僕も口出しせずジェイクに払わせた。

ガラスドアから外に出るとすぐ別々に、僕は表の、ジェイクは裏側の駐車場へ向かった。だが僕がフォレスターの鍵を開けた時、ジェイクが呼んだ。

「なあ」

僕がいぶかしげに振り返ると、ジェイクが大股に歩みよってくるところだった。

「俺は本気だからな。誰かに話を聞きに行く前に、毎回、俺に電話するんだ。ちゃんとわかったか？」

わかったか？　おっと、これは過去からのこだまか。二年ほど昔からの。

僕は敬礼の仕種を返してやった。報告は安全対策になるし、僕にとっても利があることだから異論はない。だがジェイクはまるで、僕が反駁《はんばく》したかのように言いつのった。

「いいな、話を聞きに行く前に電話するんだぞ」

そして、愚かなことに一瞬、僕は心を動かされていた。ジェイクが案じてくれているのだと思って。だが彼が心配なのは、一般市民がうろうろ嗅ぎ回って怪我でもしないかとか、捜査を台なしにされないかということだろう。どっちでも立場に関わるだろうし、ジェイクとしても礼装に着ける階級章のストライプは一本たりとも減らしたくない筈だ。

「おっと、てっきり僕のことなんかどうでもいいんだと思ってたよ」

僕は微笑しながら、彼を少し——そして自分も——嘲《あざけ》った。

ジェイクが無感情に返す。

「つながりを完全に断ち切ったのはお前の方だ、アドリアン。俺がそう望んだわけじゃない」

どうして、その言葉にこれほど強い衝撃を受けたのか、自分でもわからない。そもそも本当のことですらない。だが何であろうと、こんな話を二度とジェイクとするつもりはなかった。

僕は笑みを消す。

「もう昔の話だよ」

ジェイクは、何も言わなかった。

僕は車に乗り、エンジンをかけ、バックする。その間ジェイクは険しい視線でずっと僕を追っていた。駐車場から車が出ていく時にもまだ、バックミラーに彼の姿が映っていた。まるで兵士のようにまっすぐに立ち尽くしている。午後の陽が、その金髪に光っていた。

6

アドリアンへ

元気ですか。店も順調ですか？

僕は、そっちに戻ろうかと思っています。

まだクローク＆ダガー書店で雇ってもらえるでしょうか。

アンガス・ゴードン

「あなた、リサとのランチの約束忘れたの？」

クローク&ダガー書店と隣のフロアを仕切るビニールの壁の向こうから響く電動工具の騒音と、現場作業員が大声でとばす指示の中、ナタリーがたずねた。

僕はチチェン・イッツァのピラミッドの風光明媚な写真が四枚並んだポストカードから、ぽかんとして顔を上げた。

「は？」

ナタリーがくり返す。

「今日って、リサとランチを取る日でしょう？」

「うわ！」

僕は声を上げ、絵葉書を落とし——挙句に、入院中に溜めこんでまさに整理中だった手紙の山を倒していた。

「アドリアン！　一体どうしたっていうの」

「すっかり忘れてた」

ナタリーが青い目を見開いた。

「痛たたたた」と叫ぶ。まさにそうとしか言いようがない。

だがもうすでに僕は、携帯のボタンを押していた。

母が再婚するまで、僕らは長年、よく土曜のランチを一緒にとっていた。再婚後も彼女はその習慣を続けたがった――新しい家族と、ガイまで含めて。だが僕には義理の家族と毎週お上品に酔っぱらう暇はないということで、月に一度の火曜のランチに決着したのだった。僕としてはあくまでも、何の罪もない周囲への被害をくいとめるためだと、自分に言い聞かせていた。

最初の呼出音で、リサが出た。

『アドリアン！』

リサの声は、ありがたいことに九割が安堵感で、毒の棘は一割ほどしか含まれていなかった。

「リサ、ごめん、どうあやまっていいのかわからないよ」

僕はそう切り出す――まあどうにかして、たっぷり謝罪させられる羽目になるのはわかりきっているが。リサとのランチを忘れていたなんて、とても信じられない。一週間近くも入院していたせいで曜日の感覚が戻っていないに違いない。

『携帯に電話したのに、どうして出ないの？　とても心配したのよ。ダーリン、一体全体あなたどこにいたの？』

どこにいたかなんて、母に言えたわけがない。ジェイク・リオーダンは元からリサのお気に入りリストには入っていなかったし、彼が僕と別れてからというもの、リサのジェイクへの評価はますます厳しくなった。僕が、ジェイクとの関係についてリサに何か洩らしたわけではないが。別れる前も、後も。

「わかってるよ、ごめん。色々なことに気を取られてて」

というか、足を取られて。僕の人生ではいつものことだ。

リサは納得しなかった。

『でも、ナタリーが言ってたけど、あなた今日はずっと店にいなかったそうじゃない』

書店の従業員をしゃべりすぎで罰する法律がないのは、実に残念だ。

「ああ、外に用があってね」

僕はそう認めながら、ナタリーをにらんだ。どうして？　私が何かした？　と彼女が両手を広げる。

『ダーリン、あなたはまだあちこち動き回るほど健康体じゃないのよ。昨日はエマをつれて乗馬のレッスン、今日は何だかわからない用事！　まだ退院したばかりじゃないの。体をいたわらなきゃ駄目よ』

僕はなんとか、苛立ちを押さえつけた。

「リサ、僕は元気だ。本当に。それに、退院してからもう一週間になるんだ」

『体が弱ってるのよ、ダーリン。できることなら――』

「言いたいことはわかってる」僕はさえぎった。「それで、ランチはどうする？」

リサに僕の口調がはっきり伝わるまで、数秒の間が空いた。それから、リサがふうっと溜息をつく。

『ええ、ランチは逃してしまったから、ドリンクでも一緒にいかが？』

僕の心が沈んだ。三十分ほど昼寝したくてたまらなかったが、リサをはねつけた手前、今さら疲れていると主張して昼寝の時間をもらうのは不可能だった。

僕らは、四十分後にベンチュラ大通りのヴィア・ピアセレで会うことになった。

僕は薬を飲み、財布をたしかめ、昼下りで気温も高いというのにジャケットをつかんだ。裏口から出ていこうと歩き出した時、店の電話が鳴り出した。ナタリーに呼ばれて、僕は足を止める。

電話を手渡そうとしながら、ナタリーが囁いた。

「またポール・ケインから！」

「オフィスで取るよ」

奥の、倉庫兼オフィスへと戻ると、僕は受話器を取り上げ、ナタリーが受話器を戻すカチッという音を聞き届けてから、挨拶した。

「どうも。後で電話しようと思ってたんですが」

ポール・ケインは小さく笑った——気怠い、ほのかに色気の漂う笑い声だった。ジェイクと彼は一緒にいる時によく笑うのだろうか、と僕は思う。たしかにジェイクはコメディを見て笑うようなタイプではないが——だが、僕らは時に楽しい時間をすごした。よく、二人して同じことで笑えたものだった。

『別に、そう細かく連絡してくれなくてもいいんだよ』ケインがそう請け合う。『ただ君の気が変わっていないかたしかめたくてね。我々の計画に、ジェイクが……逆毛を立てているのではないかと心配で』

一拍置いて、彼はさらに続けた。

『申し訳なかった。不愉快なことを言われなかったかい？』

「ジェイクからは、別に」

僕は答えた。当のジェイクは彼らしくもなく、僕が事件を嗅ぎ回ることに寛容だったので、ケインからのこの謝罪にやや面食らっていた。

『ジェイクも、最後には渋々承知してくれたけどね』ケインが物憂げに言った。『でも君に物申す、と言っていたよ。縄張りを明確にしたいのだろうね』

ここでクスクス笑って、彼はつけ足した。

『こっちはすっかり絞り上げられてしまったよ。ポーターが私立探偵を雇っていたことを言ってなかったから』

「その点はたしかに、あまり愉快そうではありませんでしたね」

僕はうなずいた。あの時はジェイクが探偵の存在をつかんでいないとは気付かず、てっきり、深入りしすぎた僕にジェイクが腹を立てていたのだと思っていた。

『実を言うとね』

ポール・ケインがそう切り出し、不意に僕は彼の表情が見られたらと思う。なにしろ、彼の口調は——どこか不吉なものだった。

『状況を鑑《かんが》みるに、君がまず、例の探偵と話してみた方が実のある結果が得られるのではと思っていてね。そうすれば、君が得た情報を元にして、どこまでジェイクに話すべきか我々で決められるし』

我々？

僕は答えた。

「それにはちょっと手遅れですね。相手が誰だろうと、話す前と話した後に毎回報告を入れろと、ご主人様の命令で」

沈黙があった。僕の頭の中に、自分の言葉が反響する。ご主人様だって？　言葉の選択はまたまだったが、僕は唇を結んで場違いな笑いをこらえなければならなかった。さらにもっと品のない考えがよぎる——どっちがご主人様だろう、この二人？　ケインもそう服従的なタイプには見えないが、ジェイクが誰かの前にひざまずく様子など、とても想像が……。

だが、一夜——あの信じられない、ありえない夜は、たしかに存在したのだ。

今でも、肌を這っていくジェイクのやわらかな唇を思い出せる。ざらつく舌が裸の肌を繊細になぞり、僕の顎の先をなめ、頚動脈がドクドクと荒く脈打つ喉元の、無防備な肌を這って……ジェイクのキスが、狂おしいほどゆっくりと僕の体をたどって——体の点と点を、甘い線でつないでいく。鎖骨、肋骨、腹部、太ももの付け根の内側。そしてついに、ジェイクの熱く濡れた口が僕のものを……。

ざわっと、全身を熱が満たす。僕は電話口のポール・ケインの慎重な口ぶりに集中した。

『だが、ほら、まだジェイクにはその探偵の名前は教えてないんだよ。知らない、と押し通しておいた。と言うかな、ポーターが実際に探偵を雇うところまでいったかどうかわからない、と言っておいたよ。騒いでいただけかもとね』

「だけど、あなたはその探偵の名前を知ってる?」

『……まあ、そうだ』

僕も、彼と同じくらい慎重にたずねた。

「どうしてジェイクに言わなかったんです?」

ケインは、まるで僕の鈍さが信じられないというように苛立たしい息をついた。

『死んだポーターは、俺にとって大事な友人であると同時に、ビジネスパートナーだったからね。別に、公権力に隠し事をしろと言うつもりもないが、もしビジネスにマイナスの材料があるなら先に聞いておきたいんだ——後で警察から知らされるのではなく』

僕は黙っていた。

『がっかりさせてしまったかな、君を？』

笑い声を立てたが、案じるような響きがあった。

「いいえ」僕は答えた。「でもその探偵が妻の素行調査に雇われたのなら、あなたにとってどんな重要情報を持っていると思うんです？」

『知らないよ、そんなこと。だから先に聞きたいんだ』

彼なりの理屈は通っていたし、気持ちはわかるが、僕は板挟みにされるつもりはまったくなかった。

「ポール、いいですか。率直に話してくれたのはありがたいですが、僕はもうジェイクと約束したので。それにもうひとつ、ジェイクの裏をかこうとしているのがバレたら、彼は僕をつかまえて留置場に放りこみますよ」

『そんなことはしやしないよ』ケインが保証する。『ジェイクは子猫みたいに臆病なのさ』

結構なことだ。むしろサーベルタイガーだと思うが。

僕はそっけなく言った。

「じゃあ、あなたが直接その探偵に話を聞きに行ったらどうです」

『残念ながら、さすがにそれは俺たちの関係をぎくしゃくさせるだろうからねえ』

ケインがそう応じる。僕と彼の関係のことではあるまい。

『なあ、探偵の名前はロスコー・マルコプーロスだ。マルコプーロス探偵事務所の。電話帳に載っているよ。とにかく、考えておいてくれ。ジェイクにはあと一日、二日、伏せておくから』

きっと、ポール・ケインのお願いにノーと言う人間はそう多くないのだろう。僕は答えた。

「すぐにジェイクに言った方がいいと思いますよ、僕はこそこそ動くつもりはないから。そう、ついでだから言いますが、アリーはあなたの言うような殺人犯ではないと思う。彼女は、夫との間にちょっとした波風が立ったことは認めたが、もうすぎたことだと言っていた」

『そりゃ、あの馬鹿女はそう言うだろうな』ケインは特に何の毒もこめずに言い放った。『ポーターと金目当てで結婚したはいいが、ポーターがおとなしく寝取られ男におさまっていないとわかると、遺言を書き換えられないようにせっせと貞淑な妻を演じていたよ。あの女は女優だぜ、アドリアン、出来がいい方じゃないがね。まさか君がだまされるとは意外だよ。いいかい、彼女は悪い女さ』

寝取られ男？　遺言？

僕は答えた。

「ええ、じゃあほかの人はもう放っておいてアリーだけに絞りますか？　正直、僕の個人的意見としては、彼女がポーターを殺したならどうして家で確実にやらずに、毒入りカクテルが誰に渡るかわからないパーティ会場を選んで犯行に及んだのかわかりませんけどね」

ケインが急いで言った。

『いや、違うよ。別にあの女を犯人にしたいわけじゃないんだ。君の直感を信頼してるよ。君の方がずっと、この手の専門家だ。勿論、全員に話を聞いてくれ――力になるから。それに、その中の誰かの証言が、アリーの有罪を立証してくれるかもしれないしな』

随分と、アリー犯人説に自信があるようだ。何か、僕に明かしていない情報があるのか？　なら、どうしてだろう？

僕が沈黙していると、ケインが言った。

『ヴァレリーと話してみたらどうかな』

「ヴァレリー？」

まったく記憶にない。

『ヴァレリー・ローズさ』彼が耳に心地よい笑い声を立てる。『君の映画の監督をする――』

「ああ、そうだった。覚えてます、思い出した。何か、ヴァレリーから話を聞くべき特別な理由が？　僕は、次はアル・ジャニュアリーのところへ行こうかと思ってたんですが」

『アル？』警戒の口調だった。『どうして』

「彼は、ポーターの古い友人でしょう？」

『ああ……そうだけど。だがアルはポーターと個人的にあまり関わりはなかったよ』

「何か、彼と話をしない方がいい理由があるんですか？」

『いや、勿論、何もないとも』おもしろがっているような声はごく自然に響いたが、この男は役者なのだ。『アルに電話して、約束を取り付けておくよ』

　そして僕は、疑い深くなりすぎている。

「もしヴァレリーの方も手配してもらえれば、大変ありがたいですね」

『できるだけのことはしてみるよ』

　ポール・ケインはそう答えた。まだ、愉快そうな声だった。


　リサは、レストランのヴィア・ピアセレの煉瓦敷きの中庭で、ジン・トニックのグラスを傾けていた。大きな柳や胡椒の木がパティオの白いパラソルにレースのような木漏れ日を投げかけ、壁をくぼませたアルコーブでは噴水がおだやかな水音を立てていた。

「ランチのことは、ごめん」

　僕はあやまって、リサの向かいの椅子に腰を下ろした。

　彼女はシャム猫のような大きな青い目を僕に据えて、母親の目つきで一瞥《いちべつ》する。

「あらまあ、ダーリン」声に、ほのかな落胆をにじませた。「そんなに疲れた顔をして……」

　僕はウェイトレスに手で合図を送った。リサが口を出す。

「あなた、お酒を飲むつもりじゃないでしょうね？」

「今？　いや。まだ陽が暮れてないからね」

リサは困ったような笑いをこぼした。

「ダーリン。あなたの身に色々あって、私もとても心配なのよ。ランチの約束を忘れるのもあなたらしくない」

「わかってる、悪かった。少し、気を取られることがあってね」

何の言い訳にもならないというように、リサは手で払う。現れたウェイトレスへ、僕はいつもと気分を変えようとアップルジュースをたのんだ。

「ガイはどうしてるの？」とリサがたずねる。

「元気だよ」

僕は袖を押し上げて、もっと陽に当たらなければとしみじみした。ホッキョクグマの方がまだ健康な色をしている。

リサも、僕の考えを読んだらしい。不意に聞いた。

「お医者さんは何て言ってらして、ダーリン？」

無論、リサが僕の診察日を把握していることに驚いてなんかいない――彼女なら当然、だろう？

「肺は随分きれいになってきたと言っていたよ。でもまだ咳は出るし、人付き合いはほどほどにって」

「気分はどう？　前よりよくなってる？」

「二週間前より？」僕は笑いをこぼしていた。「まず、もう鼻の穴にチューブを通されてないってのは素晴らしい進歩だと思うね」

嫌なことを思い出させられて、リサが不愉快そうな音を立てた。

「もし具合がよくない時には、あなた、私にちゃんと言ってくれるわよね？　でしょう、アドリアン？」

「ああ、勿論」

言うだろうか？　知らせないわけにはいくまい。だが正直言って、いざとなれば僕は最後の、ギリギリの瞬間まで母には黙っているだろう。

黒髪の頭を垂れ、リサは気もそぞろにうなずいて、パールカラーの爪で白いリネンのテーブルクロスに小さな円を描いていた。僕には、あまりにもおなじみのポーズだ。リサは昔から過保護ではあったが、今日の様子はそれだけでは説明がつかない。

僕は、そっとたずねた。

「どうしたんだ、リサ。何か、あった？」

リサが僕を見つめた。

「あなた、遺言書を書き替えたでしょう」

僕は身をこわばらせた。一体、どうやってリサがそれを――。

リサの口元が震え、目に何か、まるで涙のようなきらめきが見えた。そんな筈はないが。

「あなた、エマを唯一の相続人に指定したわね」

ひどく驚きながらも、僕はつい笑いそうになった。

「何か問題でも？　皆も知っているように、僕に結婚の予定があるわけじゃなし」

「私が言いたいことはわかってるでしょう、アドリアン。あなたこれまで、自分の遺言のことなど気にしてこなかったのに――」

「一体全体、どうして僕が遺言を変えたのを知ってるんだ？」

僕はさえぎった。

ほんの一瞬、リサはひるんだ。

「ミスター・グレイセンからよ」

弁護士のミスター・グレイセンは齢《よわい》八〇にして――一八〇、と言ってもよさそうだが――もはや、ひび割れた陶器のように脆い。残念なことだ。死人を出す不安なく、心置きなく怒鳴ってやれたらさぞや僕の心も晴れただろうに。とは言えミスター・グレイセンの心臓が、僕からの解雇に耐えられるかどうかも疑問だが。帰り次第、僕は彼をクビにするつもりだった。

僕は、リサに言った。

「ああ、僕は肺炎にかかった後、遺言を変えたよ。エマを可愛く思うし、どうせ財産は誰かに残さなきゃならないしね。遺言を変えたのは、今のうちにそうしておくのが当然だと思っただけで、別に、近いうちにこの世とおさらばするつもりがあるからじゃない」

　リサはまだ納得できてない様子だった。僕はさらに言葉を重ねる。

「僕は大丈夫だ、リサ。本当に。それに、もし駄目だとしても――これは、僕の人生なんだ。わかった？」

　わかったか、わかったか？　ジェイクの問いがこだまする。

　彼女は呆然と、口を半開きにした。ほんの一瞬。

　それから己を取り戻して、言う。

「あなた、前はそんな風じゃなかったわ、アドリアン。そんな……冷たくは」

「冷たい？」

　僕はまばたきした。冷たい？　僕が？　ここ数日で、刺々しいとか嫉妬しているとか言われた上に、今度は、冷たい？　笑える。僕自身は、前と同じ自分にしか感じられない。ただ……少し、疲れているだけの。

「ジェイク・リオーダンがあなたをそんな風にしたのよ」

　そう言い出した、リサの顔には純粋な怒りが燃えていた。

「彼があなたをそんなに傷つけたから――」

「やめてくれ！」

　おののいた様子で、リサは言葉を切った。

「悪かったよ」僕は少し声をやわらげてなだめる。「でも、たのむからジェイクをここで持ち出さないでくれ」

　数秒して、彼女は目元を拭うとジン・トニックのグラスを手にし、僕もアップルジュースのグラスを取った。


　その夜、僕が横になっていると、ガイが鍵を開けてフラットへ入ってきた。僕は起き上がって彼を出迎えに行った。

　チキンカレーのいい香りが部屋を満たしていた。ガイはキッチンで、サラダン・ソングからテイクアウトしてきたタイ料理の包装を剥がしていた。ジェイクが時おり夕食を買ってきたのと同じ店だ。それにしてもいい加減、本当に、ジェイクのことを考えるのはやめなければ。

　僕がキスすると、ガイは微笑んで言った。

「寝てたんだろ？　もう少し横になっているといい、仕度ができたら呼ぶよ」

　僕はキッチンの椅子を引き出すと逆向きに座り、背もたれに腕を重ねた。

「テイクアウトだろ、もう準備できてる。今日はどうだった？」

「食事は待てる。君はもう少し休むといい」

「充分休んだよ」僕は愛想よく応じた。「腹が減った。食べようよ」

　初めて、ガイの口調のかすかなイギリス訛りと、少しの気取りが、僕の神経を逆撫《さかな》でする。

保護者のような鷹揚な思いやりも。そんなふうに感じる自分がひどく後ろめたかった。

彼は棚から皿を取ろうと、背を向ける。僕は立ち上がるとガイを後ろから抱きしめ、一つにくくった髪に頬を当てた。銀の髪は絹のようにやわらかく、彼の使う青リンゴのシャンプーとさらにかすかなパイプの香りがした――よくなじんだ、心地いい香りだ。ガイが僕の手に右手を重ね、口元へ持っていくと、手のひらにキスをした。

肌をなぞる彼の唇の感触も気持ちがいいし、腕の中でガイがこちらへ向き直ったのも歓迎だった。ガイにキスされる、そのキスの味もよく知ったものだし、好きだ。僕がキスを返し、口を開いて彼の舌を受け入れると、ぬるりと濡れた感触がすべりこんでくる。

キスが深まった。ガイの手が僕の背をなで、そのぬくもりがＴシャツごしに伝わってくる。抱きよせられて――だがどうしてなのか、ガイと違って、僕は勃起していなかった。

きっとまだ体が回復しきっていないのだろう。

数秒後に、ガイは体を引き、僕の唇に軽いキスを落として言った。

「本当に、気分は大丈夫かい？」

「大丈夫だ。皆にそう聞かれてばかりだよ」

ガイは微笑していた。僕の腕を軽くなで、指を一瞬ぎゅっと握ってから、彼は離れた。棚から皿を取りに、また背を向ける。

「美しくも脆くもあるがゆえに」肩ごしに僕へ言った。「君は私の保護本能を刺激するのだよ」

冗談めかしながらも、ガイが心配しているのはわかっている。彼としばらくつき合って、日常的に会うようになった後にやっと、心臓に持病があると僕が告白したのもよくなかった。そして今の僕が、マーガレット・キーンが描く子供なみに痩せて目が大きく、青白い顔をしているのも、助けになるとは言えない。

「外見に惑わされない方がいい。僕は充分、自分で自分の面倒は見られるよ」

「よく存じ上げているとも。君ほど自立した、鼻持ちならない自己完結型の人間は見たことがないね」

「その形容詞はいかがなものかな」

ガイはニコッとして、皿を僕へ手渡した。

「自立してるって言われたのが気に入らなかったかい？」


僕らはソファで、セイラムの魔女裁判の番組を見ながら夕食を食べた。ヒストリーチャンネルで。僕は、ジェイクがカラミティ・ジェーンに言及したことを思い出していた。

まただ。実のところ、僕は殺人事件の容疑者にされていることより、ジェイクがふたたび目の前に現れたという方に気を取られてばかりだ。プライドが傷つけられたせいだろう、そうとしか思えない――僕と会っていた間もジェイクがＳＭ遊びを、それも決まった相手と続けていたという真実をつきつけられて。

あの頃、ジェイクは、僕に気持ちを向けてくれていた。その筈だ。僕はそれほど経験豊富とは言えないが、その程度の経験値はある。今でも思い出せるのは――。

いや、少しでも利口なら、すべて忘れ去るべきだ。思い出したところで苦しくて、無意味なだけだ。

今考えなければならないのは、否定しておきながらポーター・ジョーンズ殺害事件の調査に首をつっこんでいることを、ガイにどう切り出すかだ。ガイは腹を立てるだろう。たとえジェイクが絡んでなくともだ。そこにジェイクが関わってくるので、雲行きはなお悪い。

とりあえず、今日はやめておいて、報告はまた今度にするか。

僕がガイへ視線をとばすと、彼も見返して、微笑んだ。

「トムヤムクンスープで少し顔色がよくなったようだね」

「凄くおいしいよ」

僕はそううなずく。まるで注意を払っていなかったので、ただのお湯でも区別はつかなかっただろう。ガイに打ち明ける勇気が出ずに、空虚に引きのばしているだけだ。言わなければ。

どうにか自分を追いこんで告白する決心をつけた時、ガイが本棚の時計に目をやった。

「しまった。マーゴのサイン会に行くと約束してたんだ。君は――いや、一緒に来るかい？

サイン会など珍しくもないだろうと思ってね」

「今日は〝共犯同盟〟の会合があるから。マーゴによろしく」

ガイが眉をぐっと寄せた。

「〝共犯同盟〟は休むんじゃなかったのか？」

「皆、僕の店に集まるんだよ。どうやって休むんだ？」

「簡単だろ。もうここに集まらないようにと、メンバーに言えばすむ。君も先週、もうあの集まりには飽き飽きしたからやめたいと言っていたじゃないか」

「先週の火曜に退院したばかりだったからね」僕は言い返した。「疲れて、イライラしてたんだよ」

今のように――だが、今は怒る理由などない筈だ。ガイも同じことを考えているのがわかったが、彼は何も言わなかった。すでに帰り支度に入ったガイは自分の皿をキッチンへ持っていってシンクに置いた。廊下のテーブル前で立ちどまり、キーとサングラスを取る。

「終わったら、戻ってこようか？」

ガイがそう問いかけ――その声の中にあるのが躊躇《ちゅうちょ》なのかどうか、僕にはわからなかった。許可を求めるなんてガイらしくもない。ぎこちなく、僕は答えた。

「今夜は、会合が終わったら早めに寝ようかな、と思ってるんだ」

ガイが僕に歩みより、少し長いキスをしてから、はねた髪を僕の耳の後ろへかき上げ、じっと僕の顔を見つめた。

「いい考えだ。まだ君は、かなりやつれて見えるからね」

僕は行儀よく微笑したが、内心また苛立っていた。

ガイは僕の鼻梁《びりょう》にキスをして、立ち上がった。
一、二分後にフラットのドアが閉まり、僕はガイがツイードの上着を忘れていったのに気付いた。つかんで階下へ向かったが、階段をゆっくり下りなければならなかったので、裏口にたどりついた時にはもう赤いミアータのテールランプが遠ざかっていくところだった。
裏口のドアを閉め、僕は階段を見上げた。ガイの上着のポケットから落ちた封筒が、階段の途中に横たわっていた。拾い上げ、ちらりと目をやって、もう一度まじまじと差出人の住所を見返した。

7

開封されている封筒をガイの上着のポケットに戻しながら、僕は首をかしげる。一体、テハチャピ刑務所にいる誰が、ガイに手紙を書いたのだろう。

水曜の午前中は、ドクター・カーディガンが指示した一連の検査に費やされた。

クローク&ダガー書店に戻った時にはもう、十一時近かった。駐車場に車を停め、裏のドアから店内へ入ると、丁度ナタリーが憤然と言うところだった。

「別に、そんなおかしな話でもないと思いますけど？　アドリアンは前に刑事とつき合ってたんですよ。もしアドリアンが幾度も殺人事件に巻きこまれているのがおかしいって言うなら、それは相手の――」

「ナタリー！」

僕はぴしゃりと呼んだ。

ナタリーはとび上がり、後ろめたそうに言葉の途中で口をとじた。アロンゾがナタリーを問いつめていたカウンターからこちらを振り向いた。手にしたスターバックスのカップを、歓迎の挨拶のように軽くかかげる。

「やあ、どうも、ミスター・イングリッシュ。いくつか新たな質問が出てきましてね。お時間があれば」

「ないと言ったら？」

彼の浮かべた笑みは、顔から拭い取ってやりたくなるようなものだった。

「こっちへ」

僕はそう言うと、奥のオフィスへ彼を案内した。中へ入ってドアを閉め、壁によりかかる。

この嫌な男に見下ろされながら話をするのは御免だ。

アロンゾが言った。

「するとあなたは、前に刑事と、えー、デートしてたんですか？」

「いいや」僕は言い返した。「ナタリーの思い違いだよ。僕が昔、えー、デートしてたのは、警察学校に在籍していた男だ。結局、駄目になったけどね」

「二人の仲も、警察学校の方も、ってことですか？」

「そういうことだ」

アロンゾはまだニヤニヤ笑いを浮かべていた。

いけすかない、無能な男。僕は腕時計をちらりと見た。

アロンゾが切り出す。

「ポーター・ジョーンズ殺害の毒物検査結果が届きましてね」

「早いね」

「重要人物ですからな」

この南カリフォルニアじゃそうかもしれない。ハリウッドの金融業者の死が世界を震わせているようにはまるで見えないが——もっとも世界中のカジキたちは波間で喜び浮かれているだろうか。

「毒はポール・ケインが作った特製カクテルの中に混ぜられて、摂取されたようですな」アロンゾは手帳をたしかめた。「ヘンリー・スカルファーカー」

「スカル……」僕は言葉を途切らせた。「へえ」

アロンゾは先を読み上げた。

「スミノフ一本、ストロングボウ・シードルを二五〇CC、ピップカップを――」

「ピムズカップ」

僕は訂正した。

うまく罠に掛かったとでも言いたげに、アロンゾがニヤつく。僕は彼に説明した。

「ピップカップなんて酒はない。母が、夏にピムズを飲むのが好きでね。いわゆるジン・ベースのリキュールの類いだよ」

それでもまだ、アロンゾは「仕留めた」というような笑みを浮かべたままだった。

「あなたがこの飲み物のことをご存知だとは、非常に興味深いですな」

「珍しいものじゃない。大勢のイギリス人がピムズを飲む」

「だが、あなたはイギリス人ではない。そして私は、ピムズなど聞いたこともない」

「僕の母はイギリス人だよ」僕は応じた。「それに、別に驚きじゃないね」

「何がです?」アロンゾは用心深くたずねた。

「君がピムズを聞いたこともないのは」

彼はじっと僕を見つめ、侮辱されたのかどうか判断をつけかねていたが、結局手帳に目を戻した。

「ポーター・ジョーンズを殺した毒が実際に何だったのか、聞けばあなたも驚くかもしれませんな」

またじっと、僕に視線を据える。

何が来るのかと思いながら、僕は待った。

「ジギトキシンでした」

まるで、切り札でも出すように、アロンゾが言った。

僕は内心よりもずっと落ちついた口調で言った。

「ジギトキシンは、ジゴキシンとは違う」

「似たようなものだ」

「正確ではない。両方とも処方箋が必要な薬で、ジギトキシンは最近ではあまり用いられない。推測だが、入手も難しくなっているだろう。また、ジゴキシンより毒性も低い」

「だから？」

「僕が犯人なら、どうして自分の薬より毒性も低くて手に入れづらい薬を、わざわざ使うんだ？」

「自分に疑いがかかるのを避けるためでしょう」

僕は笑い声を立てた。まあ、そう笑い事ではなかったが。

「本気か？　ならどうして僕が一番に怪しまれそうな心臓の薬なんて使ったんだ？」

「手に入りやすいからでしょう」

「たった今、ジギトキシンが手に入りづらい薬だという話をしたと思ったけどね」

アロンゾは肩をすくめた。

「別に、俺にとって筋が通る必要はないさ」

そうであっても、誰かにとってそれなりの筋が通っている必要はある筈だ。それにしてもジェイクは重要事件にこんな男を割り当てて、何を考えている？　この男は間抜けだ。それともジェイクは自分にとって気まずい方向を示す証拠が出てきた時、アロンゾなら操りやすいと思って、彼を担当に据えたのか？　歪んだ発想だったが、最近の僕としてはましな方だろう。

僕は口を開いた。

「じゃあ、それはともかく、聞こうか。僕が自分に疑いを向けたくないなら、どうして毒殺に使ったグラスをわざわざ割ってゴミ袋に捨てたんだ？　いかにも毒殺ですって警察に知らせているようなものじゃないか」

「証拠隠滅を謀ったんだろ」

「だが、もし割れたグラスが発見されていなければ、警察もポーター・ジョーンズの毒殺を疑うこともなかったんじゃないか？　高齢で、あれだけ太ってたんだ、心臓発作で死んだと判断するのが普通だろう。あのグラスの発見で、怪しいと思ったんだろ？」

「まさか。我々は最初から殺人を疑っていたとも」

それが真実なのかどうかはわからなかった。僕は何とか自分をなだめながら続ける。

「ならどうして僕は、グラスの指紋を拭き取らなかったんだ？　どうしてわざわざグラスを割って、外に捨てるんだ——自分の指紋を残したままで？　いかにも犯罪ですって示唆する証拠を」

アロンゾの目つきも口調も、人を見下したものだった。

「やってしまった後に、考えたんだろう。殺しでパニックになり、証拠を廃棄しようとした」

「パニック？　僕は計画と準備の上で犯行に及んだんじゃないのか？」

彼は冷ややかな目で僕を眺めた。

「そっちのご高説によれば、僕は殺人に詳しいベテランなんだろ？」

「ああそうさ、この際はっきり言っておこうか。警部補が何と言おうと俺の考えは変わらない。あんたのような男が三回も殺人事件に関わるなんて、どう考えても異常だろうが」

アロンゾが言い返した。

心臓の鼓動がリズムを失いはじめ、胸の中に不愉快なざわめきが詰まって、喉が苦しくなる。僕は深く息を吸った。もう一呼吸。アロンゾをここから追い出さないと。

「僕は、ポーター・ジョーンズを知らなかったんだ」デスクの端に腰をのせながら、僕は言った。「殺人の動機は？」

「いずれ調べがつく。たどっていけば、動機は必ず出てくるもんさ」

似たようなセリフをジェイクから幾度も聞かされていたので、アロンゾが誰からそれを習ったのか見当はすぐついた。アロンゾごときじゃ受け売りがせいぜいだ。

「じゃあ、がんばってくれ。何も出てこないだろうがね」僕は言葉を押し出した。「今、僕を逮捕するか？　なら言うべきことは言い終わったから、弁護士を呼ばせてもらうけど」

アロンゾが、ぎょっと構えた。もしかして、真剣に受けとめすぎたか。

「俺の経験上、ミスター・イングリッシュ、無実の人間は即座に弁護士を求めてわめき出したりしないもんだ」

「刑事ドラマでお勉強した方がいいんじゃないか？」

僕は嫌味に言い返した。声と手が震えないようにするので精一杯だった。

「これは即座なんかじゃない。明らかにあんたは僕がポーター・ジョーンズ殺害に関与していると考えている。正直言って、こんな下らないことにこれ以上つき合う時間も余裕も、僕にはないんだ」

アロンゾは、数秒じっと僕を見つめていたが、パチッと手帳をとじた。

「また連絡する、ミスター・イングリッシュ」

ドアが閉じた後、僕は受話器を取り、もう二度と電話することはないだろうと思っていた電話番号にかけた。

「誰か、この店に雇うつもりなの？」

夕方近くに、ナタリーがそう聞いた。

僕はノートパソコンの前でポーター・ジョーンズについてせっせと調べている最中だった。アロンゾ刑事がどう思おうが、僕はこんな事態の専門家などではないが、被害者について理解を深めれば容疑者を絞り込む役に立つことくらいは経験上わかっている。僕がポーターについて知ることといえば彼が何本もの人気映画に出資していたこと――ポール・ケイン主演作もいくつか含めて――と、カジキ釣りが大好きだということだ。加えて、アリーとの山あり谷ありの夫婦生活は彼の財布に優しくなさそうだ、ということくらい。

僕はピントのぼやけたポーターの写真数枚から顔を上げ、ナタリーへ注意を向けた。彼女の声は、高く、上ずった震えを帯びていて、経験からするとこういう声を女性が出す時は災難が迫っている。

「何だって？」

「ポストカードを見たのよ」

ナタリーはそう言った。顎がつんと上がり――多分手紙の盗み読みが後ろめたいのだろう――そしてまたも、その声ははっきり揺らいでいた。

僕は、こわごわとたずねた。

「何のポストカード？」

「あの子からのポストカードよ」

おっと。あの子、というのはリサがアンガスを呼ぶ時の言い方だった。

「いや、ほら、この店は人手が足りてないだろ？　君だってずっと誰か雇おうって――」

「私はウォレンを雇ってて、たのんできたのよ！」

「ナット、ウォレンをここで雇うつもりはない」

「何でよ？」

僕は、理由をはっきり告げようと口を開いたが、ナタリーの青い、輝くような目と、顎の震えを見てしまうと、たちまち決心はくじけた。

「何で……何でかと言うと、アンガスが消える前、また雇うと約束したからだよ」

「アドリアン、彼は殺人に関わったのよ」

「だけど彼は、アルファベット順に本を並べるのがとても上手なんだ」

「アドリアン！　笑えない！」

僕はまぜ返したいのをこらえて、答えた。

「そうだな。アンガスは、間違った人の輪に加わったが、アンガス自身は悪人でも犯罪者でもないんだ。それに僕は、彼にはやり直すチャンスがあってもいいと――あるべきだと、思う」

ナタリーは、感情のたかぶりに大きく胸を上下させながら、僕を見つめていた。

「あなたは人を信じすぎる、アドリアン。それも信じちゃ駄目な相手ばかり――」

携帯が鳴った。

「出ないと」と、僕は言った。たとえLAタイムズからの購読勧誘の電話であってもかまわない、何としてもこの電話に出るつもりだった。

「どうぞ」

ナタリーは固い声で言って、ずかずかと歩き去った。

僕は携帯に表示された番号をたしかめた。ガイだ。「やあ」と出た。

『週末、どこかに出かけないか?』ガイが切り出した。『二人だけで。メキシコのロス・カボスなら飛行機で二時間だ。リゾートホテルに予約を入れて。海沿いのどこか、ロマンティックなビーチで』

「それは――」

割込通話を知らせる音が鳴った。誰からかと見た瞬間、僕の鼓動が一瞬はねた――今日の色々なストレスのせいだろう。

僕は、かかってきた電話の方に出て「少し待ってくれ」と伝えた。ボタンを押してガイとの通話に戻る。ガイにたずねた。

「何分か待ってもらえるか?」

『あと五分で授業が始まるんだ』ガイが答える。『今晩話そう。無理しないように、いいね？』

「わかってる」

僕はそう言って、電話を切った。

「僕だ」

と、ジェイクに言う。

『だろうとも』ジェイクが応じた。『お前、一体アロンゾに何を言ったんだ？　すっかりお前が犯人だと思いこんでるぞ』

朝のやり取りの後、落ちつく時間は充分にあった筈なのに、ジェイクの声を耳にすると心臓が神経過敏な乱れたリズムを刻みはじめる。ジェイクの存在は、どうも僕の健康にはよくないようだ。勿論、心の平穏にも。

僕はぼそっと答えた。

「弁護士を呼ぶと脅した」

沈黙。それから、ジェイクが言った。

『そんなに動揺するような、何をアロンゾに言われたんだ？』

「僕が連続殺人犯だってほのめかしたほかにか？」

ジェイクの唖然とした沈黙に、いささかねじれた満足感を覚えた。

「僕は……カッとなったんだよ」そう認める。「もう殺人の容疑者にされるのはうんざりだ。これで二度目――いや、三度目じゃないか」

その声が張りつめているのが、自分の耳にすら聞こえた。ジェイクがゆっくりと『そうか』と呟き、次の質問で完全に僕の意表を突いた。

『何かあったのか？　お前らしくもない』

「僕らしいかどうかなんて、どうしてわかる」

『お前が簡単に判断力を失ったりしないのは知っている。もしそうなら、ポールの計画に同意してお前を事件の捜査に関わらせたりはしなかった』

「ああ、そう言えばお前が承知するなんて、それこそ謎としか言いようがないよな？」

腹の立つことに、ジェイクは返事をしなかった。一体どうしたというのだ？　結婚生活のせいかどうか、やけに丸くなったものだ。

僕は続けた。

「アロンゾが言ったのは、毒物検査の結果ポーターの心臓発作を引き起こしたのがジギトキシンで、それを飲んだグラスから僕の指紋が見つかったってことだよ」

『それは、俺たちの予想の内だ』

俺たち？　彼と僕、彼とＬＡ市警？　よくわからなかった。

「アロンゾは、僕一人に狙いを絞ってるみたいだった」

『いいか』ジェイクが口をはさんだ。『殺人捜査がどういうものなのかは、お前も知ってるだろう。アロンゾはポールのことも妻のアリーも、お前と同じ特別待遇で扱ってるよ。お前はポーター・ジョーンズを殺してない、そうだな？』

「ああ、ジェイク——」

『そうなんだな？』

「そうだよ」

『なら、気を楽にしてろ』

「お前は簡単に言うけどさ」

ジェイクが笑った。『そう思うか？』

ああ——たしかにその通りかもしれない。僕は初めて、今回の、ジェイクの立場がどれほど危ういものなのかに気付いた。少なくとも、必死で秘密を隠してきたジェイクにとってどれほど恐ろしい状況なのかに。

僕はたずねた。

「どうしてアロンゾは、ポール・ケインを疑ってるんだ？」

『アロンゾはホモが嫌いなのさ。ハリウッド連中のことも、ポールの最新の出演作も嫌ってる。ああそれと、ポールは毒入りのカクテルを作った当人だったたっけな』

「実に気が楽になったよ」

『次は誰の話を聞きに行くんだ?』

ジェイクがたずねた。

どうしてそんな答えが口をついて出たのか、自分でもはっきりしない。

「わからないんだ。その前に、ガイに話をしないと。まだ僕が事件を調べてるって、言ってないんだよ。バレたら、あまりいい顔はしないと思う」

『ああ、だろうな』ジェイクはそっけなかった。『あの海賊船長は元気か?』

「ああ。UCLAでまた教えてるよ」

『それは知ってる。まあ大学生ともなれば、一般教養として呪文のひとつやふたつは身につけて卒業しないとな』

「一日中、犯罪学と犯人の尋問テクニックを叩きこむわけにもいかないんでね」

『それで思い出したが、誰かのところへ行く前に必ず俺に連絡しろよ——まだ調べを続けるとして、だが』

「アイアイサー」

溜息を残して、ジェイクが電話を切った。

「二人のどっちかが料理を覚えた方がいいかもね」

僕は、ジャパン・ビストロから買ってきたテリヤキサーモンと野菜のライスロールと豆腐サラダを並べているガイへ言った。

「どっちがやるにしても、君は手間に見合うほど食べないじゃないか」ガイが冷蔵庫を開けた。「ミネラルウォーター？」

僕は溜息をついた。「仕方ないね」

同情まじりの微笑で、ガイはレモンフレーバーのミネラルウォーターをグラスに注いだ。

「検査結果はどうだったんだい？」

「まだだよ。ドクター・カーディガンに次に会うのは来週だから」

僕の向かいに座って、ガイがたずねた。

「週末に出かけること、考えてくれたか？」

「ええと……まあ」僕はミネラルウォーターを一口飲む。「ただ実は――」

「パルミラリゾートホテルがいいんじゃないかと思ってるんだ。海のそばだし、サン・ホセ・デル・カボとカボ・サン・ルーカスの丁度中間にある。全室オーシャンビューでパティオ付きだ。インフィニティ・エッジ・プールが二つあって、スパやレストランもそろってる。ウェディングチャペルも」

僕の手から、箸が一本落ちた。

「ガイ……」

「いいんだ」ガイの笑みは悲しげだった。「そう焦らなくていい。君に無理強いしようってわけじゃない。ただ、二人きりの時間が必要だよ、アドリアン。君にはそういう時間が必要だ。寝そべって日光浴をして、泳いで、朝寝坊して、夜は二人でベッドで――」

「僕も……そうしたいけど」僕はぎくしゃくと言った。「でもいいタイミングじゃないんだ」

ガイはまだ微笑んでいたが、無理に作った笑顔なのがわかった。

「君が何を言おうとしているのかはよくわかっている。君はどうせ、入院で一、二週間仕事を離れてしまった以上、書店の拡張工事もあるし、自分が留守にするわけにはいかないと言いたいんだろ。だが週末だけのことだよ。店は、ナタリーに二日くらい――二日半くらい、まかせておけるさ」

「僕は、殺人事件の容疑者なんだ。その僕がいきなり荷物をまとめてメキシコに飛んだらどう思われる？」

「君が殺したなんて、誰も本気で疑ってやしないだろ。君は、被害者の知り合いですらなかったんだぞ」

「でも容疑者なんだよ。だからこそ、僕は今――」

「だからこそ、何だ？」

言葉を切ったところで、ガイに問いつめられる。

「……ポール・ケインにたのまれたんだよ。僕が――こう、非公式に、関係者の幾人かに話を聞いてみてはくれないかと」

　僕はガイと視線を合わせた。ガイの目は、岩に波が砕けた瞬間の緑色だった。

「それは正確にはどういう意味だね？　非公式に話を聞く、とは？　まさか、彼に――事件の捜査をたのまれたのか？」

「そんな仰々《ぎょうぎょう》しい話じゃない」僕は急いで説明する。「ただほんのいくつか、簡単な質問をして回るだけのことだよ。今回の事件関係者は狭い業界の、それも内輪のグループだから、警察よりも僕のような相手の方が口もゆるむかもって考えなんだ」

「君のような相手？　何の関係もない赤の他人という意味かね？」

「でもポール・ケインに、あてにされてて」

　ガイは箸を下ろして、腕を組んだ。

「あのリオーダンがそんなことは決して承知するまいよ」

　僕は言葉を選びながら答えた。

「まあ、そこが驚きなんだけど、ジェイクはかまわない様子だった。僕が相手から聞き出した内容を、すべて報告するという条件付きでね」

　ガイは、猛毒のフグを皿に載せてさし出されたかのように、僕を見つめていた。

「……冗談だろう」

　僕は首を振った。

「あの人でなしがそんなことを許すわけがない――」

「ガイ！」

彼は唇を結び、僕を待った。眉を寄せ、怒りがあらわだった。

僕はまず口をついて出かかった言葉を呑みこみ、グラスの脚をきつく握る手をゆるめようとした。ガイは、ジェイクを忌み嫌っている。それは無理もない。なのに反射的にジェイクを弁護したくなるのは、二年経っても僕が断ち切れない、ただの悪い癖だった。

「……何でもない。とにかく、僕にはよくわからない。ジェイクが本気で僕が役に立つと考えてるのか、それともポール・ケインのようにマスコミに影響力がある相手のご機嫌を取ろうとしているだけなのか、わからないんだ」僕は肩をすくめた。「もしかしたら、彼も少し利口になったってことかもね」

「彼はな。君が何も学んでないのが驚きだよ」

ガイはすっかり喧嘩腰で、彼らしくもなかった。僕は抗う。

「よせよ、ガイ」

「たとえ君がそんなことを聞き回れるほど健康体だったとしても――」

「ガイ、いい加減にしてくれ！」

僕を凝視するガイの顔には、長らく見なかった表情があった――二年ぶりだ、正確には。

「君は、楽しんでるんだな。だろ？　初めて気がついたよ」

「楽しくなんかないよ。僕は容疑者にされてるんだ、ガイ。ただ座って眺めているわけにはいかない――」

「どうしてだ？　普通の人間は、皆そうするものだ。警察や訓練を受けた捜査員にすべて任せてな」

ガイの言葉は、完全に正しかった。普通の人間は、そうするものだ。

「……ここで喧嘩したくはないんだよ」僕はやっと、そう言い返す。

「いいね、じゃあそれも君が私としたくないことのリストに加えておこう。結婚もしたくない、週末に少し出かけるのすら嫌だと」

「ガイ……」

彼に何と言えばいいのか、僕にはわからなかった。この怒りの発露はあまりにもガイらしくなく、少なくとも部分的には僕のせいだ、という自覚はあった。もともとガイは、僕からいつも距離を隔てられていると感じていて、煮え切らない、身を固められない僕の態度が、物事をさらに悪化させていた。その上、今やこれだ。ジェイクの再登場、そしてガイの気に入らないものすべてが戻ってきた――多分、ガイが一番好きになれない、僕の部分が。

ガイは首をひとつ振り、議論を打ち切って、箸を手にした。僕らは沈黙の中で夕食を終えた。

夜が更ける頃には、お互いの友好関係を多少取り戻しつつあった。最初のうち、ガイはレポートの採点をして、僕はSciFi《サイファイ》チャンネルで安っぽいホラー映画を眺めていた。ちゃちなCGのホラーほど、頭を冷やして考えを整理するのにぴったりのものはない。やがてガイも、僕が呟く映画批評に釣られてソファにやってきた。それほど経たないうちに、僕への反論が始まって、二人で盛り上がった。

これがガイのいいところだ。物事を根に持たない。大人として初めての恋人だったメルは、こういう時ずっと、感心するほど長々と黙りこくっていたものだ。ジェイクでさえ、本当に僕に苛ついた時には無愛想に、ぶつ切りの単語を吐き捨てるだけの男に退化していた。

その点、ガイは文明人らしく立ち向かった。僕を無視もしなければ、無理に従わせようともしない。

その夜、ベッドに入ると、ガイは僕に覆いかぶさって、キスで僕の唇を求めた。キスは、歯磨き粉と、彼がデザートに飲んだプラムワインのかすかな香りがした。彼の唇が、久々の情熱をこめて僕の唇を覆った。

僕は、ガイにキスを返した。彼の長い髪が僕の顔と胸元を軽くかすめる。少しくすぐったい。

「どうしたい？」

僕はもう眠りたいだけだ——だがさっきの口論の後では、拒めばどういう印象を与えるのかも想像がつく。僕は自分からガイにキスをしながら、せめてもの気持ちをこめようとした。

ガイの唇がきつく押しつけられ、舌が入ってきて、彼は何か切羽詰まったような呟きをそっとこぼした。僕も小さな呟きを返して、彼の背をなでた。ガイの屹立が僕の腹部に押しつけられ、僕は手をのばして陰嚢を包みこむ。皮膚一枚を通して彼の熱の熱の高まりが伝わってきて、僕は頭の中で彼を手っ取り早く満足させる方法を考えていた。

ガイが、一度、腰をつき上げる。その手が僕の腰から股間をなで――だが状況と裏腹に僕の肉体はほとんど興味を示しておらず、そんなあからさまなことを見逃すには、ガイはあまりにも気配りの行き届いた男だった。

ガイの手が、ゆっくりになり、とまった。体を起こし、僕の顔を見つめて、ランプの明かりの下で表情を読もうとしていた。囁く。

「君が退院してから、ずっとご無沙汰だよ」

「わかってる。悪いと思ってるよ」押しつけられたガイのものが萎えていくのがわかって、僕の心がさらに重くなる。「疲れてるだけなんだ」

ガイは力なく答えた。

「君に、悪いと思ってほしいわけじゃない。私が君を求めるように、君にも同じ気持ちでいてほしいだけだ」

「同じ気持ちだよ」

ガイは強いまなざしで僕の顔を見下ろしていた。僕は横を向いて、咳き込んだ。

「本当だよ」とまた彼を見上げて言う。「ただ、まだ普通の体調に戻ってないんだ」

ガイが、眉を上げた。

「僕なりの、普通にね」僕はそう言い足した。

やがて、ガイは溜息をつき、手を後ろへのばしてランプを消した。

僕らは肩を並べて横たわり、どちらも何も言わなかった。

8

グランデールにあるフォレスト・ローン墓地の前にある美しいゲートは、練鉄で作られた最大の門なのだという。僕としてはうなずけない。ベル・エアにあるポーター・ジョーンズの豪邸を前にすればこの門もかすむだろう。だが、たしかに見事だった。

そしてこのゲートは、様々な思い出をつれてくる。僕の父はこの墓地に埋葬されていた。僕にとっては父本人より、幼少期の父の墓への訪問の方が記憶に残っているくらいだ。リサは僕が父に似ていると、よく言っていた。勿論、似ても似つかぬ部分もあるが。ともあれ木曜にポーター・ジョーンズの葬式を訪れた僕は、まず父の墓へ立ち寄ることにした。

丘の斜面に、イングリッシュの名が刻まれた多くの墓石に囲まれて父の墓もあり、僕は遅まきながら、この荘厳な公園墓地にかなりの数のイングリッシュ家が眠っているのだと悟る。奇妙な感じだった。父の青銅の墓標を見下ろして、父が今の僕よりも若くして死んだのだと気付き、また奇妙な気分になった。

今さらだが、花か何か持ってくるべきだったのだろう。僕が最後に父の墓を訪れたのは、まだ幼い頃で、サギをかたどった噴水脇の彫像によじのぼって遊んでいた。遥か昔だが、どうしてかリサは、ここに来る時は僕の行儀の悪さを叱りもしなかった

父が生きていたら、僕らはうまくやれていただろうか？　僕がゲイだということを受け入れてくれただろうか。もし父がいれば、僕の人生はどんな風に変わっていただろう——性的指向は別として。ジェイクは、人格形成期における父の早逝が僕の倒錯した性的指向を引き起こしたと固く信じていたが、僕は早くから自分は周囲と違っていると気付いていた。それに、自分が性的に〝倒錯している〟つもりもない。だがこれも、僕とジェイクが同意できない、山ほどの食い違いの一つにすぎなかった。

教会の庭に立って、ポーター・ジョーンズの親しい知己《ちき》たちが彼の思い出話を語るのを聞きながら、僕は葬式業界を皮肉ったイーヴリン・ウォーの『愛されたもの』を思い出さずにはい

られなかった。

前に立って話をする皆が楽しげで、天界のグランドオープニングにでもポーターを送り出すような雰囲気だった。ポーターは厳密にはセレブとは言えないが、充分な人数が葬儀につめかけていた。ちらほらと、映画などで目にした顔がある。本の映画化企画で会った以外にも。

ポール・ケインの姿も当然あり、彼は自分とポーターとの長年の友情を実に流暢《りゅうちょう》に、愉快に語った。二人はラングレー・ホーソーンという共通の友人を通して出会ったらしい。ラングレー・ホーソーンの名はアリーも言及していたな、と思い出して、僕は少しその人物を調べてみようと心にメモした。話を聞くに、どうやらハリウッドの大物の一人だったようだ。

正直――くやしいが――誰の話よりポール・ケインの思い出話がポーターの人生を見事に描き出していた。ケインは話の中で、ポーターが多くのチャリティに寄付していたこと、商業的にはぱっとしなくとも見どころのある小さなプロジェクトにも大金を出していたこと、映画界で数多くの産業会議のメンバーや奨学金組織の理事をつとめたことを語った――ポーターの海釣りへの熱狂やモダンアート収集癖、食通ぶりをからかいながら。

ケインの話によれば、ポーターにはそれなりに繊細な面もあった。執筆への夢を断ちきれず、出来の悪いシナリオを何本か書き、自分の回想録の執筆にも何度かチャレンジしていた。一方、豪放な面もある男で、どんな相手も楽に酔いつぶすほど酒も強かった。だが何よりもポーターという人物を物語るのは――ケインの意見によれば――ポーターが誰とでも友人でありつづけた、その事実だった。

　ポーターの一人目の妻、マーラ・ヴィチェンザはうまく若さを保った六十歳すぎの女性だった。ソフィア・ローレンの大衆版といったところだ。深夜放送のドラマを山ほど見てきたおかげで、僕は彼女の顔に見覚えがあった。

　マーラも、元夫のポーターは誰にでも好かれる男だったと語った。ポーターが三十年つれそった彼女と別れて若い金髪女に走った時でさえ、彼はごく魅力的にやってのけたらしい。つまりは気前よくポンと慰謝料を支払ったということだろうが。

　マーラはリラックスしている様子だった。アリーの隣、チャペルの最前列に座っており、この妻と後妻は——僕の立つ場所から見ると——友好的な間柄のようだった。

　アリーの方はどうやら悲嘆、あるいは罪悪感から、人前に立って夫の思い出話を語るなどとてもできない様子だった。彼女はちゃちな、安いバーで見かけそうな黒いワンピースドレスを着て、背の低く筋骨たくましい美男子の腕にぐったりもたれていた。兄かもしれないが。なにしろ夫の葬式に兄弟でない男の腕に抱かれて参列しているとなれば、ＬＡ市警が大喜びだし、彼らの目はこの葬式にも光っていた。

　アロンゾとジェイクが二人そろって、教会の後ろに立っている。僕とは逆のドアの方だ。アロンゾはしきりに顔をしかめてはネクタイをいじっていた。仕立てのいいダークスーツをまとったジェイクは、厳粛なおももちで、どこか心ここにあらずに見えた。どうせ弔問客や容疑者たちを細かく観察し、分析しているに違いない。もっとも、ポール・ケインの弔辞の間、ジェイクの顔に幾度も微笑がよぎったことにも、僕は気付いていた。

別に、ジェイクのことを観察していたわけでもなんでもないが。

僕はアル・ジャニュアリーへ挨拶がわりにひとつうなずいた。彼は、ポーターの思い出を語ろうと進み出ない一人だった。だが足を止めて翌日のランチに僕を招いてくれたところを見ると、ケインは約束通り、ジャニュアリーに話を通しておいてくれたらしい。

あのパーティにいた面々の顔があった。さらには、テレビや銀幕で見知った顔。僕は式が終わって皆が庭へ出ていく中、ヴァレリー・ローズに挨拶したが、彼女は僕を覚えていなかった。そこにポール・ケインがやってきて僕らをふたたび紹介した。ヴァレリーは気さくだったが、少しばかり上の空だった。

「ヴァレリーに、君が話を聞きたがっていると伝えておいたんだよ」とケインが言う。

「ああ、そうでした」

僕はヴァレリーに微笑み、彼女は礼儀正しく微笑を返した。そんなことを考えるなんてケインはおかしい、と彼女が思っているのは丸見えだった。僕も今では彼女に同意したい。理由は違うが。

ケインが、憂いをたたえた、魅力的な表情を作った。

「君は、俺を見捨ててここで抜けたりしないだろう？　な？」

「しませんよ」と僕は答える。

「ポール、あなたはミスター・イングリッシュを困らせているだけよ」

ヴァレリーが口をはさんだ。

肩や腕がふれるほどケインに近く立つ彼女の様子から、僕は二人が恋人なのだと——少なくとも恋人だったのだと——感じとる。ケインの色男ぶりは有名だし、ジェイクは当然ケインがほかの誰とつきあおうと文句を言えた筋合いではないが、近づいてくるジェイクを見ながら、僕は彼らの関係が不思議になる。

ケインがヴァレリーに「そんなことはないさ」と応じた。

「アドリアンと俺はよく似てるんだ。二人とも謎解きが大好きでね」ジェイクを見ながら、彼はつけ足す。「色々と、好みが同じなのさ」

僕の視線がジェイクと合って——絡んだ。ふっと肌が熱くなる。六月の明るい陽が降りそそぐ石畳の中庭に立っているのだ、無理もない。

僕は視線をそらし、敵意をみなぎらせているアロンゾへわざわざ目を向けた。アロンゾのダークオリーブ色のスーツが、まばゆい陽射しをてかてかとはね返している。どういうわけか、それを見ると心がなごんだ。

ジェイクとアロンゾが話を聞き取れる範囲に近づいたところで、ポール・ケインがなれなれしく言った。

「言われたことはないかい、君の目はまさに地中海の色をしていると？」

少し遅れて、僕はその言葉が自分に向けられたものだと気付いた。ヴァレリー、ジェイク、アロンゾがまじまじと僕を見つめている。これもケインのゲームのひとつなのだろうが、謎解きの趣味は共有しているとしても、彼と同じゲームを好むわけではないのだ。

「ああ、よく言われるよ」

僕はそう答えて、さよならがわりにケインの腕を親しげにぎゅっとつかんでから、人混みの中へ歩き出した。

「あの服！　ねえ、見た？　一体彼女、何考えて……？」

「多分、七十年代にあそこを一区画買いこんであったんだろうな」

「そんな言い方やめてよ、お墓のこと……」

ひそひそと交わされる笑い声や囁きの間を抜けながら、僕は周囲を漂う会話に耳を傾け、アリーとそのたくましい連れの男を視界のすみで観察していた。

「数独《スウドク》？　いや、頭をこんがらせてくれるのはNYタイムズの記事だけで充分だ……」

「笑えるね、あいつが気分次第で平気で融資を引き上げてたってことは誰も言わないんだから――」

ポーターの墓に向かって日陰の道をのろのろと進む列に並んだ時、背後からの呟きが僕の耳をとらえた。

「前の企画を駄目にされたっていうのに、ヴァレリーがまたポーターと組んだとはびっくりだね」

「あの女はポール・ケインに飛べといわれりゃ、崖からでもたちまち飛ぶさ」

黒いリムジンがゆっくりと通りすぎ、全員が道端によけたせいで、続く会話は聞こえなかった。

「皮肉よね、まったく。どうせ残された時間は少しだったっていうのに……」

それは、僕の前を歩いている女性の声だった。後ろからでもエレガントな喪服姿と、艶のある茶色いボブカットを眺めて、僕はそれがポーターの前妻、マーラ・ヴィチェンザだと気付いた。後ろ姿なら実年齢の半分と言っても通りそうだ。女優の癖で、彼女も普通よりわずかに声を張っていた。

僕はこっそりと、足取りを早めた。

「警察はあの人が病気だったのは知ってるの？　ねえ、うっかり薬を飲みすぎたなんてことは……」

マーラの連れは、黒いパンツスーツ姿の年上の女性だった。

「知らないみたいよ。使われたのは心臓病の薬かなんかですって。うっかり飲むようなものじゃないでしょ。それにあの人は、そういうところはとても几帳面だったもの」

「そこからしても、犯人はポーターのことをよく知らない人間だって、警察にもわかりそうなものなのにねえ。大体、よく知ってる人なら、あの人を殺したいと思うわけないじゃないねえ？」

「何もかもバカバカしいったら」マーラが応じる。「あの人を殺したい人なんていないわよ。坊ちゃんだったもの」

「あのオンナはどうよ？」

「急ぐ必要なんかないでしょ、彼女には。ちょっと待てば全部自分に転がりこんでくるんだから」

二人はさらにぺちゃくちゃしゃべり続けたが、僕は途中から聞くのをやめた。どちらも、ポーター・ジョーンズを殺す動機を持つ人間の見当がついてないのははっきりしていた。同じようにはっきりしているのは、ポーターを殺す必要など誰にもなかった、ということだ。彼はすでに死を迎える寸前だった。

となると、疑問はこうだ――一体、ポーターが死ぬのを待ちきれなかったのは、誰だ？

「今日、あなたお葬式だったんでしょ。どうだった？」

僕が午後遅くに書店へ戻ると、ナタリーがそう聞いてきた。

「そういう言い方をされると……まあ、僕の本番にはもっといい曲を使ってほしいね」

僕はオフィスの冷蔵庫から出したＴａｂの缶を開けた。ナタリーが笑う。

「ヴェルディの〝レクイエム〟だけってわけにもいかないでしょ。音楽のことならウォレンにまかせればいいわ」

それこそ、死んでも御免だ。僕はごくりとダイエットコーラを飲みこんだ。カフェイン。まさにこれだ、忘れがたい味。

ナタリーが不意にたずねた。

「ねえ、今夜は何を着るの？」

「それ、何かの謎々かい？」

いかにも家族らしい、たしなめるような目でにらまれた。

「家族写真を撮る日よ、忘れた？　もう一月以上前からリサがずっと言ってるじゃない」彼女は笑い出した。「いやだ、あなたのその顔！　アドリアンったら！」

まさにまたとないシャッターチャンスだっただろうに。僕は聞き返した。

「時間と場所は？」

「うちで、七時に――でもきっとリサはあなたがディナーにも来ると思ってるでしょうね」

「ディナーなんか知らない」

「でしょうね！　大丈夫、リサが食べ方を教えてくれるわよ」

「笑えるね」

ナタリーもそう思った様子だった。笑い転げる彼女を置いて、僕は葬儀の服から着替えようと二階へ向かった。ジーンズと、去年ガイと出かけたサンタバーバラのワイナリーで買った黒いTシャツに着替える。少しの間、ベッドルームのドアの鏡に自分の姿を映した。悪くはないと思う。少し痩せたが——まあ、たしかにジーンズの腰回りが緩くなって、だらしない腰穿きファッションになっている。それと、もう少し日焼けしないと、白すぎる。髪を切りにいくのも悪くない。まったく、家族写真のことなどきれいさっぱり忘れていた。

階下へ戻ると、工事作業員が昼食休憩に入っていて、随分と静かだった。ナタリーが客から注文のあった地方出版社の本を注文している。僕は電話帳をつかむとオフィスの椅子に座って、パラパラとめくり、マルコプーロス探偵事務所を探した。

手間はかからなかった。『伴侶の嘘を暴きたい？　誰かの監視をしてほしい？　人知れずお手伝いします！』と書かれたページ半分の広告の中で、スーパーマリオのルイージにぎょっとするほどそっくりなイラストの男が、虫眼鏡の輪の中から将来の顧客へ笑いかけていた。

仮に、伴侶の浮気を探偵に調べさせるような状況に追いこまれても、僕ならこんな……おもしろそうな探偵は選ばないだろう。僕はウェブサイトのアドレスをメモすると、ノートパソコンからサイトにアクセスした。サイトには漫画っぽい絵などどこにもなかった。ただロサンゼルスのビル群の写真と、マルコプーロス探偵事務所が認可され、ライセンスを持った信頼できる探偵社であるという文言のみ。『十一年の歴史を持つ』という一文も添えて。

僕はその探偵事務所に電話をかけて、ロスコー・マルコプーロスを出してくれとたのんだ。電話口に戻ってきた受付係が、僕の名前をたずねる。僕は正直に名乗った。彼女は僕を待たせて——地元のラジオ局の放送がぼんやりと聞こえる——また戻ってくると、用件は何かとたずねた。僕は正直に話した。また待たされる間、エマの大のお気に入りのマイリー・サイラスの曲がかかり、ステージの上と日常の二つの世界のお楽しみを歌っていた。

マイリーの歌が消え、男のぶっきらぼうな声がたずねた。

『マルコプーロスだ。ご用件は?』

僕は再度自己紹介してから、切り出した。

「あなたは映画プロデューサーのポーター・ジョーンズの依頼を受けていましたよね?」

沈黙。やがて、同じ声が渋々と答えた。

『かもな』

「なら、彼が数日前に殺人事件の被害者となったこともご存知かと思いますが?」

またしても、沈黙。このマルコプーロスは新聞を読まないか、頭が鈍いかのどちらかだ。

『……かもな』

やっと、そう返事があった。

「お会いして、少々話をうかがえませんか」

『記者じゃないだろうな?』

彼は疑り深くたずねた。

「まさか、違います。いくつかお伺いしたいことがあるだけです」

『君も探偵かね？』

「まあ、そんなようなものです」

沈黙。

『……今日中に、出かけるんでね』マルコプーロスが、やっとそう告げた。『九日間ばかり戻ってこない。九日後にまた電話してくれ』

「三十分もあれば終わる話です」僕は素早く口をはさんだ。ちらっと、壁に掛かった、宇宙飛行士が針先で浮いている時計を見やる。「そちらに、すぐうかがえます」

沈黙。

『……三時までに来られるなら』

気乗りしない様子で、マルコプーロスが承知した。

僕は電話を切ると、ナタリーへ「出かけてくる」と告げた。

「だから、店に誰か雇おうって言ってるじゃない！」

階段を上っていく僕にナタリーの声が届く。僕は上の空でうなずきながら、すでにジェイクの番号を押していた。

電話は、すぐ留守電メッセージにつながった。もう一度かける。同じだった。僕はジーンズとTシャツを脱いでかっちりした白シャツとズボンに着替えた。もう一度ジェイクにかける。また留守電が応答した。

僕は口を開け、だが考え直した。もし事件を調べるなら――どうもそうなりそうだが――ジェイクとは、マルコプーロスとの対面が既成事実になった後で話した方がいいかもしれない。結局、時間ができたら電話してくれ、とだけ告げて、僕は通話を切った。

「どこに出かけるの?」一階へ戻った僕へナタリーが聞いた。「事件の調査?」

女王陛下のスパイがここにも一人。イギリス女王とは別の女王様だが。

「心配いらないさ」僕は彼女に受け合う。「閉店の時間には充分間に合うよう戻ってくるよ」

「アドリアン!」

彼女の抗議の声を、閉じたドアがきっぱりと断ち切った。

9

「ミスター・マルコプーロスが今からお会いになります」

マルコプーロス探偵事務所の受付係がそう告げた。僕は眺めていたセキュリティ系の雑誌を横へ放り出す。受付の娘は、僕を奥のオフィスへ向かう廊下へと通した。

　このマルコプーロス探偵事務所――「ＭＩ」と受付は略して呼んでいた――は大がかりな探偵社というわけではなかったが、薄汚れた探偵が手の届く引き出しにバーボンのボトルを常備した狭いオフィスと色っぽい秘書、なんていうイメージともほど遠い。大体、あの受付の娘は飲酒のできる年でもなさそうだし。あらためて考えると、法的に働ける年齢かどうかも怪しい。両耳の下で結んだ巻き髪も、くわえたロリポップも幼い。探偵事務所も研修生を受け入れているのか？

　彼女に案内されて明るい廊下を歩き、三つの無人のオフィスを通りすぎた。ドア横のネームプレートにある名前は、どれもマルコプーロス姓だ。ロスコー・マルコプーロスのオフィスはウィルシャー大通りを見下ろす角部屋だった。

　机の向こうで立ち上がった彼は、巨大な口ひげをたくわえた、小柄で活力にあふれた男だった。電話帳の広告にいたルイージ風のイラストに不気味なほどそっくりだ。

　僕らは握手を交わし、腰を下ろした。コーヒーを勧められたが僕は断った。

「俺はしばらくＬＡを離れててね」マルコプーロスがそう説明する。「だからミスター・ジョーンズが死んだとは知らなかった。君は、警察と協力して動いているのかね？」

「いえ、ポーター・ジョーンズの件では」

　僕は彼の問いをはぐらかした。

「警察連中ときたら!」

マルコプーロスが首を振る。あんな邪魔者がいちゃどうしようもない、と共感するように。

「それで? あんたは何を調べてる?」

車内でそれなりに考えをまとめてきたので、僕は答えた。

「ジョーンズ氏の遺言に関していくつか確認事項が出てきましてね。あなたもなじみの話でしょう——死に際して、彼の気持ちや意向がどうだったのか」僕は肩をすくめた。「彼が妻との離婚を検討していたところからして——」

「検討していただけじゃないさ」マルコプーロスが口をはさんだ。「準備にかかってた」

「それで、準備は進んでましたか?」

「狙いは充分、あとはぶっ放すだけってところだな」マルコプーロスはニッと歯を見せた。

「つまり妻は浮気してた?」

彼がうなずくと、その頭がサンタバーバラの海上で石油を汲み上げている油井やぐらのように重々しく上下した。

「そうさ」

「その証拠を夫に渡しました?」

「渡したよ。写真も、全部」

「もしよければ、僕にも——?」

彼は黒い目に、警戒をたたえてじっと僕を眺めた。

「ふむ、ひとつ聞いていいかな、ミスター・イングリッシュ。この調査結果は君の依頼人にどれほどの価値を持つ？」

そう聞かれると、難しい。

「時価、ってところですかね？」

僕は曖昧に投げ返す。探偵は笑い声を立てて、僕の虚を突いた。

「前妻にたのまれたな、そうだろう？　マーラ・ヴィチェンザが依頼人？」

僕は笑みを浮かべて、両手を広げてみせた。

彼は僕を指さしてさらに大声で笑い出した。僕も笑った——上すべりの笑いだったが。

マルコプーロスが少し考えこんだ。

「いいだろ」と言う。「同業者同士のサービスだ。五百ドル、それで全部あんたにやるよ」

ポール・ケインなら払ってくれるだろう。「では、契約成立」

彼はぐるりと椅子を回し、パソコンに何か打ちこんでから受付係に内線で「ＪＯＮ３９８のファイルを持ってきてくれ」と命じた。

ファイルを待つ間、僕は五百ドルの小切手を書いた。バタバタと受付係が入ってくる。マルコプーロスが彼女に僕の小切手を、僕に調査ファイルを渡した。

写真が、それも大量にあった。アリーが男と一緒にいる写真で、相手はあの葬式でくっついていた筋骨たくましい二枚目だった。

「この男の名前は？」

僕は写真を次々とめくりながらたずねた。

「ダンカン・ローだ」マルコプーロスが得意げに答えた。「彼女のパーソナルトレーナーさ」

「二人でどんなトレーニングを？」

彼がまた笑った。

僕は日付と時間、場所の記録にざっと目を通した。アリーとダンカン・ローが週に二度、ラックスホテルで会って三時間も二人きりですごす無害な理由がないか、考えてみる。アリーは自宅にテニスコートも、プールも、トレーニングルームも持っているのだ。まあ、ラックスホテルのオリエンタル風エステつきスパの評判は、僕にも届いているが。

「必要なものがあればケリーにコピーさせるよ」

「どうも」

僕は、アリーとダンカンの二人がベル・エアホテルのブーゲンビリアに覆われたテラスでランチを取っている写真を手にした。二人とも、人目をしのぶ気はかけらもないようだ。

「彼女を六週間追っていましたね。この二人の仲はどれくらい前からなのか、見当は？」

「三、四ヵ月だな。俺の調べた限り」

僕は礼を言って、調査結果をすべてコピーしてくれるようたのんだ。ケリーがコピーをとっている間に、マルコプーロスは出かけていった。

「ここの仕事、好きかい？」

僕は彼女にたずねる。ケリーはくわえているロリポップを口端によけて、答えた。

「生きるためよ」


フォレスターに乗って、携帯をチェックすると、ジェイクからの着信が残っていた。メッセージを再生して、ジェイクが堅苦しく『電話してほしい』とたのむ録音を聞きながら僕は、一度は耳をなめても許されたりした相手とよそよそしく接するのは実に奇妙だと、また思う。

ジェイクに電話をかけた。てっきりまた留守電メッセージが応じるだろうと思っていたが、驚いたことにいきなりジェイク当人が出た。

「えーと、やあ」僕は挨拶する。「その、アドリアンだ。イングリッシュ」

一瞬間が空いて、ジェイクが言った。

『お前の声は忘れてないぞ。ラストネームもな』

ぞくりと、背すじを奇妙な震えが抜ける。すべての状況を考え合わせると、この反応は怒りだろう。

「そうか。その、さっきも電話したんだが——とにかく、ポーターが雇ってた私立探偵の名前を、ケインが思い出してさ」

沈黙。だがこの沈黙は、僕もよく知っている——その奥にある怒りを。ポール・ケインもこの怒りをよく知っている筈だろうが、まったく意に介していない様子だった。五年もつき合えば免疫ができるのかもしれない。

『何という名だ?』

ジェイクの口調は平静だった。彼の怒りの対象はケインであって、僕ではない。だが同時に彼は、どうしてケインがこの情報を自分ではなく僕に渡したのかと考えている筈だった。いや、理由などお見通しなくらい、ケインのことはよくご存知かもしれない。どちらにせよ、僕には関係ないことだ。

僕は、ロスコー・マルコプーロスの名と住所を白状し、さらにすべて話してしまおうと腹をくくった。すでに会ってきたと聞けば、ジェイクがいい反応を示さないことはわかっていた。僕を事件から締め出すかもしれない、それもわかっている。だが、たとえそうなってもかまわない気もした。ある意味で——深く考えたくないが——もう手を引けるなら、ほっとするだろう。

「聞いてくれ、ジェイク」僕は切り出した。「お前はいい気分はしないだろうが……マルコプーロスは、僕と会ってもいいと言ってくれた。彼は町を出る寸前で、お前に先に報告している時間はなかった」

　唖然とした沈黙が、一瞬、落ちた。

『お前は――俺があれだけ禁じておいたのに、その上で、マルコプーロスに勝手に会いに行ったと、そういうことか？』

　僕は深々と息を吸った。

「ああ、そうだ。そういうことだ」

　目をとじて、落雷が降ってくるのを待つ。

　ジェイクの口調は冷ややかだった。

『どうして俺の指示を無視して、そんなことをした？　お前だって、俺に約束しただろう』

「彼は遠くへ出かけるところだったんだ。僕は、だから、考えて――」

『いや、お前は考えてない』ジェイクがさえぎった。『俺に報告しないで行く、どんな理由もない。そいつがどんな遠くに行こうがどうでもいい、火星行きでも知ったことか。それなのに、お前はまた勝手に首を――』

　そこで、ジェイクは残りの言葉を飲みこんだ。鋭い沈黙が落ちる。僕と同じ、あの日のこだまが彼の耳にも聞こえただろうか。僕らが似たような状況で、似たような言い争いをした最後の時――そしてその結末を、彼も思い出しているのだろうか？

　沈黙ばかりがこだまする中、ジェイクが言った。

『おまえにはがっかりさせられたよ、アドリアン』

ジェイクは正しかった。完全に、疑問の余地なく。僕はただマルコプーロスの話を自分の耳で聞いてみたかったのだ。ジェイクから要約を――それすら教えてくれるか怪しいものだ――聞かされるのではなく。理はジェイクにある。だが彼の言葉の選択は……不運、としか言いようがないものだった。

「へえ？」僕は言い返した。「お前をがっかりさせたか？　どういう気持ちか想像もつかないね――信頼していた相手に落胆させられるってのは、どんなものなのか。今、どんな気分だ？」

ジェイクが固い声で言った。

『もういい――』

「いいのか？　いい気分か？　そりゃ素晴らしい！　僕もまだ希望が持てるってもんだ――」

『いい加減にしろ！』

ジェイクが怒鳴り、その声に張りつめた憤怒が、どんな怒号よりも一瞬で僕を黙らせる。

彼の、荒い息づかいが聞こえた。ジェイクが口を開く。

『いいか、お前が俺を嫌な奴だと思っているのはわかっている――実際、そうだ。だがこれもお前を守るためだ。俺は、お前の身が……』

何を言おうとしたのか、言葉をぶつりと切った。

僕はせせら笑う。

「僕を守るためなんかじゃない。自分を誤魔化してるだけだろ。担当する事件で僕がしくじらないかと心配なんだろ？　今も昔も、そればっかりだ。だから僕の身の安全がどうとか、そんな下らない言い分はもうやめるんだな」

胃液が逆流するように苦い記憶がこみ上げてくる。もう慢性病だ。

『俺の頭の中がお前にわかるものか』ジェイクが激しく言い返した。『気持ちもな。俺は言葉だけの脅しはしないぞ。ああ、お前を留置場にぶちこむようなことはできない、当然な。だがこの事件にお前がこれ以上首をつっこめないようにはしてやれるし、そうするぞ。俺もそんな手は使いたくないが、肝に銘じとけ、そうなればお前にとっても決して愉快な事態には――』

僕はただ、ジェイクがそのセリフを終えるのを待っていた。

ジェイクが深々と息を吸い、吐いた。僕のおかげで深呼吸エクササイズに目覚めたようだ。自制を保とうと苦心しながら、彼が言った。

『だから、いいか、今回だけは頑固者のお前も少しはわきまえて、ちゃんと俺に連絡してもらえないか。毎回、誰かに話を聞きに行く前に。俺とこの間、約束した通り』

その言葉に続く沈黙の中、僕の頭にやっと、ジェイクが僕を捜査から蹴り出したわけではないということが染みこんできた。それだけのことを理解するまで、気まずい間があった。

「……わかった」僕は返事を絞り出す。「そうするよ」

『助かる』ジェイクも、絞り出すように応じた。『話はまた後で聞く』

「楽しみにしてるよ」

電話が切れた。


「ダーリン、その青いシャツ、あなたの目にとっても素敵に映えること！」

母のリサが声を上げた。チャッツワースヒルにあるドーテン家の邸宅の華やかな客間では、カメラマンがせっせと機材のセッティングを行っている。

「この太古からのやつが？」

僕は問い返しながら、去年の誕生日にリサがくれたトミーバハマのシルクのシャツを見下ろした。

ナタリーが鼻から笑いをこぼし、ローレン――近ごろ滅多に会ってない――は笑わないよう唇を噛んでいた。リサは、僕に青い服しか買い与えないので、それが笑いを呼んでいるのだ。青といっても濃淡様々で、時には柄ものも混ざっていたが、必ず、すべて、青い服だった。僕は去年ドーテン家の馬鹿騒ぎのようなクリスマスパーティの日にそれを指摘し、それ以来、シャツの色は内輪のジョークになっていた。当のリサは気付いていない。

「なんと今日のために、アドリアンは髪を切ってきたのよ」

ナタリーが皆に報告する。

ビル・ドーテンをソファの端に座らせてポーズをつけている撮影アシスタントを鋭く見張りながら、リサが気を取られた様子で答えた。

「それはよかったわ。ねえ、本当に家族写真にガイを入れなくていいの？」

「いいんだ」

答えた僕を、三人の義理の姉妹たちの好奇に満ちた目が見つめた。

「それにもう今からでは手遅れだよ、ダーリン」

ビル・ドーテンがおだやかにリサをさとす。

「これじゃ少し光りますね」

アシスタントに頭のことを指摘されて、ビルはうなった。

ビル・ドーテンはロサンゼルス市議会の大物だった。体格も大物だ――腹回りはいくぶん緩く、よく日焼けし、禿げている。外見の魅力が欠けている分を補うだけの力と富のオーラを全身から発しており、そして見かけによらず、頭の切れる、心の広い男だった。

その上、彼には三人もの愛娘がいる。

まさに愛らしい娘たちだった。ご令嬢たち。三人とも魅力的で可愛く、頭がよくて、父親にはかけらも似ていない。輝くような明るい空色の瞳のほかには。娘たちの姿は、レベッカだかエレノアだか、一人目のドーテン夫人からの遺伝なのだろう。それか、三人ともビルがどこかの工場で組み立ててきたか。

「アドリアンとガイは結婚していないもの、リサ」

そう言ったのはローレンだ。彼女は——今のところ——結婚しているが、美形で薄っぺらい旦那は彼女よりも上級管理職としての仕事に身を捧げていて、家族のディナーにひょっこり顔を出すことはあっても、家族写真のために来る気はないらしい。あのミスター会社人間との結婚生活が破綻に近づいていることを、ローレンは気付いているのだろうか？　妹のナタリーやエマに比べて、彼女の本心は読みづらい。

「ええ、そうね、結婚してないわねえ」

リサがそう言って、意味あり気に僕の目を見た。

「変じゃない」ナタリーが甲高く文句を言う。「ウォレンは写真に入れなくてていいのかって誰も私には聞いてくれないのに」

「よしてよ、ナット」ローレンがぼそっと呟く。

「それはまったく違う話だもの、ダーリン」リサが間に入った。「アドリアンとガイは二年も交際しているのよ。あなたがウォレンと交際を始めてまだ何週間かじゃない」

「私たち、つき合って三ヵ月になるわ」

ナタリーが言い返した。

誰も返事をしなかった。

僕の隣に座っているエマが、ひらひらのピンクのドレス姿でもぞもぞと動いた。

「あたし、写真撮るのキライ」

「エマ、アドリアンが調子に乗るからそんなこと言わないで」

リサにたしなめられて、エマがクスクス笑った。僕が母へ目を向けると、リサが無邪気にまばたきする。

撮影アシスタントが僕らをソファの周囲に集めてポーズをつけ、ライトの位置を直した。

「本当に素敵なご家族」

彼女にほめられて、リサはすべてが自分のお手柄であるかのように有頂天になっていた。

最終的には誰もがまばたきをとめ、汗も引き、お互いにその向きで大丈夫だとたしかめあった末、やっと自分の顔の向きに文句をつけるのもやめ、撮影アシスタントがせっせとほめそやしつつ注文をつける間、カメラマンが仕事にとりかかって、パシャパシャとシャッターを切った。

ようやく、すべてが終わる。カメラマンは機材を片付け、アシスタントとともに去っていった。たちまちローレンとナタリーが堅苦しい服を脱ぎ捨てようと別室へ消えた。撮影中に「ちくちくする」「動きにくい」と文句を並べていたエマはどうやらもう忘れてしまった様子で、床に座りこんだ。ボードゲームの〝ワースト・ケース・シナリオ〟の箱をかかえて——期待のまなざしを、僕へ向けた。

「エマ……」と僕が言いかかる。

「アドリアン、あなたディナーの時間は取れなかったんだから」リサが言った。「少しくらいここにいてもいいじゃないの」

その言葉に裏があるのはわかった。リサは何か、僕に物申したいことがあるのだ。

僕は答えた。

「それなら、一杯飲みたいね」

「ダーリン、お薬を飲んでいるんだからお酒なんか駄目よ」

「冗談だよ」

そう言いはしたが、実のところ本気混じりだった。アルコールがなつかしい。とりわけ、こんな状況では。

リサは僕にミネラルウォーターを注ぎ、ライムを一切れ添えてくれると、あまりにもさり気なく切り出した。

「ナタリーから聞いたけど、あなたの本が映画になるんですって?」

「映画化権を買われただけだよ。たくさんの本が権利は買われたまま、実際の映画はほとんど作られないからね」

「契約にサインする前にビルに一度目を通してもらえばよかったのに、ダーリン」

僕はうなずき、ミネラルウォーターを一口飲んで、ちらっと壁の時計に目をやった。

「ポール・ケインの映画は何本か見たことあるわ」リサが続けている。「いい俳優ね。とてもハンサムで、海賊役がよく似合う」

僕は、リサの方へ目を向けた。

「ビルも海賊っぽいだろ」

「でもビルはとても優しい目をしているもの」母は淡々と返してきた。「あなた、ニュースでやってるあの恐ろしい悲劇が起きた日、ポール・ケインの家にいたの？」

リサが言いたいのは、おそらく、ポーター・ジョーンズの死のことだろう。

「ああ」僕はうなずいた。「でも僕が殺人事件に巻きこまれているんじゃないかっていう心配なら、必要ないよ」

リサは顔をしかめた。

「心配する必要はない、とは言うけど、巻きこまれていないとは言わないのね」

「アドリアン！」

エマが客間の方から僕をせかした。

僕はリサの頬にキスをした。「気にすることはないって」と言い、エマの方へ歩き出した。

エマが読み上げた。

「ジッパーに皮膚がはさまってしまった時、どうする？　A、ピーナツバターかマーガリンをジッパーに塗ってゆっくりゆするか、B――」

「いや、それもう知ってるよ」僕は口をはさんだ。「あれがいい、どうやって腺ペストを見分けるか、のやつ。あっちは毎回忘れるんだ」

「ア、ド、リ、ア、ン！」

「何？」

エマは手のカードを置き、次のカードを読み上げた。

「自然の中で、どうやって傷の痛みをやわらげるか。A、樹液を手にとって、傷を覆うようにつける。B、湿った深緑色の葉で傷をくるむ。C、あたためた石を布に包み、傷に当てる」

「僕なら樹液だな」

そう答えると、エマは〝フラッシュ・ゴードン〟に出てくる悪の皇帝ミンのような笑いをクックックッとこぼした。

「ブー！　正解は、あたためた石を布にくるみ、傷に――」

ローレンが扉口に現れて言った。

「ガイから電話よ、アドリアン」彼女は妹を眺める。「エマ、そろそろドレスから着替えて。あなた、アドリアンを独占しちゃって」

「いや、独占《モノポリー》は次に遊ぶんだ」

僕はローレンにそう言うと、キッチンへ入っていって受話器を取った。

『今、どこにいるんだ?』

ガイがたずねた。

ドーテン家に電話をかけてきている以上、答えが必要とは思えない。多分、無意識に、こっちの罪悪感に訴えようとしての一言だろう。

「リサの家だよ」僕は答えた。「言っただろ。今日は、集合写真の日で」

『今日だとは聞いていない』

「いや、言ったよ。言ってなかったっけ?」

『ああ』

ガイの声は怒っているようで、いつもの彼らしくなかった。

『私が君のフラットに行くと、君はいなかった。この状況にすっかり慣れてきた気がするのは、どういうわけだろうな』

僕は返事をしかかったが、他人の目があるのに気付いて声を落とした。居間の大人たちはテレビのリアリティショーに目が釘付けの様子ではあったが。

「何を言ってるんだ?」

『ポール・ケインから君に伝言だ。リオーダンとまた揉めさせて申し訳ないと。一体、何の話だ?』

「あれは大したことじゃない――」

『そうか？　ポール・ケインは大したことのように言ってたがね』

「へえ」

僕はまた居間へ視線をとばした。ドーテン一家はまるで雑誌の中に住む素敵な家族の見本のようだ。テレビ番組の趣味は悪いにしても。

「あれは――とにかく、帰ったら話すよ」僕はそこで、ためらった。「つまり、まだそこにいるつもりならってことだけど」

『勿論、ここにいるつもりだとも』ガイの口調がまた変わって、冷ややかになった。『いない方がいいかね？』

「いや、そんなことはない」

ローレンとナタリーが視線を交わし合うのが見えて、僕は残りの言葉を呑みこんだ。

「一時間ちょっとで帰るよ。いいか？」

『じゃあ、その時に』

ガイが答える。

僕は電話を切った。

「Ｔａｂが冷蔵庫にあるわよ、アドリアン」

母がほがらかに言った。

「ありがとう。そろそろ帰るよ」

僕はそう答えると、エマにその決定を告げに客間へと戻った。

「じゃあ、あと一回だけ！」とエマがねだる。

「駄目なんだ、ごめん」

「おねがい！」

「エマ」リサが扉口からぴしりと言った。「アドリアンはもう疲れているのよ。あなた、もう一時間もアドリアンと遊んでもらっていたでしょう。ほかの人は話もできなかったわ」

エマはむくれた顔でリサの方を見た。僕は彼女の髪をかきまぜてやって、言い聞かせる。

「次、またやろう、エマ」

彼女はがっかりと、不満そうにうなずいた。

僕はリサの背を追って、皆に別れを告げに居間へ向かった。いつものように頬へのキスを交わし、最後はビルとの握手だ。

「もっと君の顔が見られると嬉しいよ、アドリアン」

明らかにリサに吹きこまれて、ビルがそう言った。

僕は、リサが切り回しているドーテン家の面々を眺めた。彼女が、いかに見事にこの家に溶けこんだことか。リサは新たな人生を手に入れ、新たな家族を手に入れたのだ。僕は本当によかったと、リサを祝福していた。

だが今夜は、そのすべてが僕からは遠く、まるで別世界のようにしか感じられなかった。それともこれは、今、家で——憤然として——待つガイのことが頭にあるせいだろうか。

僕を玄関まで送りながら、リサが言った。

「ガイも、いつでもつれてらっしゃい。歓迎するわ」

「わかってる」

ドアを開けると、排気ガスとジャスミンの香りが入ってきた。コオロギがにぎやかに鳴いている。

「おやすみ」と僕は言った。

だがリサの方は、まるで今日ずっとそのことを考えていたかのように、口を開いた。

「あなたが、ガイと一緒になる決心をつけられないのは、残念ね。あの人ならあなたをまかせられるのに。でもあなたはまだジェイクを忘れられない、そうでしょう?」

僕は硬直した。

「ジェイクを?」

一体どこから、そんなとんでもない考えが?

「見ていればわかるわ」

リサはそう、彼女らしくもない乾いた声で言うと、僕の頬にキスをした。

10

　我ながら臆病なことに、家に帰る頃にはガイが就寝していてくれないかと僕は半ば願っていたが、彼は起きていて、フラットの鍵とドアを開けた僕をコニャックを飲みながら待ち受けていた。

「つまり、リオーダンが君の人生にまた舞い戻ってきたと」

　挨拶もなく、ガイがそう言った。

　僕は鍵と財布を廊下のテーブルに放った。

「違うって、ガイ。僕の人生にまた舞い戻ったりはしてない。どういう意味か知らないけど。ジェイクは今回の事件捜査を指揮してるだけだ。それはもう、わかってたことだろ」

「わかってるとも。いつかこんなことになると思ってたよ」

「一体何の話だ？」

　ガイはむっつりと言った。

「まったく、本気か、アドリアン？　君とあのリオーダンのことを、私が気付いてないとでも思ってるのか。そこまで鈍感だと？　君とあの男に何らかの関係があったのは明白だ。そりゃわかるよ。君は、彼の名前が出るたびにぴしゃりと心を閉ざしていたからな。今でもだよ、言わせてもらえば。あの男も同じだった。君の名が持ち出されるたびに、あいつは凍りついていた」

長年かかえてきた秘密をこんな風に暴かれ、つきつけられて、僕は荒々しい憤りを覚えた――だが己の理不尽さに、はたと気付く。

リサがどう思っていようと、僕はガイと本物の関係を築きたい。当然だろう。ガイは頭が良く、ユーモアもあり、優しくて、いい男だ。深く、安定した関係のもたらす信頼や結びつきもほしい。現実の、本物の絆を得たいと思っている。

それに冷静に考えれば、長年のこの秘密は、もうとても秘密とは言えないようなものでしかなかった。

「そうだよ、僕はジェイクと関係を持っていた」僕は言った。「ただの体の関係だよ。セックスだけのことだ。もうずっと昔に終わってる」

「ただのセックス以上のものだろ」ガイが言い返した。「わかってるのか？　君は彼のことを、二年間も話せずにいたんだぞ。あの男の方だって、よく道の向こうに車を停めて、店を見ていたものさ」

「何を言ってる？」

「君のリオーダンは、書店の向こうに車を停めては、君を見ていたのさ」

「ありえない」

僕は笑った。

何と言っても、馬鹿げた話だ。だが僕が笑いとばしてもガイの苛立ちは一向に鎮まらないようだった。

「サングラスをかけているからってあの男の顔を見分けられないとでも？　あいつはよくそこで、君を待っていたよ。そして今や、どうだ、あの男は事件を口実に君と私の人生に舞い戻ってきたというわけだ」

僕は棚へ歩みよると、コニャックをグラスに注いだ。一杯くらい飲んだところで死にやしないだろうし、酒でも飲まないと、ガイに向かって後悔しそうな愚かなセリフを投げつけてしまいそうだった。ガイはじっと、僕がブランデーグラスにコニャックを注ぎ、一口飲みこむのを見ていた。

僕は、口調を抑えようとした。

「ガイ、一体、どうしてこんな話になる？　ポーター・ジョーンズが殺されるよう、ジェイクが仕組んだわけでもないし、僕を捜査に引きずりこんだのも彼じゃない。ただ、たまたまそうなっただけだ」

「すべての物事には理由がある。世の中に偶然などない、すべて必然だ。理由と目的があって、物事は起こるんだ」

哲学講義ツアー参加ご希望の方はこちら！

僕はコニャックの残りを飲み干して、言った。

「これはただの偶然だよ、本当だ。天上からの、あるいは地底からの不思議な力なんて、まったく関わってない」

「君が関わっているんだ」ガイがそう応じた。「リオーダンも関わっている。ポール・ケインの存在も関わっている。全員の意志や決断がすべてを動かしているんだ。君は、君の自由意志でもって、また新たな事件に関わる決断をした。そしてリオーダンは、君の決断を受け入れた。何故だろうな？」

「ケインの機嫌を取るためだろうさ。それに事件をなるべく早く片付ける、その必要に迫られているから」

「そんな言い訳でだまされているのは、君自身だけだよ」

ガイはきっぱりと、怒りのたぎる口調で言い放った。

僕のせいだ。僕が、ガイを不安な気持ちにさせていたせいだ。彼の心をここまで追いつめてしまったのだ。僕が彼との結婚を受け入れられず、リアルな関係への一歩を踏み切ることができないせいで、恐れていたことがまさに現実になろうとしていた。

僕はグラスを横へ置いた。

「ガイ、僕は疲れてるし、こんなのは馬鹿げてる。とにかく……もう、寝ないか？　たのむから」

ガイはじっと、僕を見つめた。

「君が言いたいのは、もう眠ろうってことだろ。寝るんじゃなくて」

突き上げてきた怒りの激しさは、自分でも驚くほどのものだった。らしくもない露骨な言い方で、僕は言い返していた。

「ヤリたいってことか？　いいだろ。じゃあ、やろうじゃないか」


言ったはいいが、そう簡単にはいかなかった。三十分も舌をせっせと働かせた末、ついにあきらめたガイはごろりとベッドに仰向けになり、天井を見上げた。

「このこと、医者には聞いたのか？」

そう、乾いた声で聞く。

僕の返事もそっけなかった。

「いや」

「聞いてみたらどうだ」

少しして、僕は起き上がり、リビングへ向かった。またコニャックを注ぎ、ソファに座って、部屋をゆっくりと横切る月光が、本棚に並ぶ物たちをひとつずつ青白く照らしていくのを見つめていた。

アル・ジャニュアリーの家は、エリジアン・ハイツの北西側の丘の上方にあった。いわゆる現代建築で、きっぱりとした直線的な線と面で構成されている。

金と青のアロハシャツにピーコックグリーンのズボン姿のジャニュアリーが、扉口で僕を出迎えた。皺とたるみの塊のようなシャーペイという中国の犬が、足元に二匹まとわりついている。ジャニュアリーは、野生のアライグマが敷地を荒らして困ると話をしながら、僕を客間へつれていった。

「犬を怖がらないんですか？」

「そう思うだろ？　いい番犬の筈なんだがね」

彼が続けた言葉を、僕は見事な眺望に見とれて聞き逃した。山々と渓谷の織りなす壮大な景色――そして夜には都市の光が輝くとなれば、これ以上何の装飾もいるまい。もっともジャニュアリーはラテンアメリカアートの一大コレクションも持っていて、高い丸天井をいただく、まばゆいほどの白い壁は、二つの巨大な壁画を始めとする美術品で飾られていた。

「もうすぐランチが出る。それまで何か飲むかい？」

ジャニュアリーがたずねた。

フルーツジュースを頼むと、瓶入りのノニジュースが出てきた。ジャニュアリーは自分用にブッシュミルズを注ぐ。

「ポールの話では、君は殺人ミステリを書くだけじゃなくて、自分の手で解決してるんだって？」

僕らは、数百メートル四方はある丘の木々の茂った斜面を臨む長いテラスに落ちついた。陽に照らされた土と野生のマスタードが、風に甘く香っている。ミツバチの羽音が眠気を誘った。

「まあ……何というか、たしかにこれまで、殺人捜査に何回か関わってきたとは言えますね」

僕はそう認めた。

だが頭の中には、どの事件も僕が自力で解決したわけではない、という思いがよぎっていた。たしかに事件捜査に絡みはしたが――たまには助力にすらなったかもしれないが――事件解決を支えたのはジェイクだった。何もかも、力を合わせてやってきたことだ。ジェイクの方では僕の力など借りたいとも思ってなかっただろうが。

もしジェイクに今回のポーター・ジョーンズ殺しを解決するつもりがなければ、この事件は決して解決しない。

どこからそんな考えが浮かんだのかわからない。だが頭にまとわりついて、どうにも消えなかった。

「ポーターは、殺されるようなタイプの人間じゃあなかったね」

ジャニュアリーが言った。僕は口を開きかかったが、彼は手で反論を軽く払った。

「いやいや、君の言いたいことはわかるよ。そんな分類は意味がないってね。だが、ポーターはとにかく……」と首を振る。

「葬儀で、たしかにポーターが好かれていた印象は受けました」僕は同意した。「でも殺人は、被害者側の問題じゃないこともあるんです。加害者側に、要因があることも」

「言いたいことはわかるよ」

ジャニュアリーはうなずいた。ウイスキーを傾ける。

「ポーターは、年取ったテディベアのような男だったさ。だがなあ……敵に回す相手としちゃ、あれでなかなか……」

「最近、誰かと敵対していたようなことが？」

ジャニュアリーの目はごく淡い空色で、光の加減によっては灰色に見えるほどだ。彼はその目で、木々の梢を眺めた。

「たしかに、人とぶつかることはあった」

そう答える。

どうやらこのアル・ジャニュアリーは、それなりに協力的ではあるものの、旧友の名誉に関わるようなことは進んで話してくれそうになかった。その点で、僕は彼が気に入った。まあ元から、ジャニュアリーのことは気に入っていた。それも彼が僕の小説の映画化にあたって脚本を担当するからとか、原作をほめてくれたからではなく。勿論《もちろん》、悪い気はしないが。

僕は話の水を向けた。

「そう言えば、彼は夫婦間の問題をかかえていましたよね」

「誰でもそうだろ？」

苦々しい言葉に、少々意表を突かれた。ジャニュアリーはゲイだと、僕はほぼ確信していた。ジャニュアリー夫人の気配はどこにもない。それどころか、一人いるメイド以外、ジャニュアリーの家には誰の存在も感じられなかった。

ジャニュアリーがつけ足す。

「アリーにはハエ一匹殺すだけの知恵もあるまいよ」

「ポール・ケインは異論があるようですがね。彼は、アリーが夫を邪魔に思っていたと信じている」

「アリーの気持ちはそうだったかもしれないが、彼女がポーターを殺したという説にはかけらも同意できかねるね」

僕らは、しばらくおしゃべりを続けた。主にはアリーについて。ケインと違い、ジャニュアリーにはアリーを嫌う様子はなかったが、その一方でアリーのことをリス並みの知能とモラルしかない女だと評価している感じだった。

ポーターとアリーのなれそめは、アリーの出演映画の撮影現場だったという。ジャニュアリーとしてはアリーを〝女優〟とは呼びたくないようだったが、未来の夢が何であれアリーはあっさりキャリアを捨て、ハリウッド界で〝妻〟という役を得たのだった。フルタイムだが、楽な役だったかもしれない。とりわけ、幕間にマッチョなパーソナルトレーナーとの息抜きが待っているとくれば。

メイドが、トルティーヤラップサンドを載せた盆を運んできた。たっぷりのハーブマヨネーズであえたグリルチキンとチーズとアボカドが、トルティーヤに包まれている。僕らはめいめい、自分の分を取った。

一口かじって、僕はたずねた。

「ポーターの関わっていた企画で、最近うまくいかなかったものはありますか？」

ジャニュアリーは口の中のトルティーヤをウイスキーで流しこんだ。

「実のところ、ポーターは、ヴァレリー・ローズと私が参加している企画から資金を引き上げてね。彼女も私も、そりゃ嬉しくはなかったよ」

「どうして、彼はそんなことを？」

ジャニュアリーが微笑んだ。

「随分と控えめに聞くね。だからポーターを殺したのか、と直接聞いてみたらどうだい？」

「否定されるだけだと思ったもので」

「そりゃね。だが、ノーと言うのは、それが真実だからだ」

「言っておくと、僕もあなたが犯人だとは思ってません。ただアリーが、夫とあなたの間には因縁があるとほのめかしたもので」

「ああ、アリーか」

ジャニュアリーはまた、手でひょいと払った。

「何と言おうかね。アリーは昔から、ポーターと私、ポールの三人の友情に嫉妬していたよ」大きく首を振った。「いや、ポーターと私は、シナリオや金や、ほかのあれこれで言い争いはしたが、お互い古い友人だからね。とても昔からのつき合いだ」

「ポール・ケインのパーティでも、ポーターと言い争いを？」

思い出そうとして、ジャニュアリーは額に皺を寄せた。

「してないと思うね。まあ、軽口くらいは叩き合ったかもしれないが」

「怒鳴ったり、銃をつきつけたりはなし？」僕はわざと冗談めかした。「音楽をバックに、三十歩離れてナイフを投げ合ったりとか」

「怒鳴りはしなかった」彼が答えた。「もしかしたら少々……お互いに指をつきつけ合ったりはしたかもしれないが、私たちを知る者が見れば、何でもないことだ」

「ポーターは、いつもポール・ケインの企画のスポンサーだったんですか？」

「いやいや、まったく。ポーターは、ポール個人の企画に金を出していたんだ。だが、ポールのほとんどの仕事は映画会社を通したものだったからね。〝最後の海賊〟、あのポールの海賊映画もパラマウントムービーによるものだった。ジョニー・デップの成功以来、誰もが海賊ものので一発当てようとしたものさ。まあ、最後のやつの出来のおかげで、あとしばらくはそんな勇者も出てきそうにないがな」

僕は思わず、暗い気持ちで同意した。海賊好きの僕でさえ、パイレーツ・オブ・カリビアンシリーズがまさに世界の終わり《ワールド・エンド》ならぬ航海の終わりを迎えてくれた時には、ほっとしたものだった。

ジャニュアリーが続けた。

「一方、ポールが手がける独立系の企画、君の『殺しの幕引き』もそうだな――では、ポールが企画を選び、ポーターが金の段取りをつけ、私がシナリオを書いてきた。我々はかなりうまくやってきた。なにしろ、多くの小規模プロジェクトは実際に動き出すだけでも幸運なんだよ」

「ポール・ケインとはどういう縁で?」

僕はそうたずねた。ポーターとジャニュアリーは同年代だが、ケインは二人に比べて若い。それが不思議だった。

「ちょっと待ってくれ」ジャニュアリーはそう言って、立ち、僕のグラスを指さした。「もう一杯？」

「いただきます」

家の中に姿を消すジャニュアリーを見送って、僕は彼がわざと時間稼ぎをしたのかどうか考えていた。だがジャニュアリーには、僕のどの質問もさして意に介した様子がなかった。それどころか、殺人事件に関して聞かれている割に、彼はこの上なくリラックスして見えた。たしかに僕は警察ではないし、お互いそれをよく承知しているにしても。

ジャニュアリーは僕に二本目のノニジュースと、自分のウイスキーのおかわりを持って戻ってきた。足をのばして座り、午後の陽のぬくもりに顔を向ける。

「ポールとは、ラングレー・ホーソーンを介して出会ったのさ。君は、ホーソーンのことは知らんと思うが」

「葬儀で、ポールが少し話していました」

「そう言えばな」

どこか曖昧に言って、ジャニュアリーは続けた。

「ラングレーはタレント・アソシエイトという会社の舵取り的な存在でね。今のポールの企画プロダクションの前身になった会社だ。まず私と、死んだポーター、それにラングレーの三人で始めた会社だった。ラングレーは裕福な家の出でね。南部の金持ちの」僕にウインクした。

「スティーブン・フォスターの農園ソングを聞きながらミント・ジュレップを飲んで育ったと

いうわけだ」

「ハリウッドの映画業界に縁のある出自とは言えませんね」

「それでも、誰もが銀幕に憧れるのさ。とにかく、ポールはラングレーの友人だった。それが、我々の出会いのきっかけだ」

「ラングレーはどうなったんです？」

「カタリーナ島で、溺れて死んだよ」

　ふっと、ジャニュアリーの顔を奇妙な影がよぎった。

　彼はそのままグラスを取り上げたが、僕は問いかけた。

「何です？　何か、気になることでも？」

「いや、馬鹿馬鹿しい考えだが、ポーターを殺したがっていた人間のことを聞いただろ？　ラングレーの娘のニナには、動機がなくもない。もう遥かに昔の話だがね、これは。一時期、ポーターとニナは関係を持っていた。いい終わり方ではなかったよ。ポーターは妻帯者だったし——アリーとではないが。あの頃はマーラ・ヴィチェンザという女優と結婚していて」

「マーラなら、昨日の葬儀にいましたよ」僕はうなずいた。「そう言えば、彼女が話しているのを聞いたんですが、ポーターは健康を害していたと」

「それは知らんな。主治医から、酒を控えて煙草をやめろと口酸っぱく言われていたがね。まあとにかく、父親のラングレーが二人の仲を引き裂いたのだ」

「ニナは何歳でした？」

「とても若かったね。たしか、十八歳だったか」

「ラングレーが反対するのも無理はないでしょう」

ジャニュアリーは口ひげをなでながら、微笑んだ。

「君は子供がいないだろ、その様子じゃ」

「ええ、たしかに」

「ニナは激怒していたよ——父親に、そしてポーターに対してもな。両方から裏切られたと感じていた」

「でも、いつの話です？　八十年代ですか？　そんな遠い昔の恨みを、まだかかえているものですかね？」

「ニナは、根に持つことにかけては天下一品でね」ジャニュアリーが答えた。「もっとも、彼女のために言っておくと、ニナがポーターを殺したとは思わんよ。彼女は——じっと機会をうかがうタイプじゃない。誰かを殺すなら、腹を立ててからせいぜい三、四分後にはやっているだろう。特に、若い頃の彼女ならね」

「若い頃なら、というのは？」

「ニナはあの頃、そう……自制心がある方とは言えなかった。まあ八十年代のことだ、あの時代の誰も自制心など持っていなかった気がするね」

「日曜のパーティに彼女もいたんですか?」

「いいや」

ジャニュアリーは、また曖昧な表情をした。

「まあ、客としてはな。あのパーティの食事をケータリングしていたのが、彼女の会社だよ」

11

金曜の午後の渋滞は、いつものごとく最悪だ。僕も車の流れと同じくらい重い気分のまま、パサデナに戻った。ガソリンを入れて五十ドル払い、Ｔａｂや冷凍食品や命の水であるオレンジ・パイナップルジュースなど定番の食料を買いこんでも、心は重いままだった。

クローク&ダガー書店に戻ると、予想の内ながら、工事作業員はまた早めに仕事を切り上げて帰った後で、店内には一人しか客がいなかった。ほっそりした若い男で、ハリー・ポッターをセクシーにした感じだ。巧みにビリビリに裂いたジーンズにぴったりしたメッシュのＴシャツをまとい、ウィンザースタイルの丸眼鏡のふちの上からじっとナタリーを眺めていた。

「ああ、アドリアンが帰ってきたわ」

カウンターに近づく僕を見て、ナタリーが言った。

「いつ頃来ればいいのか、アドリアンに聞いてみなさいよ。アドリアン、この人は……ええと――ガイの昔の教え子ですって」

後半は僕に向けて言った。

僕は「どうも」と挨拶し、食料の入った紙袋を下ろし、それからもう一度、相手を眺めた。このガイの教え子を、どこかで見た覚えがある。彼が僕を見つめ返してくる、その冷たく、どことなく挑むような様子にもピンとくるものがあった。だが短く刈りこまれた黒髪と、白く尖った顔が記憶とつながるまで、数秒かかった。

ピーター・ヴェルレーン。

最後に見た時、彼は、僕が殺されるよう全力を尽くしてくれていた。いやフェアに考えよう。本当に最後に見たのは、他人から金品を巻き上げた罪と誘拐や殺人の罪状から逃れるべく、夜闇の中へ逃げ出していった彼の後ろ姿だった。

そして突然、僕はこの間、マーゴのサイン会へ出かけるガイを追いかけた時、ガイのジャケットのポケットから落ちた封筒のことを思い出す。差出元がテハチャピ刑務所だった、あの手紙を。

「ピーター・ヴェルレーン」僕は言った。「誰が君の檻の鍵をかけ忘れたのかな？」

ヴェルレーンの顔が赤らんで、彼はちらっとナタリーへ視線を向け、こわばった口調で言った。

「刑期は終えた。俺には、この場所にいる権利があるんだ。あんたたちと同じくらい」

「正確には同じじゃないね」僕は言い返した。「彼女は店の従業員だし、僕は経営者だ。どうして君がここにいるのか、説明してもらえるか？」

ナタリーが僕とヴェルレーンを見比べて、おずおずと言った。

「この人、ガイに会いに来たんですって」

「何故？」僕はヴェルレーンに問いかける。

「あんたには関係ないことだけど」彼が言い返した。「ガイが、出てきたら連絡するようにと俺に言ったんだ。友達だから」

「人の好みは様々だからね」僕はうなずく。「だが、どうして君は、ここ、に来たんだ？」

ヴェルレーンは一本調子で答えた。

「ガイが今、あんたとつき合ってるのは知ってる」

「わざわざ僕のことを話してくれていたとは嬉しいね。彼がまだ大学で教えていて、学内にオフィスがあるという話も聞かせてもらっているんじゃないか？　自宅を持っていることも？」

その丸眼鏡のせいで、ヴェルレーンは卑怯なほど傷つきやすく見えた。まあ、サソリだって可愛いところはある。

彼が言った。

「あんたの顔が見たくてね」

「ほほう。いいだろ。来た、見た、話した、というわけだ。そろそろ退散の頃合いじゃないか？　ガイに、君が来たことは伝えておくよ」

「ガイは、俺と会いたい筈だ」

ヴェルレーンは、静かな確信をこめて言い放った。

努力も自制も虚しく、僕の中に怒りがこみ上げてきて、鼓動が速くなっていた。僕は言い返した。

「ここでは会いたくないだろうよ。僕も、君とここでは会いたくないね。連絡先の電話番号を書いて、さっさと帰ってくれ」

そう勧めたのは、寛容さからではない。ただピーター・ヴェルレーンの滞在場所をつかんでおく方が利口に思えた。念のために。

困りきった様子のナタリーが、僕から目を離してヴェルレーンを見ると、メモ帳をさし出す。彼が何か書きこんだ。

ヴェルレーンは眼鏡の向こうから上げた視線で僕を見つめた。

「ガイは、俺に会いたいのさ」

また、自信たっぷりに言う。

「僕は会いたくない」僕はそう返した。「もしまたこの店に顔を見せたら、接近禁止命令を取って締め出してやるからそのつもりでいるんだな」

最後に、値踏みするような一瞥《いちべつ》を投げ、ヴェルレーンは踵を返すとゆっくりと本棚の間を抜けて、ガラスドアから出ていった。カラカラというベルの音とともにドアが閉まると、ナタリーがふうっと長い息をついた。

「なんて鼻持ちならない奴なの！」憤慨の声を立てる。「あなたが帰ってくるまでは普通にしてたのに」

「いいんだ。気にしないでくれ」

そう言って僕はオフィスへ向かって歩き出した。心臓がはねるような鼓動を打っていて、危険な兆候だ。悪いことにナタリーも追ってきて、まだしゃべっていた。

「あなたが人にあんな口をきくのも初めて聞いたわ。あなたも、鼻持ちならない感じだったわよ」

まるでそれが愉快だとでもいうような口ぶりだ。僕も同じように思えたなら。

デスクの前に座り、僕は引き出しを開けて薬瓶を取り出した。

「ねえ、大丈夫？」

僕はナタリーを見上げた。

「二、三分、休みたいだけだよ」

ナタリーはうなずいたが、立ち去ろうとはしなかった。こんな時、普通なら数分くらいそっとしておいてくれてもいいだろう？　自分をどうにか抑えながら、僕は薬を口に放りこみ、デスクの上の生ぬるい水で流しこんだ。ためしに数度、深い息を吸ってみる。大丈夫そうだった。心拍もおさまってきているし、きっとさっきは、動揺からきた何でもない反応を勘違いしただけだろう。

「本当に大丈夫だから」僕はナタリーへ言った。「いない間に、伝言は？」

「え？　ああ、ポール・ケインからまた電話。あと、サイン会を開いてほしい作家が二人ほど。今日は静かなものだったわよ。血染めの表紙と〝殺人〟のタイトル入りの本を探しに来たお客さんも三人だけ」

ガイは僕の携帯か、フラットの留守電にメッセージを残しているのだろう。何か言いたいことがあるとして、だが。今朝、彼は僕を起こしもせず去っていた。

「本当に大丈夫？」

「何ともないよ」

僕はそう答えたが、自制したにもかかわらず、はねつけるような口調になっていた。僕は机の向こうの時計へ目をやった。

「まずい。エマのお迎えに遅れる」

「アドリアン、エマは乗馬レッスンを休んだって大丈夫よ！　あなたは――」

「エマにレッスンを休ませる必要はどこにもない」

立ち上がった僕へ、ナタリーがたずねた。

「ガイに電話しないの？」

「しないよ」その返事は、意図した以上につき放して響いた。僕は彼女を見る。「悪い。なあ、ナット、ひとつ頼みたいんだ」

「いいわよ」

「たのむから……ここで起こっていることを、誰にも、話さないでいてくれないか」

ナタリーは真摯に答えた。

「ここで何が起こっているのか、私にはさっぱりわからないのよ、アドリアン。あなたとガイがぎくしゃくしていることと、釈放されたばかりの人がガイに会いに来たってことだけ。あの人、どうしてガイを知ってるの？　ガイが刑務所で教えているライティングの授業から？　ねえ、あのヴェルレーンって人、ガイのストーカーかもしれないとは思わない？」

「いや」僕は溜息をついた。「思わないよ」

そして、店の裏口から出ていく僕へ、またナタリーの問いかけが聞こえた。

「ねえ、本当にあなた大丈夫なの？」


太い道の横の潅木の茂みをバキボキと鹿が通り抜け、黄昏の中へはねるように消えていった。

　エマの乗った馬が驚いてとび上がり、僕は自分の馬からのり出すとその手綱をつかんでぐいと引き戻した。去勢馬は首をそらし、ブルルッと不安そうにいないたが、すぐに落ちついて僕の馬の横をまたおとなしく歩き出した。

　エマが鞍《くら》の上で、ぴんと背すじをのばした。目を大きくしていたが、勇ましく言い張る。

「私、一人でできたもん！」

「わかってるよ」

「怖くなんかないからね」

「何かを怖がるのは、悪いことじゃない」僕はエマに言い聞かせた。「肝心なのは、どう向き合うかなんだ」

　たとえば、怖い思いをさせられたからって、相手を殺すのはよくないとか。

　エマのおしゃべりと、鞍の革のきしみ、手綱の金具が鳴る音、馬の蹄の響きが遠くぼやけていって、僕はまた思考の中へ沈んでいった。

　世の中にいる人間の数だけ、人が人を殺す理由はさまざまだ。ポーター・ジョーンズに関しては、誰かの目的や野心の障害になったせいで排除されたのではないかと僕は感じていた。わかりやすい。ほとんどの殺人は欲によって引き起こされるものだし、僕がジェイクから学んだことのひとつは、ほとんどの殺人は単純なものだということだった。大体の場合、一番怪しい人間が犯人なのだ。すっかり冷めきった未解決事件《コールドケース》でさえ、警察は犯人についておおよその見当はつけている――ただ、起訴に足る証拠がつかめずにいるだけで、あるいは裁判に持ちこめても、有罪にまではできなかっただけで。

実際、アリー・ビートン＝ジョーンズが夫を殺した可能性は充分ある。アリーの動機は誰よりもはっきりしている。数百万ドルの遺産、若い種馬との不義密通。

もっともポーターが健康を害していたのが本当なら、待っていた方が利口だ。ただポーターは私立探偵を雇って、アリーとの離婚を考えていたふしもある。ポール・ケインの主張によればポーターは離婚の意志を固めていたそうだし、探偵のマルコプーロスの調査もそれを裏付けているように思えた。

アリーにはパーティ客の半数を毒殺せず夫だけに毒を盛るような複雑な真似はできそうもないとは思うが、僕としても自分の勘が――殺人事件に限らず――必ずしも当てにならないのは、自ら認めるところだ。

だがどうも気に入らないのは、アリーが犯人に違いないと、アル・ジャニュアリーと僕以外の誰もが当然のように決めつけている点だった。アリーは怪しい、それはたしかだが。夫を失って悲嘆に暮れているようにも見えなかったし、まず妻が第一容疑者にされるのは根拠なくしてではない。

では前の妻、マーラ・ヴィチェンザは？　ポーターは、彼女にせがまれて何百万ドルの遺産を残してやっていただろうか？　世の中には二十ドルほしさに人を殺す人間だっている。マーラの財政状態はどうだった？　ハリウッドの黄金時代とともにマーラの盛りも去っていたが、再婚するなり金をきちんと貯めるなりしていれば、さして困ってはいないだろう。むしろ問題は、金髪美女のために捨てられた恨みか。

　恨みと言えば、ニナ・ホーソーンを犯人候補としてまな板に乗せるのも、僕にはためらわれた。たしかに彼女はケータリング会社を経営しているが、パーティの場にいたわけでもないし、どうやって遠隔操作でポーターのグラスだけに毒を入れられたものか。大体、女心を踏みにじられた激情と、ポーターを殺すまで二十年近くも待った忍耐力も、噛み合わない。

　僕は、あれこれしゃべり続けているエマを眺めやり、十八歳になった彼女を思い浮かべようとした。その彼女が、二十歳あまりも年上の、妻のある愚かな男とつき合っているところを想像してみた。いやいや――父親のラングレーがポーターを殺したというなら共感できそうだ。だがラングレー・ホーソーンはとうに死んでいる。

　それでも……ニナ・ホーソーンの会社がパーティのケータリングを受け持っていた以上、ニナも事前にあの部屋を訪れていたかもしれない。前日とか、パーティの直前に？　それなら飲み物に毒を入れておくことも――しかし、そこが問題なのだ。ポーターが何を飲むか、どのグラスを使うか、彼女にどうやって予見できた？

　ニナなら、ポーターの好みにも、ケインのバーの酒の品揃えにも精通していただろうか。

もしかしたら、ポール・ケインは彼女のケータリング会社をよく利用していたかもしれない。あの家にどんな酒があるかも、彼がいつもあのヘンリー・スカルファーカーを作ることも、ニナは知っていたかもしれない。それでもやはり、どうやって充分な毒を仕込む？　カクテルはあの場で作られた筈だし、材料になったリキュールのボトルに毒を入れておけた筈がない。ポーターのほかはあのカクテルでの死人も、病人すら出ていないのだ。

僕は、ポーターのグラスのことを、また考えていた。一番簡単な解は、ポーターが自分でジギトキシンを飲んで死んだ、というものだ。葬儀での前妻の話によれば——僕の聞き違いや早合点でなければ——ポーターは何かの病をかかえていたようだし。それが心臓だったら？　ただの薬の過剰摂取だったなら……。

だが、違う。それならすぐにわかった筈だ。残りの薬がポーターのポケットから見つかるとか、何かの形で。

ポーターがほかの何かと間違えて、あの毒を飲んだのなら？

たとえば、何と？

エマが考え深げに言った。

「おかしいと思わない？　どうしてXがキスを表すのに使われるの？　Oの方がいいじゃない、口の形に似てるもの」

そう言いながら口をOの形にしてみせたものだから、やたらとあどけなく、ビックリしたような顔になった。

「一体どこの誰にラブレターなんか送ったんだい？」

僕はたずねた。

エマがくすくす笑う。

「誰にも」

信じていない顔をしてみせると、エマはもっと笑った。

「本当だって！」


僕はエマをドーテン家に下ろし――食事をしていけというリサの強い誘いをはねのけ、リサとのこみ入った会話もかわして――書店へ戻った。

ナタリーはもう店じまいをして帰った後だった。入って鍵をかけると、店はひどく静かだった。薄暗がりの中、書棚が森の木々のようにひっそりと立ち並んでいる。正面ウィンドウの向こうでは街灯が光っていた。このあたりの商業地区は、この時間には車通りもほとんどなくなる。

僕は、ペンキや漆喰《しっくい》がこびりついたビニール壁で区切られた、隣の工事現場を見つめた。ピーター・ヴェルレーンの先刻の訪問を思い出し、工事作業員が帰る前に向こう側のドアをしっかり施錠して行ってくれたように願う。

ヴェルレーンのことが、不安だというわけではないが。少なくとも、彼に殺されるのではないかというような種の心配はしていない。僕から見れば、彼は――アンガスと同じように――自分では手に負えないものに呑みこまれ、遥かに力強く悪辣《あくらつ》な人間に操られていただけだ。だからと言って、彼を許せはしないし、この先しばらく許せるとも思えないが、とにかく彼のことは怖くなかった。怖くはないが、それでもヴェルレーンの書店への訪問はやはり衝撃だったし、ガイに対してこみ上げてくる怒りも鮮やかだった。八つ当たりに近いにしても。

二階へ行って電話をチェックしたが、メッセージは入っていなかった。ナタリーはポール・ケインから電話があったと言っていたが、今ケインと話す気力はなかった。

大体、話すほどのこともない。僕の探偵ごっこは今のところ、自分で見ても空振りばかりだ。

オレンジ・パイナップルジュースをグラスに注いだところで、さっき階下に置きっ放しにしていった買物袋の中身をナタリーがしまってくれたに違いない、と気付いた。ありがたいとは思うが、彼女が、いや他の誰だろうが、他人がこのフラットを好きに歩き回っていたのだと思うと複雑な気分だった。僕が肺炎を患った後、ガイとリサが結託し、何かの時のために家族が部屋に入れるようにしておくべきだと言い張ったのだ。勿論ガイは前からだが、今ではリサも――そしてナタリーまでも鍵を持っていた。

ジュースを飲み干し、僕はがらんとした道を見下ろした。六月の、乾いた、あたたかな夜だった。夏の夜風は排気ガスと、パサデナのどこかのレストランからのかすかな料理の匂いがした。道の向かい、閉まったブティックの前の石段に若者がギターをかかえて座りこみ、なつかしのビートルズの曲を歌っている。というか、歌う練習をしている。ブティックのショーウィンドウの中では禿げて生気のないマネキンが、光を浴びながら優雅なポーズを決めている。

「……心に残る友や恋人たちと。もう死んだ人、まだ生きている人……」

僕はこれまで人生でつき合ってきた、時にはあまり普通じゃない男たちのことを考えた。独り身にもよさはある、と結論を出す。金曜の夜が寂しいからって誰かとくっついてしまうよりは。

この金曜の夜、ポール・ケインはどうすごしているのだろう。ふと思った。

ガイは一体どうしているのだろう、とも思う。ピーター・ヴェルレーンは、ガイの元までたどりついただろうか？

ジェイクは、妻と、金曜の夜をどうすごすのだろう。

ガイには直接電話すればすむことだ。一体彼とあのハリー・ポッターとの関係がどうなっているのか問いただせばいい。この際、攻守を変えて、彼に言い訳してもらうとするか？　なにしろ僕個人の見解によれば、〝昔の男と一緒に働く〟ことと〝恋人をかつて始末しようとした男と友達でいる〟ことの間には、天と地ほどの隔たりがある。

そう、ガイに電話をかければすむことだ。だが彼が何と答えるか、その答えを聞くだけの心がまえができている気がしなかった。

ニナ・ホーソーンは、一種のセレブと言えた。父親のラングレー・ホーソーンがカリフォルニア沖のカタリーナ島近くでクルーザーから落ちて溺死し、相当の財産がニナへ転がりこんだ上、彼女自身もビジネスの世界で成功していた。彼女の会社、トゥルー・グルメ・ケータリングは特上の顧客リストを誇っていたが、少し検索しただけでその女社長に過去があり、その過去がスイーツのように甘くないということはすぐわかった。

写真で見るニナは黒髪で、刈上げの短髪にもかかわらず気品があった。ケータリング業界に自分の道をつかむまで、彼女は女優になろうとしたり、画家や賞金稼ぎにまで挑戦した。無数のインタビューや記事に目を通しながら、周囲の好奇の視線にさらされながら育つのはさぞや苦しいものだろうと、僕は想像する。すべての失敗が後々まで記録され、評論家から批評される。そしてニナには、失敗の傷が山とあった――ポーター・ジョーンズとの交際など片鱗にすぎないほどに。

出るわ出るわ、浮き名を流した相手には、ロックスター、映画スター、挙句に宇宙飛行士まで。さらには車の事故、麻薬の一斉摘発での逮捕、酔っての暴力沙汰。プレイボーイ誌の見開きヌード写真。

その中に、ポール・ケインの名前もあった。

そう。インターネット検索での六ページ目で、僕はニナとポール・ケインとの間の裁判についての記事を見つけた。さほど経たないうちに、僕は何ともやるせなく悲しい話のあらましをつかんでいた。まさに、悲劇。

父のラングレーの死の頃、まだ十九歳だったニナはケインと刹那の——ほぼ一瞬の——関係を持ち、未婚のまま子供を産んだ。娘の名はヘイゼル・ハニーベル。ネーミングセンスからしても、ニナはやはり母親向きではなかったのかもしれない。何にせよ、あちこちの紙面をにぎわせてきたニナの麻薬濫用や、飲酒、男遊びといった乱行のおかげで、子供の親権はケインが取った。そして彼は、あっという間に子供の名前をシャーロッテ・ヴィクトリアに変えた。

それを皮切りに、二人の、やや滑稽な小競り合いが始まった。法的、かつ個人的な戦いが。ニナとケインは親権と子供の身柄を争い、そのままなら何年も裁判沙汰が続いてゴシップ誌をにぎわせたことだろう。だが三歳のヘイゼル・ハニーベルことシャーロッテ・ヴィクトリアがカルディーニャ島のケインの家のプールで溺死し、喜劇は悲劇へと変わってしまった。

僕は、子供の葬式に参列している黒ずくめのニナの陰鬱な表情と、同じくうち沈んだ様子のポール・ケインを見つめた。

これこそ、と僕は思う。年月や日常が消せない、強い憎しみではないだろうか。

僕は電話を取り上げ、ジェイクの携帯番号を押してから、今日は金曜だったと思い出した。もう仕事を切り上げているか、とにかく僕の電話には出ないだろう。

呼出音が鳴り、すっかりメッセージを残すつもりでいた僕の耳へ、ジェイクがきびきびと答えた。

『リオーダンだ』

ぎょっとしたせいで、僕は激しく咳き込み出していた。やっと発作が鎮まって息が戻ると、かすれた声で言う。

「いい話があるんだ。お前次第だけど」

奇妙な沈黙が落ちた。僕は自分の言葉と、響きのこだまを聞き、変に誤解されたのではないかとあわてて続けた。

「つまり、もしかしたら、僕らはまったく間違った方向から物事を見ていたのかも、って思うんだ」

『どの物事を?』ジェイクが平静に応じる。

「ポーター・ジョーンズの事件だよ。狙われたのはポーターじゃなかった。犯人が殺そうとしたのは、ポール・ケインだったんだよ」

12

『今、どこだ？』

ジェイクが聞いた。

「家だよ」

一瞬のためらいの後、ジェイクが言った。

『もしよければ、外で一杯飲みながら、何をつかんだのか話せるか？』

僕もためらった。時計を見やる。九時五分すぎだ。

だが、ほかに何の用があるわけでもないし、今夜は訪問客の予定もなさそうだし。

「いいよ」僕は淡々と応じた。「どこで？」

『ブリッツ・レストラン・アンド・パブの場所を知ってるか？』

「コロラド大通りの東側？」

『三十分後に会おう』

僕は電話を切ると、Tシャツとスウェットから、チャコールの縞の入った長袖シャツとジーンズに着替えた。ジェイクと会うのに、わざわざまたひげを剃ったりはしないが、軽く髪に櫛を入れ、歯は磨いた。

それほど距離はなかったので、ジェイクより先に店に着くと、夕食がまだなのを思い出して、待つ間にとローストビーフサンドイッチを注文した。

サンドイッチが出てきて数分後、ジェイクも到着した。〝ヴェロニカ・マーズ〟の主題歌が店内に流れる中、僕は彼を眺める。背が高く、黒いジーンズとTシャツ、黒いレザージャケットに身を包み、自然と目を惹きつけられる──音楽のビートの中、彼がテーブルの間を大股に歩いてくる。『あの頃は、友達だった……』という歌詞に僕は苦い笑みを浮かべた。

遠い昔の話だ。そう。ただ、昔の筈なのに、そんな気がしない。

ジェイクは、バーカウンターの僕を見つけ、隣のスツールを引き出して腰を下ろした。

「何か、笑えることが？」

彼の目。どれほど淡い目か、僕は忘れていた。ほとんどウイスキーのような澄んだ琥珀の目が、探るように僕を見た。

「いや、大したことじゃない。お前がこんなにすぐ出てこられるなんて、少し驚いたよ」

「どうして」

「金曜の夜だろ」僕はそう説明する。「てっきり彼女と一緒に家にいて、何だか女の子の気に入りそうなことをしているかと」

「ケイトは今夜、仕事だ」

バーテンダーが手にしたイギリス風リネンの、どうにも憂鬱そうな顔のエリザベス女王でグラスを拭きながら、近づいてきた。

「ご注文は？」

僕は少し考えた。

「ヘンリー・スカルファーカーを」

そう注文する。

バーテンダーとジェイクが目を見交わした。バーテンダーが、僕を認めるかのようにひとつうなずく。

「でも普通、あれはグラスじゃ飲みませんよ」

「普通は、どんな飲み方で？」

「ピッチャーに作るんです。ヘンリー・ロイヤル・レガッタレースの時に出すんですよ。まあ、まかせて、グラスで作ります。炭酸水、添えましょうか？」

「どうだろう。何が入ってるカクテル？」

「スミノフアイス、ストロングボウ・シードル、ピムズカップ、ジン、グレナディン・シロップ、それにオレンジかレモンのスライス。お好みでレモネードか炭酸で割って」

「待て」ジェイクが言った。「お前、抗生物質を飲んでるんじゃないのか？」

「これを飲めば薬は不要だろうね。このアルコールじゃどんな菌も死ぬ」

「少なくともビタミンは入ってるな」

ジェイクの方は、何があるかバーテンダーに確かめてから、バスエールを注文した。

ふと僕は、無意識のところで心に引っかかっていたものに気付く。ジェイクのアフターシェーブローションが、前とは違う。新しい香りも嫌いではないが——どこかオリエンタルな、とがった、ウッディな香り。ただ、ジェイクからは……前と、違う匂いがした。知らない相手のような。他人のような。

当たり前だ、他人なのだ。だからだ。

ジェイクはエールが来ると、ぐびぐびと長くあおって、スツールを回し、僕へ向き直った。

「さて、どうして本当はポールが狙われたと考えたんだ？」

ジェイクとふれ合った膝を気にしまいとしたが、デニム生地がこんなにたよりなく感じられたことはなかった。二人の距離の近さも、意識しないようにする。これだけ近づくと、ジェイクのこめかみに銀色が少し増えているのにも、初めて気がつく。

僕はアル・ジャニュアリーとの昼食についてジェイクに話し、夫の毒殺はアリーの性格には合わないというジャニュアリーの——僕も同意だが——意見を伝えた。

「アリーは、強盗か何かを偽装しそうなタイプだと思う。撲殺した後、窓ガラスをうかつにも中から割ってバレそうな。匿名を装って、自分の携帯電話から緊急通報したり」

「毒殺は、彼女の発案ではないのかもしれないな」ジェイクが応じた。「彼氏の案だったとか。あの男はパーソナルトレーナーとして大勢を担当しているし、顧客の誰かを通して心臓の薬の入手も可能だったかもしれない。少し時間はかかるだろうが、そのあたりのことはいずれわかる。しらみつぶしにしていけばいいことだ」

「一理ある」僕は答えた。「ただ、ジャニュアリーの家から帰ってきてから、僕はニナ・ホーソーンのことを少し調べたんだ」

「ホーソーン……」

ジェイクが、記憶の棚をさらう顔をした。

「ケータリング業者のか？」

「そう」

僕はジェイクに、ジャニュアリーから聞いた、若き日のニナとポーターの年の差交際を話して聞かせた。

「でも調べてみたら、ニナには若い頃、たくさん相手がいた――その一人がポール・ケインだ」

あらゆる意味で、話しづらい話題だった。僕はジェイクに、ポール・ケインとニナ・ホーソーンの、幼い愛娘をはさんで愛憎入り乱れた悲劇を話した。

バーテンダーが僕の前にカクテルを置き、去っていく間、ジェイクは黙っていた。

「ポールの娘のことは聞いたことがある」と静かに口を開く。「ひどく悔やんでいたよ」

「まあ、今回のポイントは別にある。問題は、ニナが娘の死でポール・ケインを責めただろうか、という点だ。もし責めたとして、ケインを殺して復讐しようとするような女なのか？」

ニナが若い頃なら、問うまでもなかっただろう。奔放だったニナであれば、良心のためらい一つなくケインを叩き殺したに違いない――そして数時間後にはけろりと忘れてしまったかもしれない。だが今のニナは、どうやら大人になり、殺人などの無謀な犯罪がリスクを伴うこともよくわかっている。ほぼこの十年近く、ニナは模範的市民として振る舞っていた。

僕はカクテルを一口含み――ほとんど純粋なアルコールにむせ返って、何とかグラスをカウンターへ置いてから、咳き込み出した。まだ肋骨のあたりが回復していないので、やたらと胸が痛む。

「大丈夫か？」

ジェイクが立ち上がり、僕の背後へ回りこんだが、背中をさすっていいものかどうか迷っていた。僕としてもありがたかった。彼の手にふれられるのなど何があっても避けたい。僕が大丈夫だと手を振ると、ジェイクが命じた。

「万歳しろ」

この一言が、どういうわけか、おかしくて仕方なかった。吹き出した僕は、笑いと咳の混沌の中、ジェイクの渋面がこの世の見納めになるのかと思ったほどだ。だがジェイクのなだめるような手が僕の背にふれ、その温かな重みに、僕の中の笑いがおさまっていく。ジェイクが背骨に沿って上下になでさすり、やっと自制を取り戻した僕は、長く、震える息を吸いこんだ。

「もう大丈夫だ」

そう言って、肩を回し、ジェイクの手を払い落とす。

「一体何を飲んだんだ？」

ジェイクが僕のグラスを取り上げ、一口飲んだ。眉が吊り上がる。

「お前はこんなものを飲むな」と言い放った。

「カクテルに何か？」やってきたバーテンダーがたずねた。

「こいつにはハープを」

ジェイクがそう命じ、バーテンダーは自分の作品への不作法な態度に溜息をつきながら、下がった。

僕はスツールに座り直し、小馬鹿にした目でジェイクを眺めた。

「自分勝手なクソ野郎、とか耳にしたことはないか？」

そう問いを投げかける。だが声がしゃがれていたせいで、あまり効果的には響かなかった。

「一、二回くらいはな」

ジェイクはまた椅子に座ると、ニッと唇の端を持ち上げた。

「よしとけ、そんなのお前だって飲みたくもないだろう。冗談にしても笑えないぞ」

に。

「お前に笑ってもらわなくても結構」

まるで、まだ背中をさするジェイクの手の感触が残っているようだった。細胞の記憶のように。

ジェイクは何も答えなかった。

バーテンダーが、ハープの入ったビアグラスを僕の方へ押し出した。僕は一口飲む。たしかに、この方がはるかにマシだ。言うつもりはないが。

まるで、今の騒がしい茶番などなかったかのように、ジェイクが話を続けた。

「もしそのニナ・ホーソーンという女との間に遺恨があるなら、ポールが彼女のケータリング会社をパーティに使うとは思えんがな。無論、その女については調べておく。だがやはり、どうやって彼女が被害者に毒を盛ったのかは謎だ。ニナ・ホーソーンはパーティには来てなかった。変装でもしていたというなら別だが、まずありそうにないしな」

「僕もその点はずっと気にかかっている」僕はそう認めた。「どうやってポーターのグラスに毒を入れる？　ヘンリー・スカルファーカーがまとめて作られるのなら、尚更だ」

ジェイクに、目で問いかける。ジェイクは感情をこめずに平板に応じた。

「俺にもわからん。ポールのところのパーティに行ったことはないからな」

「でも友人なんだろ？」

「友人だ」

「古い友人だろ」

ジェイクは僕に奇妙なまなざしを向けた。答える。

「まあ、お互い、普段の社交範囲が重ならないと言っておこうか」

つまり、クリスマスに裸のサンタがムチで妖精をひっぱたいているカードを相手に送り合ったりはしない、という意味か？

僕は話を続けた。

「あの日、バーカウンターには大勢が溜まってた。僕、ポーター、ヴァレリー・ローズ、アル・ジャニュアリー。アリーのことは覚えてないけど、カウンターにはグラスがたくさん並んでいた。半分空になったやつとか、そういうのが。つまりあの中では、誰かが手をのばして指輪の石を外して中の毒液をグラスに垂らすような真似でもしない限り、ちょっとした動きには誰も気がつかなかったと思うね」

ジェイクが鼻を鳴らした。

「それでお前は、誰かが指輪から毒を垂らすところは見てないんだな？」

「ああ」

考えこみながら、ビールを飲み、ジェイクが言った。

「悪くない仮説だ。少しシャーロック・ホームズかぶれな気はするが、とにかくそのニナ・ホーソーンには話を聞いておく」

彼はひょいと目を細めて僕を眺めた。

「大したもんだ。よく、関連を見つけ出した」

「師匠《マスター》がよかったものでね」

僕はそう小馬鹿にした。意味を含ませるつもりはなかったのだが、結果的にはそうなった。

ジェイクの顔が赤らんだ。石のような横顔を僕に向ける。

「問題は、だ」一、二呼吸置いて、冷ややかに言う。「妻のアリー・ビートン＝ジョーンズの方が動機もあるし、現場にもいた」

「大金が人を惑わす力は僕もよくわかってるつもりだけど、それよりも自分の子供の死をうらむ気持ちの方が――」

「まさに、それが俺の言いたい点だ」

ジェイクが僕をさえぎって、続けた。

「あの探偵のマルコプーロスから話を聞いた後、俺はアリーの恋人の男に会いに行った」やっと、また僕の目を見る。「ダンカン・ローの話では、アリーは彼の子を妊娠した。ポーター・ジョーンズは、彼女に堕胎を強要したそうだ」

突如として僕は「子供はいないんですか？」とたずねた時にアリーが見せた小さな身震いを思い出していた。あの時はてっきり、子供を作るなんてぞっとする、という意味だと思っていた。だが、逆だったのかもしれない。

たしかに。それなら、風向きが大きく変わってくる。

僕がニナ・ホーソーンについて語ったのと不気味なほどそっくりな動機が、アリーにも当てはまる上に、アリーの傷の方がもっと新しく、生々しい。おまけに、子供以外の動機もある。アリーはあのパーティにもいた。僕は彼女の姿をバーカウンターの近くで見た覚えはないが、客の誰かが目撃しているかもしれない。

考えをまとめながら、僕は呟いた。

「ポーター・ジョーンズの検死で、彼が重い病気だったという兆候は出なかったか？」

ジェイクが驚いた顔になった。

「どこからの思いつきだ？」

「ポーターの前妻が、葬式で話していたのを聞いた。彼女がちらっと洩らした言葉から、ポーターの具合が悪かったんじゃないかって印象を受けた。毒を飲まされる前から、って意味だけど。当然」

「当然だな。ふむ、前妻の話は正しい。最近、ポーター・ジョーンズは膵臓ガンと診断されていた」

「うわ」僕はジェイクの目を見た。「可哀相に」

「まったく。ありがたい死に方ではないな」

「アリーは知ってた？」

「そのようだ」

「それなら……どうして、わざわざ殺す？」

ジェイクが辛抱強く説明した。

「どうしてかと言うとな、ポーター・ジョーンズが彼女と離婚するつもりでいたからだ」

「でも、本当に？　彼の弁護士に聞いたか？　離婚を裏付けるのはあの私立探偵の話だけだ」

そして、ポール・ケインの。それを思い出して、僕はケインの「ポーターがおとなしく寝取られ男におさまっていない」という言葉の真実を、今さら悟る。ケインの情報はその点、正しかったわけで、ほかのことでも正しいかもしれない。どうして僕は、あっさり納得できない？

僕はさらに言った。

「ポーターは離婚について考え直したかもしれないよ。アリーと離婚するつもりだったなら、どうして子供を堕ろさせる必要がある？　アリーも、どうして従った？」

ジェイクは口をとじたまま、考えこんでいた。

「単なる思いつきだけどね」

「たしかめておく価値はあるな」気が進まなさそうな様子ながら、そう認めた。

「もう一つあるんだ。どうやらポーターは、ジャニュアリーとローズが温めていた企画から資金を引き上げたらしい。それ以上のことは知らないが、二人ともあの日、バーカウンターのそばに立っていた。あと、そう言えば、ポール・ケインもね」

僕は意地悪く続けた。

「事実、ケインなら誰より簡単にポーターの飲み物に毒を入れられた。彼がポーターを殺したがる動機はないのか？」

ジェイクが、じろりと僕をにらんだ。

「笑えるな」

そう言う。だが、やはり僕がよく――いや、それなりに――知っていた冷血男の本領を発揮して、彼はさらに続けた。

「むしろ、その逆だ。ポール・ケインの個人企画のほとんどが、ポーターから資金か、何らかの支援を受けている。それに誰に聞いてもあの二人の友人関係は良好だった。古くからの友人だった」

僕はグラスの中に微笑んでいた。ジェイクが言う。

「俺は、事件の関係者への個人的感情から捜査をおろそかにしたりしない。お前も覚えている筈だ」

ジェイクは、意識的に捜査の手を抜くことはないだろう、それは僕も疑っていない。だが個人的感情が自分の視野を曇らせている可能性が、ジェイクにはまったく見えていないのだろうか？　もし本当に公明正大でありたいのなら、彼はこの捜査から退くべきだった。だが、そうはしなかった。できないだろう――ポール・ケインとの私的な関係は、ジェイクが人には言えないものだからだ。決して、知られたくないことだからだ。

そう、わかっている。今の状況は、僕が身にしみて知っているものだった。

僕をじっと眺めながら、ジェイクがたずねた。

「お前、ポールが好きじゃないんだろう?」

今のところ、そこまで考えたことがなかった。

「まあ、あまりね」

あっさりと、ジェイクがうなずく。

僕はビールを飲み干し、腕時計を見た。

「そろそろ帰らないと」

「ああ、俺もだ」

それぞれ自分の酒代を払い、一緒に店を出た。裏の駐車場へ向かって建物を回りこみながら、僕は言った。

「とりあえず、ニナ・ホーソーンがあの日曜どこにいたか、確認しておいて損はないと思う」

「わかっている」ジェイクが答えた。「俺はまだ誰のこともシロだと決めつけるつもりはないし、彼女はたしかに気になる存在だ」

ピッと車のアラームが解除される音。ジェイクはそれこそ非凡なくらい平凡きわまりない車の傍らで足を止めた。リアウィンドウの内側にパトカーのランプが設置されている。

僕は「おやすみ」と言って、自分の車のキーを取り出した。

唐突に、ジェイクが言った。

「ケイトが流産したのは聞いたか？」

僕は、自分がまだ何の言葉もかけていなかったのに気付いて、ぎこちなく答えた。

「ああ。残念だったね」

本心だった。ケイトにも、彼らの子供にも、何か起きてほしいと思ったことはない。実のところ、チャンから流産のことを聞いた後、僕はジェイクに電話をかけそうになったのだが、思いとどまった。そんなことをすれば、まるでジェイクとの関係を妨げるものが子供の存在だけだと、僕が考えているように見えただろう。真実はそれとは遠く、子供は、最後に積まれた石にすぎなかった。

ジェイクは抑揚のない声で続けた。

「選択肢ができた今、ケイトは子供を持つことに慎重になっている。仕事を離れれば、キャリアが数年分後退しかねない地位にあるからな。今、彼女は出世コースにいる」

こんな話を、聞きたくはなかった。ジェイクに同情などしたくはない——何の感情も抱きたくなかった。だがそっけなく背を向けることもできず、結局、僕は重い口調でたずねた。

「お前は、どう思ってるんだ？」

駐車場の光では、彼の歪んだ笑みしか見えなかった。

「俺は家族がほしい。だがケイトは、努力して今のポジションをつかんだ。選ぶのは、彼女だ」

この結婚はジェイクにとって、家族と〝普通の人生〟を手に入れるためのものなのだと、僕はずっと信じてきた。たしかに、本物の結婚なのかもしれない。ポール・ケインとジェイクが続けるひそかなお楽しみはともかく。たしかに、ジェイクはケイトを愛しているのかもしれない。彼女のキャリアを自分のキャリアと等しく大事に——少なくとも彼女がそう思う気持ちを——尊重しようとする点は、見上げたものだ。

だが、僕が彼に何を言えただろう。幸運を祈る、とでも？　ジェイクは話す相手を間違えている。しかし彼はまるで、何かを期待するかのように——求めるかのように、僕を見つめていた。

「運転に気をつけて、ジェイク」

僕は、静かにそう言うと、背を向けて歩き去った。

13

クローク&ダガー書店の外に停まっているガイのミアータを見て、僕はつい呻いていた。今夜はどうしてこう、次から次へと……。

だが気付く。恋人が無事に自分の元へ帰ってきてくれたというのに、それを面倒な厄介事のように受けとめるのは、原則的におかしいだろう。だが、そんな気分だった。問題と向き合いたくない——前にも覚えのある感覚だ。そして、向き合うべき問題がそこにあることも、僕にはわかっていた。ガイが「メキシコでロマンティックな週末をすごそう」と誘い、僕の方が迫る何かに追いつめられるような気持ちにしかなれなかった時から。

僕は店に入り、二階に上って、フラットのドアを開けた。ガイが窓際に立ち、人気のない道を見下ろしていた。

「今夜来るかどうか、わからなくてね」

僕は、向き直ったガイへそう言った。

「ピーターから聞いたよ」彼は切り出した。「君と、話がしたい」

とりあえず、僕がどこにいたのか気にする様子がないのは幸いだ、昔の男と飲んでいたなんてことを言わずにすむ。僕はソファの隣の椅子へ腰を下ろした。突如として、疲れ切っていた。

「いいね。まずは、どうして僕を殺そうとしたあのお子様と文通しているのか聞こうか」

いきなりタックルでもされたかのように、ガイが息を吸った。

「ピーターは君を殺そうとしたわけではない、アドリアン。彼は殺人はしていない——私だけの意見ではなく、陪審も同意したことだ。ピーターは、周囲の暴走に巻きこまれ、流されただけだ。若く、純粋だった。アンガスと同じくらい、彼も周りに影響されやすかったんだ。君はアンガスのことは許した。そうだろ？」

そうだったか？　たしかに、そうかもしれない。僕は応じた。

「アンガスは僕を殺そうとはしなかったからね」

「アンガスは、殺されかねない状況に君を巻きこんだだろう。ほぼ同じことだ」

「いいや、ガイ。はっきり言って、同じじゃない」

ガイはわざわざ反論しようともしなかった。彼の表情がすべてを物語っていた。

僕は続けた。

「もしその点を棚上げにするとしても、彼がこの店に押しかけたのがどれほど図々しいことなのかわかってもらえないなら……それ以上何を言えばいいのか、僕にはわからないよ、ガイ」

「君は、過剰反応している」

笑えそうなくらいだった。僕としては、ガイの方こそ、ジェイクについて過剰反応していると思っていただけに。

僕は応じた。

「賛同しかねるね。一般的な感覚で言っても、おかしいと思うよ」

「一般的な感覚、か」

何をつまらないことを、と言いたげにガイが首を振った。

そうかもしれない。

手をのばし、ガイはクリスタルガラスにはめこまれたドブロン金貨を手にした。つき合い出してすぐの頃の、ガイからのプレゼントだ。輝く表面に今さら傷を見つけたかのように、眉をひそめてそれを見つめていた。

「私はピーターを知っている」目を上げて、僕と視線を合わせた。「彼とは、君と会うよりも前からのつき合いだ」

「ああ。覚えてるよ」

「今の彼には、友人が必要だ。支えが必要なんだ」

一瞬、僕は『クリスマス・キャロル』のスクルージ気分を味わった。何のための刑務所だ！　労役にでもつけておけ！と叫びたくなる。リサの言う通りかもしれない——僕は、冷たく、刺々しくなっているのかも。何にせよ、この瞬間、僕の中の隣人愛は品切れしているようだった。

僕は口を開いた。

「彼はわざと僕の店に来たんだ、ガイ。僕を挑発して、自分が戻ってきたと誇示した。所有権を主張しにね」

嫌悪が、ちらりとガイの表情をかすめた。

僕はうなずく。

「ああ、高校生みたいだろ、僕もそう思う。お互い、こんなことにつき合うには年を取りすぎているね」

「君はきっと誤解を――」

僕は笑い声を立てた。首を振る。

「何も誤解してない。ヴェルレーンはあなたを取り戻したがっていて、僕にそれを宣言しに来たんだ。彼は、あなたがまだ自分を好きだと信じている――そして僕としても、その点は否定しきれないところがある」

「ピーターとはそういう関係ではないと……軽い関係だと、最初に言っただろう。たしかに、彼を気に入ってはいる。友人だと思っているし、彼にこの……難しい時期を、どうにか乗りこえてほしいんだ。ピーターのそばに、誰かがいてやらないとならないんだ、アドリアン」

僕も誰かそばにいてほしいよ、と思う。だが口に出しては問い返していた。

「それで、あなたは誰かに必要とされたい？」

「誰だって、誰かに必要とされたいさ」ガイがあっさり返した。「君もな」

手にしていた海賊の金貨を、コトンと棚に戻す。

僕が何も言わずにいると、ガイは静かにたずねた。

「君とピーターのどちらかを選べと、私に言うのか？」

しのびよる頭痛の予感に、僕はこめかみを揉んでいた。偏頭痛か、低気圧か。顔を上げた。

「おっと。そこまで深刻な選択だとは思わなかったよ。いいや、選べというつもりはないね」

「それは、どういう意味だ？」

僕の口から、力のない笑いがこぼれた。

「知らないね。ただ……お互い、袋小路なんだと思う。ヴェルレーンとあなたの友情は、僕にとっては裏切りに感じる。理屈にならないのはわかっている。僕だってもしヴェルレーンと同じようなあやまちを犯せば、こんな時友人にそばにいてほしいと思うだろう、それもわかっている。僕はただ……」

「ただ？」

僕は、ガイと目を合わせた。

「ただ、一番大事な存在になりたいんだ、ガイ」

「君にとっては私が一番ではないのに、そう願うのは身勝手じゃないか？」

ガイがそう返してくる。

もっともな問いだ。僕としても、どうしてこんな、途切れたハイウェイの末端に来てしまったような気持ちになったのか、よくわからなかった。

「そうかもしれないね」

二人のどちらも、そこで言葉が尽きてしまったようだった。

やがて、ガイが動いた。

「お互い、少し時間が必要なのかもな」

「そうだね」

答えて、僕も客を見送るかのように立ち上がった。

部屋を出たガイに続いて、僕も階段を下りた。店の裏口から彼を送り出す。ガイはためらった。鍵を返すべきかどうかと考えているのかがわかった。そんなことをしてほしくはなかったが、僕は、何も言うことができずにいた。

ガイが言った。

「電話するよ」

「待ってる」

僕はそう答える。

ガイはまるで、お互いそれが嘘だとわかっているかのように、微笑んだ。


「おはよう」

軽やかにドアベルを鳴らしながら開いたガラスドアへ、僕は挨拶の声をかけた。

「男ってほんっとわからない。どうしてはっきり自分の意見を言わないわけ？」

ナタリーは菓子の入った大きなピンクの箱をドサッと、中身が心配になるほどの勢いで置いた。

僕は、レジから顔を上げた。

「それは、どういう意味だい？」

「ほら！」ナタリーが僕の鼻先に指をつきつけた。「その顔！　私が言いたいのはそれよ！　まるで、私の質問が何かの罠じゃないかって勘ぐってるみたいに！」

「罠みたいなもんだろ。だって、もし男として正直に答えれば、君はその答えがきっと気に入らない。そうなると次は一騒動になって、無駄な時間をたっぷり費やすことになる」

ナタリーがキッと目を細めた。

「私にウォレンのことをあきらめさせろって、リサに言われてるのね？　でしょ？」

「まさか、違う」僕は菓子箱を開けた。「誰かの誕生日だったたっけ？」

どうかナタリーの誕生日ではありませんように。それか、誰か知り合いの誕生日でも。

彼女はイライラと言った。

「今朝はドーナツを食べたい気分だったのよ！」

僕はまばたきした。

「でも、ドーナツが二十四個は入ってるようだけど」

「二十八個。一ダースにつき二つおまけをくれるの。一つどうぞ。それに全部ドーナツってわけじゃないし」

「そうだね」

たしかに箱の中には焼き菓子がよりどりみどりだった。僕はチョコスプレーがまぶされたチョコレートドーナツを手にした。

「今月は炭水化物はカットするんじゃなかったっけ?」

「炭水化物なんてどうでもいいわ!」

ナタリーが刺々しく吐き捨て、僕は眉を上げながら、そそくさとレジの金勘定に戻った。土曜は客の多い日で、今日も例外ではなかった。客の相手を——きちんと愛想よく——する合間にも、ナタリーはどんよりと落ちこみ、どうやってかドーナツを四つにペストリーを二つ、さらにキャラメルやアーモンドの焼き菓子を二つ平らげていた。

「本当ならランチに誘うところだけど」十二時を回ると、僕はそう言った。「君の胃が破裂しないか心配でね」

「どうせ店を閉めるわけにはいかないもの」

ナタリーが応じた。僕をじっと見つめる目は、すっかり暗かった。まあラルフ・ローレンのモデルのようなブロンド美女の青い目としては、最大限に、暗かった。

「だから誰か雇った方がいいって言ってるのよ。特に、あなたは探偵をしに出かけてばっかりだもの」

「必ず誰か雇うよ」僕は約束した。「それに、僕だってずっと探偵ごっこをするわけでもないし――」

「やっぱりあなた、事件を調べてるのね！」ナタリーが勝ち誇る。「ポール・ケインのパーティで殺人があったって聞いた時からわかってたのよ。ええ、わかってた！」

ガイとピーター・ヴェルレーンのことで頭が一杯だったせいで、いともあっさり引っかけられたのだった。僕は申し開きしようとする。

「君が言うような、そんなちゃんとしたもんじゃない。ただ、何人かから話を聞くって約束しただけで」

「じゃあここで教えてあげる。犯人は妻よ」

「皆そう思ってるんだよな。君は、どうして彼女だと？」

「そうね、まず第一に、あの夫見た？　父親みたいな年じゃない。しかもカエルみたいな顔で」

「たしかに。でも愛は盲目だからね」

「いいえ、ありえない！」ナタリーは鼻で笑った。「ああいう女にだけは、それはないわよ」

ほう、興味深い。女性視点からのご意見だ。

「ああいう女って、どういう意味だい？」

ナタリーはチチッと苛立ちの音を立てた。

「アドリアン。あの女は、どこからどう見たってお色気でのし上がってきた女じゃない」

「お色気女にだって心はあるさ。ほら、アンナ・ニコル・スミスとか」

僕は年上の大富豪と——当人いわく恋をして——結婚したプレイメイトの名前を持ち出す。

ナタリーはただ首を振っただけだった。

「わかったよ」僕は譲歩する。「でもアンナ・ニコル・スミスは、少なくとも夫を殺したりはしていない。どうして、わざわざリスクの高い行為に及ぶ？　必ず妻が疑われるとわかってるのに」

「待ちきれなくなったんでしょ」

ナタリーが肩をすくめた。たしかに、悪くない視点だ。もしタイムリミットが存在していたら？　たとえば……アリーの不倫相手が、彼女に何らかの最後通牒をつきつけたとか？　それとも彼女がまた妊娠したとか？　それかポーターが——ケインが匂わせたように——遺言書を書き替えるつもりだったら？

僕はたずねた。

「でも、どうしてあんな派手なやり方で？　ちょっとした事故に見せかけたりすればいいじゃないか」

「どうやればいいのかわからなかったのかもよ。それか、容疑が別の誰かに向くと思っていたとか」

僕は、ナタリーをじっと見つめた。何かが引っかかったのだが、正体がはっきりつかめなかった。自分は疑われないと、アリーがそう考える根拠でもあったのか？

ナタリーが言った。

「この事件捜査の指揮を取っている刑事って……あなたの、ジェイク？」

口の中がカラカラに乾いた。絞り出す言葉は、ざらついて、味がなく感じられた。

「誰から、その名前を？」

聞く必要もないことだったが。

「リサが前に、あの人がテレビに映ってた時、教えてくれたの。それでこの間刑事が二人来た時に、片方が彼だと気付いたのよ」

僕は口を開け、それからとじた。もう手遅れだと、ジェイクも悟るべきだ。それに僕は、友人や家族に嘘をつき通すのに疲れていた。

「そうだよ」僕は、そう答えた。「僕らは友達だった。昔の話だ。今、彼は結婚している」

「クズね」

ナタリーが言い切る。僕は首を振った。

「そうでもない。彼は、一度も嘘は言わなかった。ただ僕の方が聞かなかっただけだ。答えを聞きたくなかったから」

それが真実だと、これまでわかっていなかったわけではないが、口に出した瞬間、やっと自分やジェイクに怒りを向けることなく受け入れられるようになったのだと、心の底まで染みとおった。

ナタリーはランチに出かけ、戻ってきて、僕の方は休憩時間をつぶしてラングレー・ホーソーンについてネットで調べた。表向きの話ばかりで、大した収穫はない。ニナの背景をもっと詳しく調べようとしたが、ホーソーン当人の事故死についての記事がいくつか出てきて、注意が脇へそれた。

期待ほどの中身はなかった。その富と、映画作りへの情熱にもかかわらず、ラングレー・ホーソーンについての記事は数少ない。娘のニナとの関係はいつも荒れ模様だったようだが、それでもホーソーンは娘を溺愛していた。彼が死ぬと、その莫大な富は娘へ渡った。

それ自体に不審な点はない。僕の目を引いたのは、ホーソーンの死のいきさつだった。彼は、カリフォルニア沖のカタリーナ島でクルーザーから落ちて溺死した。その夜、船にいたホーソーンと数人の親しい友達はひどく酔っ払っていて——珍しいことではなかったようだ——ロサンゼルスの検死官は事故死だと断定した。

さらに興味深いのは、その悲劇の夜の客の顔ぶれだった。ポーター・ジョーンズと最初の妻マーラ、ポール・ケイン、アル・ジャニュアリー——それに加えて、ニナもいた。ニナとポーターとの交際が終わった少し後だろう。父親から二人の仲を引き裂かれた後、と言うべきか。

僕からすれば、この夜の顔合わせはよく言っても気まずいものだったに違いない。

　少し考えてから、僕はリサに電話した。

　社交辞令の挨拶と非社交的な不満の申し立てを――『ダーリン、まだ言っちゃいけないなんて知らなかったのよ』――した末、僕は切り出した。

「リサ、この間のランチの時、動物虐待防止協会《SPCA》のパーティにケータリング業者を雇うとか言ってたよね。もう誰か雇った？」

『それって、あなたが来なかったランチのこと？』

「そのランチのこと。もうケータリングの手配はすんだ？」

『会場をボナベンチャーホテルに変えたから、いらないのよ』

「ちょっとたのみがあるんだけど、ニナ・ホーソーンと打ち合わせの約束を取り付けられないかな？　トゥルー・グルメ・ケータリング社の社長なんだ」

『もうケータリングは必要ないのよ、アドリアン。ホテル側が手配してくれるもの』

「わかってるよ、でも前の予定通りのふりをして、その業者と話ができないかな？」

『できると思うけれど。どうして？』

　彼女は、少し疑わしげだった。

「僕も、その打ち合わせに同席したいんだ」

　沈黙。

『どうして?』

そうリサが問う。今度は、ごまかしを許さない声だった。

「どんな人なのか見たいんだ」

『あなた、何かのイベントに彼女を雇おうと考えてるの?』

リサは、探るようにたずねた。

まさか。僕とガイが結婚式の計画を立てていると思っているのか?

僕は答えた。

「そんな感じ。彼女と、会社の印象をたしかめたいんだよ」

『いいわ、ダーリン』リサはうきうきした様子だった。『手配しておくわね。後でどういうことなのか聞かせて頂戴』

僕は電話を切った。ナタリーがオフィスのドアをノックする。

「通話中に、ポール・ケインからも電話があったわよ」

僕は溜息をついた。「ありがとう」

ポール・ケインに電話すると、個人秘書が出た。少しだけ待たされた後、ケインが出る。

『君が俺からの電話を避けているんじゃないかと思いはじめていたところだよ』

なめらかな声で、ケインが僕を歓迎した。

そう言えば、昨日もケインから電話があって、だが僕はかけ直さなかったのだった。私生活の混沌に気を取られていた面はあるが、思い返せば少し冷たかったかもしれない。特に僕が、本当はケインこそ毒殺の標的だったかもしれないと考えている点を思えば。無意識下で、僕はケインの死を願っているのか？

「申し訳ない」僕は答えた。「少しバタバタしていたもので。実を言うと、あなたに話さなきゃならないことがあるんです」

愉快そうに、ケインが応じた。

『それは随分と不吉な物言いだな』

「あなたは、日曜のパーティで狙われたのは自分かもしれないと、そう考えたことはありますか？」

静寂は、あまりに突然で、電話の接続が切れたのかと思ったほどだった。突然、げらげらとケインの笑い声が響き、僕は受話器を耳から少し離した。

『見事だよ！　一瞬、本気にしてしまったじゃないか』

「ええ、でも冗談じゃないんです」僕は食い下がった。「僕としても少し調べてみたんですが、あのパーティのケータリングはニナ・ホーソーンの会社ですね」

『客に毒を出していたら、商売が立ち行かなくなるだろうねえ』

まだケインはこの上ない笑い事だと思っているようだ。

「あなたのように彼女と深い因縁を持つ顧客がほかにいるとも思えませんけどね」

僕はそう応じた。

ケインの笑いがとまった。数秒、そのまま押し黙っていた。それから、呟く。

『どうやら俺とニナとの、少々波乱の過去に君も気付いたようだね』

「あなた方の間に子供がいたことは知っています。その子が——」

『そうさ』冷たく、さえぎられた。『まさにね。ふむ、君はよく調べたようだな。その点は評価できる』

「申し訳ない。古傷をつつくつもりはないんですが、あなたがポーターに渡したあのグラス、あなた自身が飲んでいてもおかしくなかったでしょう」

一瞬置いて、ケインが言った。

『ニナはあの場にいなかった。少なくとも——』

「少なくとも、何です?」

『いや。下らない』

「何が下らないんですか?」

『何でもないよ。君が心配してくれるのはありがたい。本当にね。だが……その必要はないよ、まったくね』

僕に言葉を返す。隙を与えず、ケインは続けた。

『とにかく、君に電話をしたのは、明日マリーナでちょっとした集まりがあるからなんだ。ヴアレリーもそこに来る筈だから、彼女から話を聞くチャンスだ』

「日曜は、ちょっとまずいですね。従業員が休みを取る日なので」

だがポール・ケインは粘り強く、しかもいつものごとく魅力たっぷりに一歩も引かず、しまいに僕は、彼を黙らせるためだけに同意してしまっていた。

『素晴らしいね！』細かいことを伝えた後、ケインは声を高めた。『じゃあ、明日会えるね』

「まあね」

僕はやる気なく答えた。

僕の言い方にケインはクスッと笑ったが、不意に真摯な口調になって僕を驚かせた。

『アドリアン……ありがとう。俺のことを心配してくれて。本当にありがとう。だが子供の死は、実のところ俺とニナの結びつきをふたたび深めてくれたんだよ。あのおかげで、また彼女と友人になれた』

「知りませんでした。そのことは」

『知らなくて当然さ』ケインは気安く言った。『だが、君の友情には心から感謝するよ』

「どういたしまして」

僕はそう答えた。

まったく、僕ほどたよれる味方はいない、そうだろう？

14

マリーナの立て札は色褪せ、アルファベットの一部が消えていた。おかげで対向する《opposing》車に注意、の文言が、気取った《posing》車に注意、と読める。だが水兵帽をかぶった男たちの乗ったメルセデスが行き交う光景を見ると、あながち的外れな警告でもなさそうだ。

車を停めると、僕はクラブハウスと競泳用かと思うほどでかいプールの横を歩きすぎた。頭上では陽気な色の三角旗が翻っている。カモメが一声鳴き、揺れる浮き桟橋の上をさっと飛び渡っていく。空気は潮と、ディーゼルエンジンの匂いがした。青い海がギラギラと陽光をはね返す。

航海に出るにはいい日に見えた。まあ、少し沖に出るだけでも。波止場はすでに防波堤の方へ向かうヨットでごった返し、まだ係留されたままのクルーザーの甲板でもお仲間たちがくつろぎ、陽光と潮風、そして酒を――迎え酒かも――楽しんでいた。

ポール・ケインに教えられた番号を見つけるのは簡単だった。彼の船、パイレーツ・ギャンビット号は黒い船体の、全長二十五メートル近い豪華なクルーザーだった。船首に海賊旗が大きくはためいている。

「汝《アヴァスト》、動《・イェ》くな！」

昔の海賊めいたかけ声に、僕が上を仰ぐと、ポール・ケインが船の手すりによりかかり、馬鹿高そうなシャンパンボトルを片手でかかげていた。僕を見下ろす微笑み。これが初めてではなかったが、あふれる魅力にほとんど息を呑みそうになった。本当にすべてを兼ねそなえた男だ——とにかく、ハリウッドが求めるすべては。美貌、色気、カリスマ性。

その上、演技も悪くはないときてる。もっと大物スターの仲間入りをしていないのは、彼がバイセクシュアル——それも堂々かつ奔放な——であるせいなのだろうかと、僕はふと思う。

僕がタラップを渡っていくと、ケインが上甲板から軽やかに下りてきて僕を迎えた。

「いい時に来たよ」

そう言って、僕の肩を軽くつかみ、通りすぎていく。

「皆、上にいるよ。挨拶してくるといい」

僕は梯子を上って、下甲板より小さいオープンデッキへ出た。皆、とケインが言ったのはヴァレリー・ローズとアル・ジャニュアリーのことで、ラウンドチェアにゆったりと体をのばし、二人でシャンパンを飲みながら楽しそうに議論していた。ヴァレリーはエメラルドグリーンの水着姿で、ジャニュアリーの方はオレンジ色の短パンに民族風のプリントが入ったスポーツシャツを着ていた。

「船にようこそ」ヴァレリーが僕に声をかける。「水着持ってきてくれたならいいんだけど。私だけ、ちょっと薄着すぎる気分よ」

僕は青と白のストライプのデッキチェアに腰を下ろした。

「残念ですが」

そう答える。海からの風は少しひんやりしていたが、日差しは気持ちがよかった。シャツを脱ぎたいほどではないが、快適だ。

「捜査の方はどうだい？」

ジャニュアリーがたずねて、グラスにシャンパンを注ぐと僕に手渡した。

僕は礼を呟き、一口飲んで、グラスを手すりのそばへ置いた。

「警察も今すぐ誰かを逮捕するって感じには見えませんね」そう応じる。「まあ、向こうも僕なんかに内情を教えてくれるわけじゃありませんけど」

もっとも金曜のジェイクとの顔合わせは、限りなくそれに近かったかもしれない。

「一体何をぐずぐずしてるんだろうね」

ヴァレリー・ローズがそう言った。彼女はごく健全な魅力を持つ女性だった。健康的な体格に姿形、歯も肌も状態がいい。

「誰がやったかなんて、バレバレじゃないの」

「なら、警察が動かないのは、まだはっきりとした証拠を固めてないからだろうよ」

ジャニュアリーが辛抱強いまなざしを向ける。

僕はたずねた。

「アリーが犯人だと、そこまで確信があるんですか？」

「ほら！　そういうことよ、彼女の名前を出す必要すらないじゃない」ヴァレリーがそう返す。「私の言いたいこと、よくわかってるでしょう。アリーがポーターを殺したなんて、誰だってわかってる。あんまりおおっぴらには言えないけど、皆知ってる」

彼女はラウンジチェアによりかかり、顎を上げた。緑色の大きなサングラスを、陽がギラリとよぎった。

ジャニュアリーが僕へ顔を向け、苦笑いした。

「ほかに動機を持つ人はいないと？」

そう、僕はヴァレリーにたずねる。彼女は頭を上げた。

「彼を殺すような？」

大きなサングラスの向こうの目は、仰天しているようだった。

僕らの下で船のエンジンがゴゴッと動き出した。ケインが上甲板へ上ってくると、ヴァレリーの隣に腰を下ろした。

操舵室へ顎をしゃくりながら、僕へたずねる。

「ご感想は？」

「美しい船だね」僕は答えた。「船員は何人？」

「船長と、今日は乗組員が一人。気が乗った時は俺一人で海に出ることもあるよ」ニコッと笑うと、ケインの歯が白く輝いた。「自家用飛行機も自分で飛ばすんだ」

「ポールはスクリーンの外でもアクション・ヒーローなの」

ヴァレリーはそう喉を鳴らし、ポール・ケインの日焼けした腕をこれ見よがしな手でなでた。ケインはその手をつかみ、楽しそうにキスをした。

野郎ども、参ったぜ——僕は海賊風に頭の中で呟く。いや、この二人のことは薄々勘付いていたし、スーパーで列に並ぶ間についレジ横のゴシップ誌の見出しが目に入ったりパラパラめくったことがある人間なら、ポール・ケインがバイセクシュアルだというのは基本知識だ。ジェイクが自宅でケイト相手に家族ドラマを演じる夜、ケインだけが寂しく独り寝しているわけもない。なのにどうして、ケインが女性への欲望を人前で見せつけたからといって驚いているのか、自分でもよくわからなかった。

僕と視線を合わせて、ケインはまた微笑み、言った。

「シャツを脱ぎたまえよ、アドリアン。贅沢な日差しだよ」

僕は自分の白いポロシャツ姿をちらっと見下ろして、応じた。

「修道院長様が、そういうことを言う男の人は危険だから気をつけなさいって」

ジャニュアリーが笑い、ケインは唇をなめた。

「どのくらい危険なのか、もっとよく教えてあげよう」

そんな調子で航海が始まり、そのまま続いた。ケインは、他の二人の客がおもしろがるほど、三時間の航海中、あからさまに僕に誘いをかけつづけた。害のないものだったが、その意図を、僕は読みかねる。ケインが僕に惹かれている感じは元からなかったし、今日のウインクや手や足のふれあいも、その印象を塗り替えるようなものではなかった。ケインは僕に向けて魅力を振りまきつづけ、その理由が僕にはさっぱりわからない。僕が事件から手を引くのではないかと思って、引き止めようとしているのか？　僕の探偵ぶりにそこまで惚れこんでいるとでも？

昼食に、さらにシャンパンが出た。ランチのメニューはシーザーサラダ、ほうれん草とリコッタチーズを詰めたシェルパスタ、ブイヨンで煮たチキンのガーリックホワイトソースがけ。こってりした料理でたっぷり量があり、自分が船酔いしやすいたちでなくてほっとした。

ポーターの話をしに集まるというのが表向きの理由だった筈だが、奇妙なことにその話題はほとんど出なかった。かわりに、三人は僕の『殺しの幕引き』の映画化についての話を始めた。

「ジェイソンには、暗い過去があると思うね」

ケインが言い出したのは、ジェイソン・リーランドのことだ。僕が二冊書いたミステリの主人公で、ゲイのシェイクスピア俳優兼アマチュア探偵である。

「そう、己の過去が、彼の心に長い影を落としているんだ」

「秘めたる悲嘆の影だな」

ジャニュアリーが応じる。僕は彼の顔を見たが、至って真面目な表情だった。

「ええ、まあ」

僕もそう相槌を打った。だが正直、僕にとってジェイソンはジャッキー・ホームズ――『CAMPから来た男』のゲイ版ジェームズ・ボンドのような主人公――並みの苦悩しかない男だ。だが僕も作家の友人たちから、映画化の際の追加エピソードは原作者にとって気に入らないものばかりだと聞かされている。僕の最大の目的は、書店の拡張資金を稼ぎ出すことだ。くり返し、自分にそう言い聞かせつづけた。

「舞台がロンドンだっていうのがちょっと不安ね」ヴァレリーが言った。「オレゴン州のシェイクスピア・フェスティバルに舞台を移したらどう？」

「アッシュランドは景色がいい」

ジャニュアリーがうなずいた。

そのまま話が進められていく。しばらく経つと意見も聞かれなくなった僕は、デッキに据えられたラウンジチェアの一つで体をのばした。近ごろよく眠れていない。それに食事にシャンパン、本への賛辞、温かな日差しと規則的な波の揺れのすべてが、僕を眠りに誘っていった。

次に目を開けると、船は波止場へ戻っていくところで、三人が低い声でポーターについて話していた。

「……でももしポーターがもうじき死ぬんだったら……」

ヴァレリーの声だった。ジャニュアリーが言う。

「ポーターは、マーラを信頼していた」

「そりゃそうだろ」これはケインだ。「マーラは裏の裏まで知ってたからな」

そこで、ケインの声がふっと変わった。彼が声をかける。

「おはよう、眠り姫！」

僕が顔を向けると、三人ともが僕をじっと見つめていた。注意深い、複雑な表情だった。

「失礼」僕は起き上がる。「日差しとシャンパンに負けてね」

「一杯しか飲んでないだろ？」ケインが愉快そうに言い返す。「別に、眠ったことをとがめはしないがね。我々は時に眠りに落ちる生き物だ」

そこからは、話題はごく軽いものにとどまった。ヴァレリーは船室に下り、水着から白いスラックスとスウェットに着替えてきた。ジャニュアリーとケインはとりとめのないおしゃべりを続けている。七時すぎには船は港に戻って下船の準備にかかっていた。

ケインが、僕の腕に手を置いた。

「少し残ってくれ、アドリアン。二人で話がしたい」

ジャニュアリーは僕に別れの挨拶をして、ケインの肩を叩いた。ヴァレリーはケインの頬にキスをして、囁いた。

「今夜の予定はほんとにキャンセルできないの？」

「できないんだよ、ハニー」

「変な人には気をつけてよ」

ヴァレリーは僕の視線に気付いて、つけ足した。

「あなたのことってわけじゃないからね——まあ、ポールのイカれた思いつきにのっかるなんてあなたも充分変だと思うけど！　だって、あなたたちが首をつっこんでることって危険かもしれないのよ。今日だって、ここでポールは車に轢かれるところだったんだから」

僕がポール・ケインへ向き直ると、彼は僕の表情を見て笑った。

「誰も、俺を殺そうとしてやしないよ」

ケインの答えに、ヴァレリーが息を呑んだ。

「やだ——誰かに狙われてるってこと？　ポール！」

彼はおだやかに首を振り、ヴァレリーの体をタラップの方へと向けた。

「運転が下手なのは犯罪じゃないさ。アマチュア探偵の宿命だ、アドリアンは道路標識を見たって殺人犯を連想するんだよ」

去っていく二人へ手を振ってから、ケインは僕へ向き直り、気怠く微笑みかけた。

「やっと二人きりになれたね！　サロンへ行こう」

彼に案内された部屋は、美しいチークウッドの壁に囲まれた船室で、並んだ出窓からは波止場と、夕焼けに赤く染まる空が大きく見渡せた。アースカラーでまとめられたビロウドのカーペットや高価な家具。僕が幾度か泊まった高級ホテルにも勝るくらいの豪勢さだ。

「さて、何を飲む？　毒入りカクテル？」

ケインがバーカウンターに向かいながらたずねた。

笑える。

「ありがとう、僕は何もいらない」

表情豊かな唇の端が、くいっと上がった。ケインは自分にブランデーを注ぎ、大きなL字型のソファの、僕の隣に座った。

「ジェイクから聞いたが、君は海賊に弱いそうじゃないか」

たしかに「弱い」し、僕の歴史映画への愛着なんて無邪気な趣味だが、そのケインの言い方——加えて、彼とジェイクが僕のことを話の種に、笑いの種にしていたと知らされたせいで、まるで違う含みが生じていた。

「アイ・アイ・キャプテン」

僕は船乗り訛りを真似て、返した。

ケインはくくっと笑い、その明るく鋭い目で僕をじっと眺めた。グラスを傾け、ブランデーを舌の上で転がす。

それから、たずねた。

「ジェイクは、いい子にしてるかい？」

「僕の知る限りはね」

思わせぶりな返事に、ケインがニヤッとする。

「君を捜査から追い払おうとはしていないね？」

どういうことだ？　さり気ない口調の、一見親しげな——だが何か欠けている——追及は、ひどく奇妙な感じがした。

「いいや」

「そして君も、この……件の調査を続けるということで、気を変えてはいないね」

「いいや。変える理由が？」

ケインは肩をすくめた。

「警察は逮捕まであと一歩のところに迫っているだろ、ほら。アリーに不利な証拠が積み上がっている」

ケインはそもそも、ポーターを殺した真犯人解明にこだわっていたわけではない。アロンゾに向けられた容疑をどうにかしたかっただけだ。いや、その点をどうこう言うつもりはない、僕の最大の心配事だって同じ、自分が容疑者入りしていることなのだ。

僕はたずねた。

「ポーターが癌だと、知っていましたか？」

「ああ」彼は一瞬、暗い顔をした。「ポーターはあまり人を信じていなかったが、俺のことは信用していたからね」

「アリーも、知っていたと考えていいですか？」

ケインは答えようと口を開けたが、船室へつながる螺旋階段を下りてくる足音に、顔を上げた。

ブーツ。ジーンズに包まれた長い足に、引き締まった腰。黒いレザージャケット、広い肩。ジェイク。

「いらっしゃい」

ケインが、気怠げに迎えた。

ジェイクは僕を凝視していた。もしどこか別の世界だったら、その唖然とした表情も笑えただろう。だが今は、そうでもない。立ち上がった僕へ、ケインが声をかける。

「おっと、逃げないでくれ。三人一緒に、という手もあるしね」クスクス笑った。「ディナーの話だけどね」

「またの機会に」僕はそう応じた。「ディナーの話だけど」

船室から出ていくためには、ジェイクのそばをすり抜けなければならなかった。彼は最初の衝撃から立ち直り、無表情に僕を見ていた。

「アドリアン」

静かに呼ぶ。

僕は、彼に向けてうなずいた。

「おやすみ」それからケインへ挨拶を投げる。「今日は、どうも」

甲板へ上っていく僕の背後から、ケインの笑い声が聞こえてきた。

風は冷たく、油と、何かよどんだ匂いがしていた。頭上では不気味にざわつくヤシの木が、ギラついた夕焼けを背に黒々とそびえている。駐車場まで歩く僕を、埠頭に響くうつろな自分の足音が追ってきていた。

ショック、というのではない……正確には。むしろ、悟った、という方が大きい——ポール・ケインがわざと船に僕を引き留め、ジェイクと対面させたのだと。僕に、ジェイクの到着を見せようとして。

それとも、ジェイクに僕を見せたのか？

どちらにしても、不可解だ。ケインが僕とジェイクのどちら向けに今のシーンを仕組んだのかははっきりしないが、たまたま起きたことでないのはたしかだった。あのちょっとした対面は、ケインがシナリオを書き、演出したものなのだ。

何故？

15

ドクター・カーディガンの診察室に案内されて入った瞬間、よくない知らせだとわかった。ドクターはデスクの前に座り、どうやら僕のものらしきカルテを見つめて眉を寄せていた。彼は立ち上がり、僕と握手を交わして、座るよううながす。僕は座り、書棚の医学書の間にずらりと並んだ彼の子供や孫たちの写真に目をやった。

「気分はどうかね？」

ドクターが、座り直しながらたずねた。

黒いサクランボのような目で真剣に顔を見つめられ、僕はそれが形式的な質問ではないのだと直感した。

「いい」

僕は、きっぱりと言い切った。

ドクターは、誰もが本当でないとわかっているのにそう言う、とでもいう感じでうなずいた。

「疲労感は？　呼吸に困難を感じたりということは？」

「疲れてはいるけど、異常というほどでは」

「不整脈《ふせいみゃく》が、前より出るようになったり？」

その問いに思い当たるふしがあったのを、僕の表情から読んだようだった。

「さて、あなたの検査結果が戻ってきた。そこで、少し話し合わなければならないことがある」

僕はほぼ無意識にうなずいた。

「まあ、青天《せいてん》の霹靂《へきれき》というわけではないと思うが」彼は僕のカルテをまた見やった。「あなたには、この十五年、大きな症状は出てこなかったが、先日の心電図によると、左室駆出率《さしつくしゅつりつ》の低下と左室肥大《さしつひだい》が認められる」

ドクターは顔を上げ、探るように僕を見つめた。どうやら、僕が何か賢そうな質問をする番らしい。

僕はたずねた。

「成程。噛み砕いて言うと？」

「肺炎が、あなたの心臓疾患を悪化させた。あなたの心臓は、以前よりも必死に働いて、少ない成果しか得られていない」

僕は、頭を整理しようとしながらうなずいた。

ドクター・カーディガンが、僕の表情をじっと眺めた。

「前に、手術の話をしたね。もう手術をするかどうかという段階はすぎて、いつ手術をするか決めるべき時だ。心臓外科医を紹介するので――」

続く言葉のいくつかを、僕は聞いていなかった。心臓の手術。開胸手術。正直、好物とは言いがたい。

僕は、彼にたずねた。

「手術はいつ頃までに？」

「担当になる心臓外科医が診察して、決めることになる。自覚症状が出てきているならぐずぐずしてはいられない」

僕は、溜息をついた。顎をさする。一斉射撃でも受けた気分だった。いつかこうなる覚悟をしておくべきだったのだろうとは思うが、本当に、そんなに悪化している感じはなかったのだ。まあ、肺炎のせいで消耗はしていたが。ストレスにもさらされていたが。

ドクター・カーディガンが言った。

「できれば左心室に回復不能のダメージが蓄積される前に、手術を行いたい。心臓の弁の人工弁への置換手術が望ましいが、リウマチ熱による弁膜症では、それが難しいこともある」

僕はうなずいた。最初に手術の話題が出た時、僕は心臓弁の置換手術について自分でも調べていた。弁の手術は僕の生存率を短・長期両面で上げるだけでなく、心臓発作や心不全のリスクも下げる。

　僕の表情を眺めながら、ドクター・カーディガンが言った。

「聞きたくない話だろうが、あらゆる意味でこれは決して、先の暗い話ではないんだよ。たしかに単純な手術ではない、それはそうだが、アメリカ国内だけでも年に十万件もの心臓弁の手術が行われている。ほとんどの患者が心身共に、良好な術後を示している」

「素晴らしい」と僕は言った。

「予後には時間を要するが、あなたが完全に回復する望みは大きい。あなたは、全体的には健康だ。手術によって、不整脈も完治する可能性がある」

　つまり、本当にすべてはバラ色、未来もバラ色！　というわけだ。

　なら何故、僕はこんな、泣き出したいような馬鹿げた気分になっているのだろう？


「ほら、この子、あなたが好きなのよ！」

　ナタリーが勝ち誇って叫んだ。

　僕は、手の匂いを嗅いでいる、ガリガリでよれよれの小さな毛皮の塊を見下ろした。

「僕が好きなわけじゃない。餌をもらえると思ってるだけだよ」

「そんなひねくれたこと言わないの。大体、本屋には猫がつきものじゃない」

その猫は――それが地球に逃げてきたベージュ色のでかい目のエイリアンじゃないなら――カウンターにもぞもぞと伏せ、道から吹きこんだ生ぬるい風にはためくミステリ・シーン誌のページに、ビクッとした。

月曜の午後で、ハンティントン病院から帰った僕は上機嫌とは言いがたかった。病院を出た後、ランチを食べに店に入ったが一口も喉を通らず、結局ショッピングセンターを一、二時間うろついた。アポストロフィ書店に寄って、ポール・ケインの非公認の人物伝を一冊買い、やっと家に帰る決心をつけたのだ。

接客カウンターに使っているマホガニーのアンティークデスクの上にノミだらけの野良猫、いや野良子猫がいる光景は、僕のぐらつく心を鎮める助けにはならなかった。

「ナット」僕は言い切る。「猫を飼うつもりはない」

「でもあなたのためにもなるのよ、アドリアン。ペットがいる方が長生きできるって色々な研究で言われてるし――なでるだけでも血圧が下がるの。あなたのそばにいつもいてくれるし」

「僕の血圧は問題ない」ぴしゃりと言い返していた。「少なくとも五分前まではね。それに、猫に付き添ってもらわなくても結構」

僕の大声に、猫がぎょっとして、足をつるつる滑らせながらカウンターの上を走り出し、書類を周囲にとび散らせた挙句、手近な椅子の背もたれにとびのって、小さな爪を革にくいこませた。

「怖がってるじゃない！」

ナタリーが叫び、散らばったチラシやレシートをバタバタとかき集めた。

「まだこんな小さいのに！」

「大きくなったら何になるんだ？　僕にはキツネザルとゴラムのハーフに見えるけどね」

「食べてないから痩せてるのよ」

「なら何か食わせて、君が拾ってきた路地に戻してきてくれ」

「私が拾ってきたんじゃないわ」ナタリーがキッとなった。「この子が自分から店に入ってきたのよ」

わかるでしょ？と言いたげな目を僕に向けた。全然わからない。僕とこの野良猫が出会う運命だったという、それが宇宙からの啓示だとでも？

「不潔だ」

僕がそう言うと、それを裏付けてくれるように、この小さな獣は三本足でバランスを取りながら、四本目の足で耳の後ろをカッカッと掻きはじめた。

「ノミがいる。多分、病気も持っている」

「リサみたいなことを言うのね」

ナタリーは、一歩も引くかまえがない。僕はじろりと彼女を見た。

「駄目だ、ナット。ここでは猫は飼わないし、猫の手を借りる予定もない。店でも。フラットた。


でも。外に出してくれ――いいね？」

咄嗟にしては悪くないスピーチだったと思うが、ナタリーはまったく感心してくれなかった。

「外じゃこの子、死んじゃうわ！」

「さもなきゃ君がここで死ぬかだ、選ぶといい」

彼女の表情を見て、僕は溜息をついた。

「ナット、正直言って、僕は今――責任持ってペットの面倒を見られる余裕がないんだ。それに、もしペットがほしければ、犬を飼う」

それも大きな犬を。昼飯がわりに猫を平らげるような。

どうやら僕が出かけている間に、ナタリーの選択性難聴はさらにひどくなったらしい。僕の言葉をすべて無視して、彼女は言った。

「それに、あなたが事件を調べる間、この子の面倒は私が見るから」

「僕は事件なんか――」少し言い直した。「これ以上事件を調べるかどうかは、わからない。もう、そんなことに費やす時間がなくてね」

言葉の響きほどには不吉なことにならないよう、内心で祈った。

もっとも、手術までの数週間は静かにすごすようにとドクター・カーディガンから言われる前から、僕はポーター・ジョーンズの殺人事件をこれ以上嗅ぎ回る気持ちを失っていた。危険だからとかではなく――今のところ何もないし――ジェイクの存在のせいでもない。そうではなく、昨日、ポール・ケインのクルーザーを去ってから決めたことだった。

ケインが、自分のお楽しみのために僕を、そしてジェイクを、思い通りに操るやり口が神経にさわって仕方なかった。昨日のことは、ケインがおもしろがって企んだとしか思えない。嫌な気分だ。元からケインのことは好きになれなかったが、もはや信用もできない。

手を引けば、アロンゾ刑事から殺人容疑者として目をつけられたままにはなるが、どうやらジェイクが捜査対象をアリー・ビートン＝ジョーンズへ絞らせつつあるようだし。

ナタリーが、僕の表情をうかがっている。僕は言い訳がましく言った。

「大体、ガイは猫アレルギーだ」

ナタリーは何も言わなかったが、目つきにすべて出ていた。ガイは、少なくとも彼女の知る範囲では、木曜以来、ここに姿を見せていない。金曜に出ていってから、彼からは電話ひとつなかった。

ガイに会いたかった。今この瞬間は、特に。

「ツナ缶か何かを食べさせたら、外に出すんだ」僕はそう命じた。「もともと野良《のら》だ、外で生きていけるさ」

「死んじゃうかもしれないじゃない！　まだ生まれてほんの何ヵ月かなのに！」

彼女はもはや腹を立てており――おかしな話だが、僕も怒りはじめていた。

「なら君が家につれて帰れよ」

「リサが家に動物を入れてくれないのはあなただって知ってるでしょ！」

そもそも、二十――いくつかすぎ――歳にもなる健康な成人女性が、どうしてまだ親の家になど暮らしているのだ。

「ならシェルターに電話して引き取ってもらえ。好きにしろ。僕の猫じゃないし、僕には関係ない」

ナタリーはまるで、僕がゲームの中の怪物にでも変化したかのような目でこちらを凝視していた。猫までもが、そのE.T.の目で僕を見つめていた。

僕は、少し口調をやわらげようとした。

「ナタリー」なだめるように言う。「たのむ。今、僕はこんなことにかまう余裕はないんだ。わかってくれるだろ？」

ナタリーはそのまま、僕がエマの乗馬教室に出かける時間になっても口をきかなかった。


エマが乗馬の腕前を披露するのを眺めている間に、ジェイクが僕の携帯にメッセージを残していた。書店に戻った後、やっとそれに気付いた。

録音されたジェイクの声は、こわばって、どこか話しづらそうに聞こえた。

『ニナ・ホーソーンについて、お前の勘は当たっているかもしれない。彼女はパーティの日、午前中に会場に来ていた。どうやってカクテルに毒を仕込めたのかはわからないが、当人から話を聞く価値はあるだろう』

何故、僕に言う？　彼は警察官だ、この手のことを処理するのは向こうの仕事だろう。僕がもっと愚かだったら、ニナについての進展報告はただの口実で、僕に電話をかけたいだけだと勘違いしたかもしれない。

ジェイクは――ポール・ケインのように――僕が事件から手を引くのを心配しているのだろうか？　僕の仮説に一度も賛同していないくせに、どうして気にする。僕がいない方が楽だろう、実際？

それとも、昔の気持ちを持て余しているのは、僕ひとりなのだろうか。

僕はメッセージを聞き直し、ジェイクに電話をかけようとして、思いとどまった。どうせ、話し合うようなことは何もない。僕が口出しすることでもない。もしそれでも電話をするというなら、それはジェイクと話したいからで――それこそ、ありえない。

僕はウルフギャング・パックのトルティーヤ入りスープの缶を開け、何とか食べながら、出版社から今朝届いた本の山に目を通した。何ヵ月も心待ちにしていたリチャード・スティーヴンソンの新作、さらにお気に入りのＰ・Ａ・ブラウンやニール・プラッキー、アンソニー・ビドゥルカの見本誌が目を引く。期待の新人作家スコット・シャーマンのデビュー作もある――もっとも、男娼が探偵に変身するミステリは、僕の好みギリギリだが。ページをバラバラとめくりながら、僕は窓の外、夜に向けて段々と静まっていく町の音にぼんやりと耳を傾けた。

立ち上がり、ステレオをつけ、スノウ・パトロールの〝ユー・アー・オール・アイ・ハヴ〟のイントロを聞く。

僕は何も考えないようにした。特に、ガイのことは考えないようにした。

ガイに電話してもいいのだ。勿論。もし電話して、具合が悪いから来てくれと言えば、ガイはすぐに駆けつけてくれる。

だがそれは、電話する理由としては間違っている。ガイが戻ってくる理由としても、間違っている。

ポール・ケインの人物伝を買ったのを思い出し、一階に取りに戻った。一瞬、静まり返った薄闇の中で立ちすくみ、僕はビニールの仕切り壁を見つめた。脚立と足場くらいしか、見るものはない。塗装よけのシート。崩れた漆喰の山の横に置かれた発電機。輪になった電気コード、ペンキの缶。邪悪な影がひそんでいる様子はない。僕が、年を取って怯えやすくなっただけだ。

本を手にして、僕は二階へ戻った。

人物伝のタイトルは『栄光の王』で、〝ペンザンスの海賊〟というオペレッタの中で海賊王が歌い上げる一節から来ている。ポール・ケインが映画で演じた海賊王の役からひねったタイトルだった。その海賊王役が、ケインをスターに押し上げたのだ。ハリウッドの輝かしい宇宙の中では小さな星かもしれないが、スターには違いない。

　僕自身その〝最後の海賊〟を数回見たことがあり、ケインの演技を高く評価していた——演技以外の部分も少々。いや、美しく野性的な男が半裸で二時間半走り回っているのだ、どこに文句のつけようがある？　たとえ「聖なるものすべてにかけて誓う、復讐を果たさずにはおかぬと！」だの「貴様の中には一体いかなる悪魔が取り憑いたのだ？」だの、大仰すぎるセリフばかりであっても（悪魔に関する問いはただの罵倒だが、もし聞かれれば、僕から喜んで悪魔たちの複雑な階級組織を説明してあげたいものだ）。

　さほど読み進まないうちに、僕は作者のボニー・カークランドはポール・ケイン賛美者の一人ではなさそうだ、と感じはじめた。どこが、とははっきり言えないが。大部分、彼女は事実を記述しているだけに見えた。事実同士の関連付けも、解説にも、不自然なところはない。

　その中から何か見えてくるとすれば、まずポール・ケインの過去は人々の同情を引かずにはおかないものだ、という点だった。イギリスのブリストル、ホーフィールドに生まれ、幼くして孤児となったケインは施設に入れられた。十五歳の時、彼は役者になるためにそこを逃げ出した。名前を変え、ロンドンの路上で体を売って食いつないだ。才能とそのとび抜けた美貌で舞台での端役を次々とこなし、ついに一九八〇年〝セパレート・ピース〟で演じたフィニー役でウェストエンドシアター《SWET》協会賞の新人賞を取ったのだった。

映画版でもケインは同じ役を演じ、それからアメリカへ渡ると、映画業界で段々と、そして次々と大きな役を得るようになった。いい役もあれば、あまりぱっとしない役もあったが、どれもキャリアの礎となった。

だがその頃のケインが得た最大にして最高のものは、富豪の映画プロデューサー、ラングレー・ホーソーンと築いた友情だろう。ホーソーンは映画配給会社、タレント・アソシエイトを創設したばかりだった。

ホーソーンは、ポール・ケインこそまさに次世代のケーリー・グラントだと信じ、かなりの額を投資した。ビジネスとしての投資の域を越えて。ホーソーンはケインと親しくなり、ほぼ家族の一員として迎え入れた。それこそホーソーンの判断ミスであり、ケインが己の魅力で人を操ってつけこむ男だと、この部分で作者のカークランドは自分の意見を巧みに匂わせていた。

彼女のその意見は、二つの事実に基づいている。一つは、ポール・ケインがホーソーンの娘のニナと交際していたこと——作者は明らかにニナに同情的だった——、そしてホーソーンの死によってケインが富と会社の実権を手に入れたという点だ。

根拠と言うには、弱い。僕は写真を並べた章をパラパラとめくった。ポール・ケインの写真に次ぐ写真。活力と、ほかの色々もみなぎらせたケインの、映画や舞台での姿に、日常のショットもある。幸運の女神に愛でられた男、それは間違いない。だが決して、運だけの男でもない。彼はたゆまぬ努力で這い上がってきたのであり、尊敬に値することだ。

ラングレー・ホーソーンが死に、ニナとの関係も悲劇の結末を迎えると、ポール・ケインは段々と自分の性的指向を隠さなくなっていった。そのあたりまで読み進んで、僕にも作者のケインへの反感がどこから来ているのかわかってきた。作者のカークランドは端的に書いていた。『ポール・ケインは、動くものなら何でもベッドに引きずりこんだ』。

いくつかの雑誌インタビューで、ケインは自分がバイセクシュアルであることを認め、倒錯した性行為への好みもほのめかした。カンヌで男性エスコート相手に〝不適切な〟体勢でいるところをメディアに激写され、ケインのキャリアは十年あまりで初めての深刻な危機を迎えた。エンターテインメント・ウィークリーやバラエティなど映画誌の評論家はケインのキャリアは終わったと見ていたが、そこに〝最後の海賊〟が封切られ、結局、ケインは前よりも輝かしいスターの座に納まったというわけだった。

読み終わった時にはもう夜も更け、ポール・ケインについての理解が深まったかどうか、僕にはよくわからなかった。まあ、もうどうでもいいことだ。僕は本を放り出した。本はベッドから数歩のところに落ち、海賊王に扮したケインが表紙から華麗な笑顔で僕に笑いかけた。僕はベッドサイドのランプを消し、枕の形を整えた。

ギルバート&サリヴァンのコミカルなオペレッタ〝ペンザンスの海賊〟の、海賊王とコーラスの歌が僕の頭の中をぐるぐると回っていた。

おお　はるかによきかな
黒き旗をかかげて生き　死ぬ方が
海賊の心と精神を持ちながら
偽善の仮面をかぶるより
お前がゆくは汚れた世界
海賊たちも富むところ
だが我は心の歌のままに生きよう
海賊王として　いつか死が訪れる日まで

路地のどこかで、猫が悲しげに泣いていた。

16

「鴨のコンフィがいつも人気なのはわかっているけれど」

母のリサがそう言いながら、広げて眺めていたパンフレットを置いた。

「でもできればもう少し……情熱的なものがいいのよ」

情熱的。「美味しいだけでは何の意味があって？」というわけだ、当然。ざくろシロップ添えの鴨のコンフィをぱりぱりのライスペーパーに載せた一品が、僕の中で「美味しいだけ」の枠に収まりきるかは別だが。僕が決めていいなら、カニを包み揚げにしたクラブパフ一択だ。

だが、ニナ・ホーソーンにはリサの言葉が通じたらしい。

「勿論です」ニナはきびきびと言った。「ぴったりのものがこちらに」

彼女は豪華なディッシュの写真が――とても、料理の一言ではくくれないきらびやかさだ――たくさん詰まったバインダーを開いた。

「ニュージーランドのラムチョップグリル、ブルーベリーポートワインソース添えはいかが？」

「あら素敵」

リサはそう呟き、華麗な写真を見つめた。僕へ視線を向ける。

「どう思って、アドリアン？」

まったく、彼女はこの役回りを完全に楽しんでいる。

「動物虐待防止協会《SPCA》のパーティで、羊をメニューに？」

僕は疑わしげに言った。

リサが小さく、追いつめられた声を立てる。普通の女性なら額をぴしゃりと叩いていただろう。痛ましそうに言った。

「それは一理あるわね」

ニナは、たじろぎもせずその決定を受け入れた。すっかりはしゃいでいるリサの相手は容易ではなかろうが、ニナの対処はすべてにおいて優雅だった。

僕は、ポール・ケインの昔の情人を、こっそりと見つめた。期末テストの範囲のようにせっせと調べ上げた相手と、こうして直に対面するのは妙な感じだった。歴史上の人物と会っている気分だ。星条旗《ストライプ》を初めて作ったという伝説のベッツィー・ロスを前にしているような。ニナは名声《スター》よりも地位、というタイプだが。

彼女はケインより少し年下だが、若い頃の酒や薬や荒淫《こういん》が、その顔にはっきりと年齢を刻んでいた。肌はとても白く、いささか生気に欠けるほどで、顔には皺が刻まれていた。髪形は数年前と同じ刈上げだったが、髪は早くも銀色になっている。実に印象的な姿だった。小柄で華奢で、紙のような肌の色のせいもあって、どこか折り紙細工を思わせる。

「香ばしいメカジキのソテーとワサビソースなどはどうでしょう?」

そう勧めながら、ニナは次のバインダーへ手をのばす。この仕事が本気でほしいようだ。

「ポール・ケインのところの、あのパーティのケータリングもあなた方ですよね?」そろそろ彼女が充分くつろいだだろうと判断して、僕は切り出した。「そのサーモンカナッペに見覚えが」

ニナは僕を見つめた。ジェイクを思い出させる目だった――黄褐色の、光を受けると琥珀に輝く瞳。山猫の目だ、と僕は思った。

「ええ」

そっけなく、断ち切るような返事をして、ニナは手にした次のバインダーをリサにさし出した。

その時、仰天したことに、リサから救いの手がさしのべられた。バインダーを受け取りながら彼女が声を上げる。

「あら、あのパーティ、ニュースで見たわ！　それは大変だったことでしょう！　あの男の方が毒で――」

「私たちの料理からではありませんよ」

ニナが素早く説明をはさむ。

「そう、毒はカクテルに入っていたらしいですからね」

僕が応じた。ニナがちらっと僕を見る。

「ええ、そう聞いています」

「彼が倒れた時、僕は隣に座ってたんですよ」

そう、僕は打ち明ける。リサがくるりと僕を振り向き、じっと見つめた。僕は無視した。

「それは驚かれたでしょう」

ニナが礼儀正しく相槌を打った。過去、彼女があのポール・ケインと恋仲だったとはどうも想像がつかない。だが、当時のニナは恋多き女だった。

「亡くなったポーターはハリウッドの大物プロデューサーでしたよね」僕は続けた。「彼のほかのパーティも担当したことが？」

「ポーターはパーティは開きませんでしたよ」ニナは答えて、僕と目を合わせた。「ええ、彼のことはよく知っています。家族の友人でしたから」

「殺されかねないような人でしたの？」

リサが無邪気にたずねた。

ニナはその山猫の目をリサへ向ける。様々な辛辣な言葉が頭の中に渦巻いているのが見えたが、結局、それを口に出しはしなかった。

「いいえ、誰かがポーターを殺そうとするなんて信じられませんね。彼は……」肩をすくめる。「単なる、無害な老人でしたよ」

僕はたずねた。

「もしかしたら、犯人の狙いは別の人で、ポーターが毒を飲んだのは間違いだったとか？」

彼女は、こちらがぎょっとするような笑い声を立てた。

「その方がずっとありそうね。あのパーティにいた客の半分はポールが死ねばいいと思っているでしょうよ」

「僕は、ポール・ケインのことはあまり知らなくてね。彼の製作会社が、僕の本の映画化権を買ったんです」

「それはおめでとう」社交辞令だった。「とにかく何だろうと、書類にサインさせられる前には目を凝らしてよく読んでおくようおすすめしますよ」

「経験から、という口ぶりですね？」

「嫌な経験からね」

ニナはそう同意する。リサに向けて話を戻した。

「イカのコーンミール揚げにチェリーペッパーのピリ辛アイオリソースなどどうでしょう？」

「あら、おいしそう」

リサが呟く。

僕はその場を二人にまかせ、意見を求められた時だけうなずいて、二人がバインダーを熟視している間、ニナを観察した。彼女の、僕に対するそっけない態度に、あまり深い意味はないのだろう。僕だって知り合いの死を楽しいゴシップのように話題にされれば、誰だろうと冷たくあしらう。

ニナからは、罪悪感も特に感じとれなかった。まあそれが何かの根拠になるわけではないが。罪悪感を、怒りや警戒心と見あやまることもある。

ただ一つだけ、はっきりしていることがあった。ケインの側がどう思おうと、ニナ・ホーソーンはまだポール・ケインを心の底から憎んでいた。


ニナがバインダーをかかえて帰っていくと、僕はリサとランチを取った。

「あなた、彼女にケータリングをたのみたくて呼ばせたわけじゃないんでしょう」

リサがそう言いながら、ほうれん草のキッシュを僕の皿に載せた。マリーカレンダーズの冷凍食品だが、キッシュはオーブンから出たての、熱々だ。

「まあ、そうだね」

僕は認めた。

「あの男の人が殺された事件について捜査しているのね？　でしょう？」

「捜査なんてほどのものじゃない」

僕は目を合わせずにそう応じた。フォークを手に取る。

「ポール・ケインにたのまれていくらか質問して回ってるだけだよ。それだけのことだ」

「ジェイクが担当している事件ね」

それは質問ではなかった。

僕は応じた。

「彼は警部補だからね、色々な事件を扱っていると思うよ」

リサが、ふっと溜息をついた。

何か言ってくるだろうとかまえたが、ほっとしたことにリサは追及してこなかった。僕は彼女に視線を向ける。

「それはそうと、ありがとう。ニナの相手、とても上手だったよ」

「ええ、そうでしょうとも」

リサは少し得意げに澄ました。

ランチを終えると、僕は早上がりのナタリーのためにすぐさま書店へと戻った。

「またあの猫が店に来たわよ」

午前中分のレシートへ目を落とした僕へ、ナタリーが責めるような口調で報告する。

「そうか？　リリアン・J・ブラウンを勧めとくといい。タイプだろう」ちらっと彼女を見た。「シャム猫と野良猫じゃ世界が違うかな」

『シャム猫ココ』シリーズの作者の名を出しても、ナタリーはにこりともしなかった。僕をにらみつける。

「ほんと、あなたがそんなに冷血だなんて信じられない！」

「信じた方がいい」僕はそう返した。腕時計を見る。「ウォレンとのデートまであと三十分じゃないか?」

彼女は出ていった。

午後いっぱい、僕は本屋の書店がどういうものだったのかについて、せっせとおさらいしながら働いた。残念ながら書店員の必要スキルに事件捜査の項目はないのだ。働きながら、ニナ・ホーソーンについてつかんだ新情報が、ジェイクに電話するほどの価値があるかどうかずっと決めかねていた。

この件からは手を引く、と決断した以上、迷うことではない筈だ。だが昨夜、ポール・ケインの人物伝を読んだせいで、はからずも事件への興味がまたかきたてられていた。

それとも、僕はただ自分の問題から目をそらしたくて何かに――何であろうと――しがみつきたいだけなのかもしれない。

ガイはまだ電話一本かけてこなかった。ピーター・ヴェルレーンはどこまでの〝友人の支え〟を必要としているのだ? そう思う一方、ガイが僕と距離を置いたのはヴェルレーンの存在よりも僕自身に原因があるのだろうとも、わかっていた。少なくとも、わかっているつもりだった。

幸いにも店は忙しく、くよくよする暇はなかった。セキュリティゲートを閉めて店の戸締まりをする頃には、僕は疲れ果てていた。このままどこかでテイクアウトを買って、自分の海賊映画コレクションからお気に入りの一本を眺めたくて仕方なかったが、今夜は〝共犯同盟〟の会合がある。

階下に戻って、椅子を円形に並べ、コーヒーメーカーのスイッチを入れ、赤鉛筆を探し出した。新聞を眺めながらオレンジ・パイナップルジュースを飲み干す。

ポーター・ジョーンズの殺人事件の記事は、すでに一面から消えていた。ＬＡ警察が事件解決をがんばっているからというより、ポーターが輝けるスターの一員ではなかったせいだろう。金曜にジェイクから話を聞いて以降、さして捜査に進展があったようにも見えない。

金曜の夜。それももう、はるかに遠い昔のようだった。


ジェイクの以前の相棒、殺人課のポール・チャン刑事が〝共犯同盟〟のメンバーの中で最初に到着した。

チャンは、贅肉のついてきた中年男だ。カウンターにオレオを二箱置く彼からは煙草の匂いがして、どうやらまた禁煙の夢に破れたようだった。

「今、自費出版を考えているんだよ」

チャンが、そう僕に知らせた。

オレオ二箱？　本気か。これだけとはひどい。女性陣がぶつぶつ言う声が聞こえてきそうだ。その上、コーヒー用のクリームやミルクの持参もない。僕の方で用意しなければ――砂糖や紙皿や紙コップや紙ナプキンも。僕が大金持ちだとでも？

　僕はチャンに言った。

「本当に？　返事は来たのか、あの――」

「もうニューヨーク中の出版社から返事をもらったよ。結局、本物の警察官の仕事がどんなものなのか、誰も興味がないんだ」

　まあ、たしかに。なにしろ汚水溜めのように退屈きわまりない。少なくともチャンの書き方では。僕は口を開いた。

「そうだな、自費出版というのはひとつの手だ。それか、書き直して――」

　だがチャンはすでに別の話題に移っていた。

「この間、ジェイクに会ったよ」チャンの焦茶の目が僕を見た。「君と話したと言っていた」

　彼がどうしてそんな思いつめた表情をしているのか、よくわからない。「ああ」とだけ、僕はもごもご答えた。

「ジェイクから聞いたが、ローレル・キャニオンの殺しがあった時、君もいたそうだな」

「その手の運はよくてね」

「じゃあもう、お互い、丸く収まったのか？」

　オレオの袋を開けかかっていた僕は、手をとめ、チャンを見やった。

「ああ。向こうは四角四面な男で」と応じる。「僕も平板な人間だけど」

やや一般的でない性的指向、という傾斜はあるが。

チャンは、ひどく言いにくそうに続けた。

「つまり……その、君ら二人は、うまくいってるんだな？」焦ってつけ足す。「友達として？」

一瞬、何の返事もできなかった。頭の中が真っ白だ。ジェイクがチャンに、僕のことを打ち明けたのか？　いや、そんな筈はない。ジェイクはきっとただ僕と物別れになったことに苛立っていたのだろう。チャンが感じとれるほどには。チャンはそこから推測して——それとも、ジェイクが何かを洩らして——。

チャンはそれに気付いて、奇妙な結論に、自力でたどりついたに違いないのだ。その筈だ。そうでなければ……。

いや——それ以外はありえない、ほかの可能性など考えられるわけもない。だろう？

なのにそれなら、どうして僕はここに立ち尽くしたまま、どこかほのかに温かく——そして愚かな気分になっているのだ。パートナーだったチャンが気付くほど、ジェイクが僕との友情の終わりに心乱れていたから？　情けないとはこのことだ。

だが僕は、もごもごと答えた。

「ああ、うまくいってるよ」

「それはよかった」

チャンは、一秒ごとにいたたまれなくなっている様子で、うなずいた。

「ところで、アロンゾのことはどう思う?」

「愚鈍な男だと思うね」

「あいつは鈍くはない」チャンは真面目に言った。「まだ粗削りなところはあるが、よく鼻が利く」

「それはどうかな。アロンゾはつい最近まで僕の両手に鉄のブレスレットをはめたがっていたし。今でも、彼の容疑者リストの上位に僕が入ってる筈だよ」

「もしかしたら、君に隠し事があるのを嗅ぎ取られたからかもな」

チャンはあっさりと返した。

僕は彼を凝視したが、当人は今また、どこまで知っているのか自白したことに気付きもしていない様子だった。

「とにかく」そう言いながら、チャンが自分の小説のプリントをパラパラめくる。「ジェイクが捜査班にいる。そう心配することはないさ」

僕はゆっくりと言った。

「ジェイクが、友人を守るために捜査に介入すると思うか?」

チャンが僕をまじまじと見つめた。「それは、その友人が有罪だとして?」

「仮定の話だよ」

「そんなの考えるまでもないことだろう」

渋面で言い放ち、チャンはまた自分の文章チェックに戻った。

事件についてもっとチャンの意見を聞きたかったのだが、そこにテッド・フィンチと妻のジーンが到着した。

ジーンは浮かれきっていた。

「やったわ！　私たちにエージェントがついたの！」

歓声を上げながら、メールのプリントアウトをひらひら振り回す。

「まだ契約段階ではないが」夫のテッドが素早く口をはさんだ。「だが代理人の申し出があった」

「冗談だろ」と僕は言っていた。

テッドとジーンは、彼らの悲惨な合作小説『死のパントマイム』を、僕がこのライティンググループを始めて以来ずっと書いては書き直しつづけていた。あの小説については山ほど言いたいことがあるが、一番は主人公、アヴェリー・オックスフォードというゲイのゴシップ記者が、不気味なほど僕に似ているという点だった。

だが、そう思うのは僕だけらしい。会合の席で僕がさり気なくそれを持ち出したら、全員が笑いとばした。アヴェリーが三十二歳で黒髪に青い目、ジャック・オライリーという刑事の友人がいて事件にやたらと巻きこまれているのもただの偶然に見えるらしい。この四年、僕はフインチ夫妻がいつかあの話を書き上げるのではないかという恐怖に耐えてきたのに、今やどうだ、この二人は話を書き上げたのみならず、この地上でそれを売りこもうとしてくれる唯一の代理人を探し当てたのだ。

ジーンは――僕の反応を正確に読み取って――僕をにらみつけた。

「いいえ、冗談なんかじゃないわ！　とてもいい小説だもの、エージェントがついた今、大きな出版社から出せるでしょうよ！」

テッドが彼女に優しい笑みを向けた。

「俺たちが期待しているのは」と僕に言う。「君と同じような幸運さ、アドリアン。いつか誰かがあの本を映画化してくれるようなね！」

17

水曜の朝、僕はアル・ジャニュアリーに電話をかけ、ポーターの前妻マーラ・ヴィチェンザの電話番号を知らないかとたずねた。

彼の驚きが伝わってきた。マーラの連絡先が知りたいならどうしてケインに聞かないのかと思っているのだ。そこで僕は、何度かケインに電話したがつかまらなくて、とつけ足した。嘘なのだが、ジャニュアリーは納得したようだ。僕に告げた。

『彼はきっと撮影セットにいるんだろう。そんなようなことを、日曜に言ってたよ』

ありがたいことに、ジャニュアリーは会話に乗り気だった。しばらく親しげに船やセーリングについて話してから、僕はどうにか話題をラングレー・ホーソーンと、ニナとポーターの情事の方へと向けた。

それから少々事実を曲げて、彼にたずねる。

「ボニー・カークランドが書いたケインの人物伝を読んだんです。ニナとケインも関係があったと書かれていて、驚きました」

ジャニュアリーは嫌悪に鼻を鳴らした。

『あの本はゴミ同然だよ。作者が同性愛嫌悪《ホモフォビア》でね』

「たしかに、作者はニナの肩を持っている感じでした」

『あれは、どっちがいいとか悪いとかいう話じゃなかったんだ。ニナも、ポールも、まだ子供みたいな年だった。誰のせいでもなかった』

「ニナは、ポーターと別れた勢いで、すぐポール・ケインと恋に落ちたとか？」

僕は、そう水を向ける。

『彼女とポーターの関係は、正直理解できなかったね』ジャニュアリーが認めた。『思春期の女の子の考えることはさっぱりわからんよ』

　ただでさえそうなのに、ニナはドラッグまでやっていた。僕はまるで、高校や大学で女子学生たちと机を並べていた経験だけで女子の専門家であるかのように、賛同の雑音を立てた。

　ジャニュアリーが続けた。

『ポーターとの仲が終わった後――ラングレーが二人を引き離した後――ニナは今度はポールとくっついた。まあ、ある意味、ポールにとっては夢のようだっただろうね。彼は貧しい労働者階級の出身、ニナは美しく、若い、南部の大富豪の娘だ。ブリストルのスラム街で育った青年にとって、まさにアメリカン・ドリームそのものだっただろう』

「父親のラングレー・ホーソーンは、二人の関係にも反対しました？」

『いいや』

「しなかったんですか？」

　僕のあからさまな驚きに、ジャニュアリーの声が笑みを含んだ。

『まったくしなかった。ラングレーは、ポールをとても可愛がっていたからね。ポールは彼の見つけた原石であり、愛弟子だった。己の力だけをたよりに這い上がってきたポールに感心していたよ。ポールには輝かしい未来が待つと信じていた。ラングレーはポールなら次の時代のケーリー・グラントになれると思ってたんだ』

「ポール・ケインはその頃、自分の性的指向は公にしてなかったんですか？」

ケインの今の活発さを見ていると、その頃の彼が自分の放縦な好みをどこまで隠しおおせていたか、疑わしいものだ。

『君は食傷気味かい？』ジャニュアリーは笑いをこぼした。『ああ、その頃のポールはカミングアウトせず〝クローゼットに入った〟状態だった。保守的な考え方が、あの頃は――実のところ今も――幅をきかせていて、ゲイであることを堂々と語るのは、ハリウッドでは死亡宣告に等しいと思われていた。大衆の支持が得たいのであればね』

僕から見たケインは、己の作品や人気について気に病むタイプではなさそうだったが、それでも、連続ドラマのちょい役ゲストに落ちつきたくはなかったのだろう。それはわかる。

ジャニュアリーが続けた。

『とにかく、ラングレーはほっとしていただろうよ、娘が年の釣り合う相手とつき合うようになってね。しかも独身の。ラングレー自身が、高く評価する若者と』

「それなのに、何があったんです？」

僕はそう聞きながらも、実のところケインが何に傾倒しているのかニナに発覚したのではないかと疑っていた。あの男は、その頃から倒錯したゲームを楽しんでいたのではないかと。

『悲しいことに、ラングレーが溺死してね。ニナはすっかりおかしくなってしまって、彼女とポールの恋も終わった。平和に、とはいかなかったよ』

「カークランドの本も、そこがメインでした」

ここからが難しい。僕は問いかけた。

「若い頃のニナが荒れたのは、父の死に方のせいもあったとは考えられませんか?」

『つまり、どういうことを言いたいんだね』

アル・ジャニュアリーの返事は用心深かった。

「ほら、あまりに突然だったから。事故、ですよね?」

『ああ、そうか。そうだよ、ニナにとって、父親の突然の死はたしかにつらいものだったね』

まだ警戒の口調だ。おかしなことではない。なにしろラングレー・ホーソーンが溺死した夜、ヨットにはニナとケイン、ポーター、その前妻のマーラに加えて、ジャニュアリー本人も乗っていたのだから。

「ラングレー・ホーソーンの死に、事故以外の可能性はなかったんですか?」

唐突に、沈黙が落ちた。

『……あの時、警察が入って、しかるべき捜査が行われた』ジャニュアリーが答える。『当然だがね。ラングレーは裕福だったし、馬鹿げた死に方だった』

「酔っ払って船から落ちたんですよね、たしか」

『大体そんなところだね』

僕は違う方向から探ってみることにした。

「ラングレー・ホーソーンは結婚してたんですか?」

『妻に先立たれてね』

「ニナにとっては余計につらかったでしょう、それは」

『助けにはならなかったね』

「ホーソーンはそんなに大酒飲みだったんですか？」

『あの時代、我々は皆、大酒飲みだったよ』

ジャニュアリーがそう答える。

もっと色々と聞きたいことはあるのだが、しつこく聞けばジャニュアリーはポール・ケインに連絡を取るだろうし――今ですらそうするかも――僕としてはできる限り長くケインに悟られずに動きたかった。

「ニナに会ったんですけど、なんと言うか……大したものですね」

『まさにね』ジャニュアリーが僕に応じる。『だが彼女がラングレーを船からつき落としたなんてことはありえない』

「ポールにも、彼女じゃないって言われましたよ」僕はつけ足した。「多分、僕はミステリ小説の書きすぎなんでしょうね」

『かもな。気をつけたまえよ』

そう答えがあった。口調は軽かったが、本気で言われた気がした。

やや苦労したが、なんとか最後にはマーラ・ヴィチェンザを電話口につかまえて、翌日に会ってもらう約束を取り付けた。

以上で、本日の探偵業は終了だ。ナタリーは休日なので、客が棚から抜いた本をその辺に置き去りにしていったり、空のスターバックスのカップを棚に残していったり、たのまれて注文していた本を「やっぱりいらない」と言い出したりするたびに、僕は右往左往した。

人手が必要だ、というナタリーの言葉は正しい。現状、彼女が休みを取ったり、僕が外をうろつき回るたび、店は手に負えなくなる。トイレに行くとか奥へ在庫を探しに行くとか、たとえ長電話でさえ、その間は客の相手ができなくなるのだ。外へ昼食を取りにいこうと思えば、一時間くらい店を閉めなければならない。僕がこのクローク&ダガー書店を開いた頃は、それも大した問題ではなかったが、忙しくなった今、一時間の閉店は客の機嫌を損ね、売り上げに響く。

メキシコにいるアンガスに、本気で帰国を考えているのか返事を書いてみよう、と僕は心を固めた。それから少しの間店を閉め、道の少し先までフローズンヨーグルトを買いに出かける。腹は空いていなかったし、何か食べるには暑すぎたが、ボイセンベリーのフローズンヨーグルトのためなら気力も振り絞れるというものだ。

携帯電話を確認すると、一件、ジェイクからのメッセージが入っていた。僕はそれを再生した。

　ジェイクは、いつもの抑えた、慎重な口調で言った。

『進展があった。ニナ・ホーソーンは心臓に多少問題をかかえていて、ジギトキシンを摂取している』

　そこでためらってから、彼は無愛想につけ足した。

『気が向いたら、電話してくれ』

　気付いてみれば、あのパイレーツ・ギャンビット号ですれ違って以来、ジェイクと一度も話していなかった。僕は、チャンが言っていたことを考えこむ――僕との友人関係が、ジェイクにとってはそれなりに大事だったのだと。

　僕も、自分が充分に分別をわきまえた大人だと、達観していると思いたい。ジェイクと友人でいられるほどに。彼を責めてはいないと、自分に言い聞かせた――あれはジェイクにとって仕方のない決断だったのだと、彼は、同性愛への嫌悪という、自分の作った檻に閉じこめられた犠牲者なのだと。

　だが、それでも……。

　それでも本当のところ、もし僕がすべての過去を水に流せたとしても、今のジェイクはポール・ケインに近すぎるのだ。信じるには。

エマの水曜の乗馬レッスンから帰ってくると、ナタリーの四本足のお友達が店の裏口ドアの脇にいた。猫は、僕がフォレスターから下りるとあわてて逃げたが、ドアの鍵を開けようと立つ僕へおどおどしのび寄ってきた。

それは、手の届かない距離でじっと止まった。

「僕が猫好きな人間に見えるのか？」

僕はそいつにたずねた。

口を開け、小さな鋭い歯を見せて、そいつが鳴いた。実にぱっとしない生き物だ。痩せこけているせいもあるが、体の割に頭が大きすぎるし、毛皮は小汚い灰色だった。

「ナタリーがお前のどこを気に入ってるんだか」僕はそれに言った。「見た目ってことはないな」

僕を無視して、ドアが開くのを待っている。僕は足でそいつをブロックしながら店内に入ると、ドアをきっぱり閉めた。

店内は静かで、少し暑い。僕は二階へ上がって、フラットの中へ入った。そこも、やはり暑苦しい。それに静かすぎた。

部屋の留守番電話には、何のメッセージも残されていなかった。

僕は灰色のソフトなTシャツとはき慣れたジーンズに着替えると、何を食べようかと考えこんだ。夕食を食べないとならないのはわかっているが、何ひとつ食欲をそそられるものが思いつかない。大体、何の買い置きもない気がした。最近はガイが買ってくるテイクアウトにすっかりたよりきりだったのだ。

僕は食器棚の扉を開け、中を眺めたが、カップラーメンやオートミールという気分にはなれないし、コーンフレークはすっかり古くなっていた。何か買いに出かける手はあるが、その気力がない。

あきらめると、僕はリビングに行って、ブランデーを注いだ。居心地のいい一人がけソファに座って、そして……不意に、自分が何をしたいのか、まったくわからなくなっていた。

もう、二度と。

僕は目をとじた。何もかもが、面倒なだけに思えた。静寂がすべてを支配している。床に落ちる埃の音すら聞こえそうだ。ガイとつき合う前、こんな時、僕は何をしていたのだろう？　ただ座っていた？　ジェイクが電話してこないかと期待して……。

いや。今日は水曜だ——月曜と水曜は僕らの夜だったのだ。仕事と自分の〝ストレートな〟生活が許す限り、ジェイクは週に二度、正確に僕のフラットの入り口にやってきた。僕のベッドの中に。もっとも、関係が終わる頃にはジェイクの訪問はどんどん不定期で突発的なものになっていったのだが、皮肉なことに僕の方ではそれをいいきざしに取って、お互いの距離が近づいている証拠だと思いこんでいた。

一体、僕はどうしたのだ？　座りこんで自分を哀れみながら、医師の指示を無視してブランデーを飲んでいる。僕は、ずっと大丈夫だったのだ。一年の間、ずっと、完璧に大丈夫だった。こんなのは愚かしい。情けない。

立ち上がると、僕はキッチンのシンクにブランデーを捨て、サケ缶を開けて、皿に中身を出した。

二口ほど、食べた。サケ缶に色々な利用法があるのはわかっているが、現在の僕にできる最大限の有効活用は、路地にいるお隣さんに食べさせることだろう。僕は皿を持って下の裏口に行き、ドアの外にその皿を置いた。

「やあ、ドラ猫大将《トップキャット》」と声をかける。

そいつは黒ずんだ壁際の段ボールのねぐらから、さっと姿を現した。反応の早さからして、もしかしたらナタリーが定期的に餌をやっているのかもしれない。僕に警戒の目を据えたまま路地をとことこ横切り、そっと皿の匂いを嗅いだ。

「そう、毒じゃないかと用心するのはいい心がけだ」僕は言って聞かせた。「車にも。自分より大きなネズミにも注意しろ。このあたりのネズミはどれもお前より大きいかもな」

そいつはサケ缶を小さな口で食べながら、ノミだらけの頭を細かく振っていた。

耳ダニ……ノミ……腺ペスト――僕はぞっと身を震わせ、店のドアを中から閉めた。

二階への階段を上りきると、部屋の中で電話が鳴っていた。僕は部屋の入り口で立ちどまり、電話を見つめていたが、歩みよって受話器を取った。

切れていた。

まあいい、以前、一人でいた頃と同じように時間をつぶせばいいだけだ。他人の人生を嗅ぎ回って無駄な時間を費やしていなかった頃のように。

しかしラングレー・ホーソーンの溺死事故が、どうも頭の隅に引っかかってならなかった。たしかにホーソーンは、娘とポール・ケインとの恋には反対していなかったかもしれないが、それでも莫大な財産の問題は残る。彼の死はあまりに都合が良すぎるのだ。とは言っても、ありえない死ではないが――酒とクルージングは相性が悪い。誰だって知っている。

コンコン、とフラットのドアを誰かが叩き、僕はとび上がった。裏口の鍵をかけ忘れたか？いや、そんなことはない。となると、この固いノックの音はガイに違いない――そして彼が部屋の鍵を使わずにノックしている、というのは、あまりいいきざしではなさそうだった。

それでもガイが戻ってきてくれてよかった。だろう？

僕は扉を開け、立ち尽くした。

階段の一番上に立っていたのは、ジェイクだった。

何を言っていいのか、何ひとつ、思いつかなかった。

「入っていいか？」

ジェイクがたずねる。

「ええと……どうぞ」

僕が後ずさりすると、ジェイクは部屋に足を踏み入れた。

「まだ、鍵、持ってたんだな」

僕は、自明のことをわざわざ指摘した。それともいつの間にかタイムマシンで時間が巻き戻りでもしたか？　今年は、何年？

ジェイクはじっと、どうしてその鍵が手元にあるのかとでも考えているように、手のキーリングを見下ろした。それから光を帯びた目を上げて視線を合わせ、乾いた声で言った。

「お前は、錠前を取り換えておくべきだったな」

僕は腕組みして、玄関口の廊下によりかかった。

「どうやら、そのようだね」

ジェイクは何も言わなかった。一瞬の静寂ですら、僕には耐えきれそうにない。

「でも警察官を信用できなくなったら、もう世も末だろ？」

心臓がドクドクと鳴りひびく——きっと、激しすぎるくらいに。だが感じているのは、怒りをしのぐ昂揚感だった。まるで誰かがブレーカーをリセットし、眠っていた回路が突如として息を吹き返したかのような——ライトが明滅し、送信機が信号を放ち、受信機はザザッと音を立てて、この一瞬、何かを待ち受けている。

僕は言葉を続けた。

「大体、お前がいきなりここに押しかけるなんてことはまず心配ないと思ってたしね。それがどうだ、トランペット鳴らして登場ときた」

　まるで、二人ともベルリッツで慣れない外国語のレッスンを修了した直後のようだった。発言するたびに、それを母国語に直すための沈黙があく。先週の再会以来、お互い普通に会話できていたのだから、今さらこんなに苦労するのはおかしいだろう。

「俺は……鍵を開けに、お前を一階まで呼びたくなくてな」ジェイクが言った。「この間、お前はひどくくたびれて見えたから」

　その言葉で、突然すべてが楽になった。

「やっぱり昔通り、相変わらず口がうまいようだな」僕は言い返した。「次はどうなる？　僕らの思い出の瞬間を記念して、僕を向こうの壁まで投げ飛ばすか？」

　さっと、ジェイクの顔が色を失った。抑えた口調で返す。

「あの時のことを、俺が恥じてないとでも思うのか。そうなら、お前は俺のことをろくにわかっていない」

「そう思う方が安全だね」僕は背を向けて、キッチンへ向かった。「ビール、飲むか？」

　僕にもビールが必要だった。

　答えはなかった。目をやると、ジェイクはただ立ち尽くして廊下を見下ろしていた。まるでまだ僕が床に横たわっているのではないかと思うように。今もまだ、ガラスの砕ける音と僕らの口論の声が響いているかのように。

僕は、キッチンへ歩きつづけた。あの時の思い出などかけらも呼びさましたくない。いや、僕にわずかでも知恵があるのなら、どの思い出もだ。

「俺は――」

その先の言葉は聞き取れなかった。どうしてか、彼の声はかすれていた。

僕は裏声で、映画のセリフをかぶせる。

「〝愛があれば、あやまる必要などないのよ〟」

それに応じた彼の沈黙に、黙っていればよかったと後悔した。

やっと、ジェイクがおだやかに言った。

「お前の防御システムは、相変わらず健在のようでよかったよ」

「手遅れになるよりマシだからな」

また重く、深い沈黙。

僕は足を止め、彼に向き直った。

「くそ、悪い。聞くよ」

ジェイクが何を言うかなど、聞きたくなかった。何の意味がある？　今さらジェイクに、僕が知らないような何を言える？

だが、僕は待った。ジェイクは何も言わなかった。そして忍耐が尽きた僕が口を開きかけた瞬間、ジェイクが乾いた口調で言った。

「お前は笑うだろうがな。だが俺は、どんなにお前に会いたくなるか、あの時、わかってなかった」

僕は、ごくりと唾を呑んだ。

「笑えるね、ああ」

「俺は、正しいことをしたかった。本物の結婚にしたかった。俺たちの関係が変わるだろうとはわかっていたが、ただ……何もかも失うとは、考えていなかった。お前と友人ですらいられなくなるとは。まあ、いささか馬鹿だったかもしれないな」

いささかというか、底抜けに馬鹿だろう。

僕は切り返した。

「僕の意見を聞くか？　お前にとっては、完全な別れが必要だった──それが望みだった筈だ」

感情的にならずに言えたのは、頭の中で数限りなくジェイクに言ってきたセリフだからだ。

「お前は、同性愛者である自分を憎んでいた。僕のことも、憎んでいるだろ。少なくともあの頃は憎んでいた筈だ──僕が、お前の自己嫌悪の一部だった時には」

ジェイクは首を振りながら、言った。

「お前は、何も理解してない。あのことの中で、俺にとってお前の存在だけが……許されている気がしたんだ。お前の存在だけが、正気に思えた」

　あのこと。あのこと？

「ならやっぱりお互い、どうしようもなく愚かだったってことさ。それにもし、お前が僕と友達でいたかったとしても――そんなのは嘘だけどな、どうごまかそうが――一体僕らがどのくらいの間、潔癖な関係でいられたと思う？　お前が鞭と鎖を隠し場所から引っぱり出すまでどれくらいかかった？　それとも一度もしまわなかったか？　どうも、お前の言う本物の結婚ってやつは、僕の理解を越えてるみたいだ」

　ジェイクが怒りをこめて言い返した。

「お前が人間関係についてわかったような口をきけるのか」

「それは一体、どういう意味だ？」

　僕の鼓動がはね、トクトクッと不規則な、速いリズムで駆け出した。僕はそれを無視した。

「俺とお前の間にあったのは肉体関係だけじゃない。俺たちの間には友情もあった。わからないのか？　お前だけが、この世で、俺が心から正直になれた相手だったんだ」

「お前は僕に正直なんかじゃなかった、ほかの皆に対してと同じようなもんだろ」

　何について言い争っているのか、僕にはもうわからなかったが、それでもどうにかしてジェイクを傷つけずにはいられずにいた。

「ふざけるな」ジェイクが歯を剝く。「俺たちの間がセックスだけだったなんて、でたらめを信じこもうとして、お前は――」

「お前はあんまり長いこと周りに嘘をつきすぎて、自分でも何が本当かわからなく――」

僕は、言葉を切って、息をつかなければならなかった。

一瞬にして、ジェイクの怒りが失せた。問いかける。

「大丈夫か?」

「くそっ、ジェイク、こんなのは、何の意味も……」

また、息が乱れて、言葉をとめる。

「……とにかく、事件の話だけにしないか」

そう言うとジェイクに背を向けて、僕は壁に軽く手をついた。

「ビールは自分で取ってくれ。少し、トイレに行ってくる」

バスルームに入ると僕はキャビネットから薬瓶を取り出し、手のひら一杯分の水道水で薬を流しこんだ。

何でもない、と自分に言い聞かせる。少し、いつもの薬を飲むのが遅れただけだ。ブランデーなんか飲んだせいだ。あんなに怒るべきでもなかったのだ。僕は顔に少し水をかけると、バスタブの端に腰をかけ、一息つく時間を取った。肺炎は回復するまでしばらくかかるのだ。それだけのことだ。僕ももう、十代ではないのだし。

ジェイクはキッチンに立って、シンクの奥の窓から外を見つめていた。カウンターにビールのボトルが二本、置かれている。僕の足音を聞いて、彼は振り返った。

「大丈夫か？」

またそう聞いて、僕の顔をじろじろ眺める。

「僕は何ともない。どうして皆、同じことばかり聞くんだ？」

「もしかしたら、説得力が感じられないからもな？」とジェイクがあっさり返した。

「人より自分の心配をするべきだろ」

ジェイクはひょいと眉を上げ、黙ったまま、僕が棚から出したグラスにミネラルウォーターを注いでテーブルの前に座るのを見ていた。

「地方検事から、ニナ・ホーソーンの逮捕許可が下りた。それを言いに来た」

僕はごくりと水を飲んだ。問い返す。

「少し性急な感じがするね。証拠は固めたのか？」

「ニナ・ホーソーンには犯行に至る手段があり、機会があり、動機があった」

「どんな動機が？」

「お前もよくわかってるだろう」

死んだ子供の復讐。今思うと、いささかメロドラマにすぎる気がした。

「ポーターのグラスにどうやって毒を入れたのかは、わかったのか？」

「まだだ」

僕は、ジェイクの表情を眺めた。

「お前も、ニナが犯人だという確信がないんだな」

「無実だという確信もない」

その言葉は、フランスの司法制度と同じくらい複雑に響いた。

「じゃあどうして――？」

ジェイクは溜息をつく。

「それはな、市長側が逮捕を命じて、地方検事も逮捕要件を満たしていると判断したからだ」

「だから犯人じゃない女を逮捕するのか？」

「二人の女のどちらかが関わっているには違いないんだ。ニナ・ホーソーンか、アリー・ビートン＝ジョーンズのどちらかがやった筈だが、妻の方はジギトキシンとの関連が出てこない」

「でも何も急ぐ必要はないんじゃないのか？　お前の勘も、逮捕には賛成じゃないんだろ」

「地方検事相手に、勘を根拠の話はできん」ジェイクが答える。「大体、彼女の有罪を決めるのは俺じゃない。そのために法廷があるんだ。ニナ・ホーソーンが有罪でないなら――」

そこで僕の表情を読み取ったらしく、ジェイクは顔をしかめて、別の理由を認めた。

「それに、これはアロンゾの担当事件で、俺はすでに二つ、あいつの主張する捜査方針をつぶしてきたからな」

僕と、ポール・ケインへの容疑を。

「そうか」僕は応じた。「その理由をアロンゾに嗅ぎ回られたら、お前も困るもんな?」

ジェイクの口元がこわばった。

「俺は、あいつに時間と税金の無駄使いをしてほしくないだけだ」

僕は微笑した。

「そうだね。そして、どうしてポール・ケイン——それに僕——が殺人犯ではないとそこまでお前が確信できるのかも、アロンゾに勘ぐられるとまずいよな」

ジェイクは僕の記憶に焼き付いているあの暗く沈んだまなざしで、しばらく僕を見つめていてから、こちらに横顔を向け、窓の外を眺めやった。

僕は首を傾けて、ジェイクを観察した。

「なあ、神かけて、お前は本当に、自分が妥協していることに気付いてないのか?」

「人生は妥協の連続だ、アドリアン」

「まあね、でも今のお前は悪魔と取引している」

窓の外を見たまま、ジェイクはうなった。「うるさい、放っておけ」

僕は水のグラスを乾杯の形にかかげた。

「いいとも、ご勝手に地獄へ行くといい。道すがらパンくずをまいておいてくれれば、目印にして追いかけてやるよ」

ジェイクは僕の方を向いて、どうして自分が真面目に話しているのかわからないと言いたげに首を振った。その点は、僕も同意だった。

「わざわざここに来たのはお前だ、ジェイク。どうしてなのか、どうも僕にはわからない。なにも、ニナを逮捕すると直接言いに来る必要などなかった筈だ。僕はお前の同僚ってわけじゃないんだし――」

友人でもない。

奇妙なことに、まるで僕の心を読んだかのように、ジェイクが言った。

「俺は、お前と、また友人になりたい」

「へえ、そう来ると思ってたよ」

そう応じはしたが、実はまったく予想などしていなかった。

ジェイクは強情に、まるで僕と――あるいは己と――言い争うように続けた。

「お前と会いたいんだ。お前と話したり、お前と――笑っていた時間が、なつかしい」

「僕は魅力満載なもんでね」僕はそう返した。「でもお前と大した話をした覚えもなけりゃ、ましてや笑った覚えはないね。最後の方には」

「俺は――わかってるだろう、俺はお前を傷つけたくなんかなかった。俺はお前を――」

「ああ、傷つけたくない、ただ殺したい。だろ？」

僕は考えなしにさえぎった。

「アドリアン！」

そして、今度目を合わせられなくなったのは僕の方だった。僕は——とても楽にとはいかなかったが、言った。

「僕には無理だ、ジェイク。たのむこと自体、フェアだとも思えない」

沈黙。

やがて、抑揚のない声でジェイクが答えた。

「わかった」

おかしなことにその淡々とした同意と、感情の欠如が、何よりもこたえた。ジェイクが懇願したり、脅しつけてきた方がまだ楽だっただろう。

ジェイクはビールを飲み干し、空のボトルをカウンターで手付かずの一本の横に置き、僕の方を見ずに言った。

「もう、帰った方がよさそうだな」

僕はうなずいた。たとえ自分の命の瀬戸際であっても、今、言葉を出せるとは思えなかった。

キッチンから出ていくジェイクを、僕は立ち上がって玄関まで送った。彼は自分のキーリングから店のキーを外し、僕に手渡した。

「ニナが公訴されたら、知らせる」

僕はうなずいた。ジェイクの指のぬくもりが、キーを僕の手に、そのまま深く、心の奥まで押しこんでくるのを感じる。ひたすら鍵だけを見つめていた。もし顔を上げれば、彼の表情を、その思いを見てしまう。いやもっと悪い、僕の思いをジェイクに見られてしまう。今にも、あと何秒かでその思いは心からあふれ出しそうで、そんなのはおかしいだろう。もう遠い昔に終わっていることだ。やっと今になって、互いにさよならを言える時がきた、それだけのことだ。

どちらも、何も言わなかった。どちらも、身じろぎひとつしなかった。

ついに、ジェイクがかすれを帯びた声で言った。

「嘘だ。俺は、ニナ・ホーソーンのことを話しに来たわけじゃない。お前に、また友人になってくれと言いに来たわけでもない」

僕は目を上げた。

「ああ、わかってる」

そう、答えた。

18

ジェイクの表情が固まる。瞳以外は。目の中では何かがよみがえり、激しく燃え上がった。僕にはよくわかる——それはさっき、二年の不在を経てジェイクがこの部屋へ歩み入った瞬間、僕にともったのと同じ炎だった。

僕はジェイクに手をのばし、彼は両腕を僕の背に回す。その瞬間、それは別れのハグのような……ただの挨拶ですらありえたが、一瞬だった。彼の手が僕の背をすべり下りて、僕を引き寄せ、腰を抱き、自分の勃起がくいこむのもかまわずにきつく体を合わせる。むき出しの、正直な欲望が、まさに彼のジーンズの生地を押し上げ、僕の股間に押しつけられていた。

そして、この瞬間ばかりは、僕も無言だった。ジェイクの唇が僕の唇にかぶさり、熱く、やわらかに、互いの唇が溶け合う。ジェイクの舌がためらいがちに、僕の唇を探る。口を開くと彼の舌が入ってきた。驚くほど甘く、心が震えるほどなつかしい。まるで船が港を見つけたように。まるで、何十年も旅路をさまよいながら、この一瞬を待ちわびていたかのように。放浪の旅の末、ついに故郷イタケの澄んだ海へ船がたどりついたオデュッセウスのように——その

先に待つ困難もかまわず。

僕は目を上げて、ジェイクの琥珀色の目を見つめ返した。何か、また別のスイッチが入ったかのように、ほとんど衝撃とともに、僕は自分の股間が欲情に勃ち上がってきたのを感じる。息が、半ばすすり泣くように、喉につまった。安堵でめまいがして、僕は今のキスでうっとりとしたかのように、ふざけたふりでジェイクにもたれかかった。

だがジェイクはごまかされたりしなかった。僕を両腕で抱きすくめ、彼は耳元に囁いた。

「大丈夫か？」

「ああ、大丈夫」僕は彼の肩口にうなずく。「最高だ」

首をねじって、もう一度ジェイクの唇を求める。ジェイクはまさにそこにいて、キスに唇を開き、僕をなつかしい場所に迎え入れてくれた。彼はどこかほろ苦く、淫靡な味がした。記憶と同じ——だがもっと情熱的な。心臓が激しく高鳴り、春の雪解け水のような勢いで流れる血が、耳の奥でドクドクと鳴る。

キスの中に、僕はすべての激情と渇きをぶつけた——すべてをジェイクに叩きつけた。僕の怒りと痛みと憤りとを。

やっと離れた時も、ジェイクにはひるんだ様子もなかった。彼は……獰猛に見えた。飢えがたぎっている。四十日間荒野をさまよった末——まあ、楽園にたどりついたとまでは言えないが——目の前にステーキが出てきたように。サイドメニュー付きで。ジェイクの目はギラついていた。

「ベイビー……」

ジェイクが呟き、僕が切れ切れの笑い声をこぼす間、彼の手が僕のTシャツの下にすべりこんでやわらかな布をまくり上げ、肌をあらわにした。気持ちがいい。ジェイクの大きな、ゴツゴツした手が、僕の体をさすり、なで、記憶をなぞっていく……。

ジェイクの屹立はジーンズを固く盛り上がらせ、痛そうなそれへ、僕は腰を押しつけて揺すった。ふと、これを求める自分のどのくらいが、過去に戻りたいだけなのだろう、と思う。かつての熱や力――そしてそれを包む時おりの優しさを、また味わいたいだけなのか？　過去に浸りたいなら、もっとまともな方法もあるのに。僕もジェイクもあの頃とは変わってしまったし、これは――こんなのは、狂っているとしか言えない。

それなのに、またキスしていた。まるでこの、唇を押しつけて唾液を交わす素晴らしい行為を初めて知ったかのように、お互いから離れられない。そして、ジェイクの味――ジェイクの匂い――打ちのめされるほど、こらえきれないほどに甘い。まるで中毒者が、長年耐えた末、また落ちていく禁断の瞬間のように、甘い。

キスを深めながら、ジェイクの大きな右手がすべり下りて僕の尻を包みこむ。もっと近くなりたくて、僕はただ呻く。どうしてこの暑い夏の夜に、こんなに服を着ているのだ？　両腕をジェイクに回すと、彼はその抱擁の中に体を押しつけてきた。思い出よりも彼の体は固く、引き締まって、猛々しい。鍛えられた筋肉とエネルギーの塊だ。キスしながらジェイクは、僕の飢えと挑むような態度を気に入って、微笑んでいた。

ほんの一瞬、僕は、ジェイク相手にポール・ケインはどんなふうなのだろう、と思った。ケイトは――ジェイクの妻は――どんなふうなのだろうとも。だがすぐにその考えを振り払った。もう、思いとどまれないのだ。空襲警報だって今の僕をとめられやしない。

「ああ」ジェイクが囁く。「そうだ」

僕が口にしない、すべての言葉に賛同している。これがどれほどとんでもないあやまちか、僕も彼もよくわかっている――それでも、もう誰にも邪魔はさせない。ジェイクの指が僕のジーンズのボタンにかかり、もぞもぞと外す間、僕は震える手をのばして彼のベルトバックルを外した。ジェイクが激しい、切羽詰まった声を立て、僕の首の付け根を噛んだ。

僕が鋭く息を呑みながら彼のシャツをつかむと、ジェイクは身を屈めて僕のジーンズを引き下ろした。彼のシャツのボタンがいくつかはじけて四方に飛ぶ。この部屋から裂けたシャツ姿で出ていくジェイクを想像すると笑えたが、僕の笑い声は自分のもののようには聞こえなかった。ジェイクはさっさと僕のボクサーパンツを引き下ろし、僕のペニスがぶるんとはじけ出る。それは熱心に揺れながらひたすら注目をねだっていた。肉体というやつは、本当に学習能力がない。

ボタンの取れたシャツを肩から落としながら、ジェイクがざらついた声で言った。

「今でもお前の夢を見るよ」

「僕も、お前の悪夢を見るよ」

僕は頭からTシャツを脱ぎ捨て、放り出した。

ジェイクは息が詰まったような笑い声を立て、ジーンズと下着から足を引き抜く。揺れる彼のペニスは赤らんで、淫靡に見えた。そして一瞬、僕らのものは奇妙に礼儀正しく互いに一礼し、あいさつするように互いにふれあう。彼のペニスが僕にキスし、僕のものが彼にキスを返した。可愛いやつらだ。

ジェイクは僕をまた引き寄せ、わずかの距離も耐えがたいかのようにきつく抱いて、彼の屹立が僕の裸の腹に強くくいこんだ。両腕で首に抱きついた僕を、ジェイクが抱き上げ、壁に押しつけた——激しく。

「うわっ」

僕は呟き、さらに高くかかえ上げられながら、身をよじって体勢を整えた。両脚をジェイクの腰に巻き付ける。ジェイクの力がどれほど強いか、忘れていた。

「すまない……」

ジェイクは僕の背骨の付け根をなでながら、さらにきつく抱きこみ、少しの間その顔を僕の肩口に押し当てていた。

「本当に、すまない」

ジェイクが呟く。喉を詰まらせたような声だった。きっと僕の肩で声がくぐもっただけだろう、顔を上げたジェイクの目は影になっていたが、濡れてはいなかったし、表情からも何も読み取れなかった。彼の温かな息が頬にかかる。かすかなビールの匂い、だが、ほとんどはジェイクの匂い。

彼の金の胸毛が、僕の乳首をくすぐる。彼の屹立の先が恥じらいのかけらもなく僕の尻の間をつついていた。思わず押し返すと、ジェイクが体勢を変え、互いの屹立がふれあうようにした。気持ちいい――とても、いい。刺激。他人との摩擦も悪いことばかりではない。

「なあ」とジェイクが言った。

「ああ?」と僕は陰気に返す。

ジェイクは右手を僕の頬に当て、顎を包んだ。僕は顔をそむけようとしたが、ジェイクが顔を寄せて僕の唇をなめてから、下唇を軽く、ピリリと刺激が走るほど噛んだ。僕は目をとじる。ジェイクに頬ずりされ、顎のなめらかな剃り跡が僕の唇や鼻、瞼をこすった。

「会いたかった」

僕の頬に囁き、またキスをする。

体をぞくりと震えが抜け、また震えて、意に反して僕の体は小さく痙攣《けいれん》した。アドレナリン過剰だ――それだけだ。僕はジェイクに腰を擦りつけながら、彼の肩に額を落とした。ジェイクが腰を揺すり返し、僕らは少しずつ互いのリズムを合わせていく。

腰を突き上げ、キスを通してジェイクの息を吸いこみ、頭を引いて、僕は二人の体の間を見下ろす。先端がぬらついたジェイクのペニスは、ずっしりと赤らんで、僕のものと擦れ合っている。互いの腰を揺らすなつかしいリズムで、僕らのそれがぶつかり、突き合っていく様から、目が離せなかった。

夢ではないのだ。これは、ジェイクだ。ジェイクと僕が。現実に。切なく、痛々しいほどに、これは現実だった。

ジェイクは、僕がもっと楽な体勢になるようさらにかかえ上げた。僕は首をのけぞらせ、壁にゴツゴツとぶつかりながら、壁にかかった二枚のエドワード・ボレインの、カリフォルニアの伝道所の風景画が小さく揺れているのもほとんど意識の外だった。

ジェイクの腰に巻いた足に力をこめ、背をしならせる。ジェイクが激しく突き上げ、僕も突き返した。互いにぶつかるように擦り合い、解放を求めて荒々しく、せき立てあう。

腰の奥がじんと痺れて、そこから火花が駆けのぼってくるようだった――それが野火のように神経を灼き尽くし、体が制御を失う。陰嚢がきつくはりつめ、不自然な体勢で僕の腰が激しくはねた。壁に掛かった額がガタガタと鳴った。

ジェイクが、胸の奥から深いうなりを上げ、強く僕を突き返す。その瞬間、過去も現在もまばゆく溶け合い、まるで太陽のフレアのような灼熱の嵐が荒々しくたぎる。僕はジェイクに体をぶつけ、渾身の力でしがみつき、ジェイクはこの炎の海で唯一の命綱であるかのように僕を激しく抱きしめ返した。

「畜生……ッ」

ジェイクの叫びがこぼれる。

そして、僕らの体の間でついに熱がほとばしり、腹や胸、顎までもを汚した。僕は高く叫び、どこか世界の果てからジェイクが叫び返すこだまを聞いた。

そのこだまの響きは、甘い衝撃の名残りと共に長い尾を引き、さざ波のように永遠の中へ溶けていく。そして、やっと、消えた。

僕はぐったりと前に崩れた。力を使い果たし、からっぽで……空気のように全身が軽かった。まるで宙に浮けそうな気分だ……開いた窓から外へふわふわと漂い出して、屋根や衛星アンテナや電話線の上へ……夜空で淡く微笑む星のもとまで飛んでいけそうな。

ジェイクの息が、耳元に荒い。その息づかいの向こうに、嵐の後のような建物のきしみが聞こえた。

少しして、呼吸を取り戻したジェイクが僕をかかえ上げた。僕は両手と両足で彼にしがみつき、ベッドルームへ運ばれていく。

その時、ガイのことを思い出した。

ガイ。

このベッドルームで、僕とずっと一緒にすごしてきた男。僕と、人生を一緒にすごしたいと言った男。僕の恋人。

　昔の恋人とまだ文通している男——そして今この瞬間、その昔の恋人と一緒にいるかもしれない、いないかもしれない、男。

「大丈夫か？」

　ジェイクがそうたずねて、僕をベッドに下ろした。

「どこか、お前を傷つけたか？」

「いや。今回は」

　僕はそう応じて、うつ伏せに転がると、重ねた両腕に顔をうずめた。

　ガイと出会う前に、このベッドルームでジェイクと一緒にすごしてきた。

　だからと言って、正当化できることではない。ただ……そうだった、それだけの意味しかない。

　ベッドのスプリングがギシッとうなり、ジェイクが半ば僕にかぶさるようにのしかかった。その手が僕の体をなでさすり、温かな、ざらついた手が僕の背を、尻をなでて、落ちつかせていく。

　またこんな風にふれられるのは、とても心地よかった。ただ——いつもふれられていた筈だ、ガイの手になぞられ、愛撫されて。それなのにどうして、何年も誰の手も感じたことがないような気がするのだ？

ジェイクはおだやかに僕の背をなでつづけ、僕は考えるのをやめた。最近の得意技だ。やがてジェイクの手がゆっくりになり、とまった。静かな、低い寝息が聞こえてくる。僕も彼を追うように、夏の夜の青くふちどられた闇へと沈んでいった。

誰かが耳の後ろに鼻をすり付けている、その感触で、僕は目を覚ました。半ば眠っていてさえ、それが誰なのか、ざらついた快感で気付いていた。

ごろりと体を返して、僕は目を開け、微笑した。体の反応に遅れて、ゆっくりと記憶が戻ってくる。

ジェイクが肘をついて僕の上に屈みこみ、指先で怠惰に僕の胸をたどった。その手が胸骨の上で軽くとまる。僕はジェイクの手を見下ろした。彼の結婚指輪はシンプルで、金の輪が交錯したリングだった。レースカーテンから透ける街灯の光に、その金がキラリと光った。

ジェイクがたずねた。

「気分はどうだ？」

僕は体をのばし、背をそらしながら、その問いを考えこんだ。どうしてジェイクからだと聞かれても腹が立たないのだろう、とも思う。ほかの誰よりも、ああしろこうしろと偉そうに指図してきた男なのに。実に謎だ。肝心の気分の方は、今夜の僕はいくつも重大なルールを破ったというのに、温かく、安らいでいた。ここしばらくで最高の気分だ。

「大丈夫だよ」僕は答えた。「元気だ」

「ほう？」

僕の唇が、微笑の形に上がる。

「ああ」

ジェイクに肋骨の上を軽くくすぐられ、僕は膝をかかえてごろりと彼に背を向けた。

「ほら、戻ってこい」ジェイクが、僕を引き戻す。「もうやらないから」

僕は元のように寝転がって、ジェイクを見上げた。たずねる。

「お前は、どんな気分だ？」

ジェイクの口元がかすかに歪んだ。僕は手をのばし、彼の眉間に寄った皺をさすってやった。

「大体わかったよ」僕は呟く。「彼女はどんな人？　ケイト」

少しの間、ジェイクは彼女を客観的に評価しようとして、考えこんだようだった。

「きれいで、頭がよく、積極的だ」ちらっと何かを思い出したような笑みが浮かび、白い歯が見えた。「虎みたいに勇ましいよ」

僕はうなずいた。そうだろう、と思う。二年分、溜まった疑問の山をひっくり返しながら、僕はたずねた。

「まだあの犬を飼っているのか？　名前なんだっけ？」

「ルーファスか？」ジェイクは首を振った。「いや。あいつは去年死んだ。シェパードにしては長生きした」

思えば僕にも、その犬が僕になついてくれるかどうかを気にしていた時期があったのだった。結局、老いたルーファスと僕が会う機会はめぐってこなかったが。ジェイクといた一年の間にも。

あれは、本当に一年だけだったのか？　もっと長かった気がしてならない。まるで一生分のように思えることもあった。だが時に一生の長さというのは、時間や日数や年数という物差しでは測りきれないものなのかもしれない。

「相変わらず同じ家に住んでるのか？」

グレンデール北部の小ぶりな家には、一度だけ行ったことがあった。どこかへ向かう途中、家の前でジェイクを待っていた——どこか、ジェイクが僕と一緒にいるところを見られないかと怯えずにすむところへ。

「ああ」

ジェイクは仰向けに転がって、薄闇の中、天井でぼんやりと回るファンを見上げた。

「引っ越すつもりだったんだが、その時に子供のことが駄目になって、急ぐこともないだろうという話になった。二人暮らしには充分だからな」

どうして、こんな話題を持ち出したのだろう。いい考えではなかった。

二人で、ファンが回るかすかな音を聞いていた。ジェイクがたずねる。

「じゃあ、ついに店を拡げるのか？」

僕はうなずいた。

ジェイクはほかに何も聞こうとしなかった。どうやらこちらが向こうを気にするほど、彼は僕に興味がないらしい。だが、それでひとつ思い出したことがあった。

僕は顔をジェイクへ向け、薄闇ごしに彼の顔を見つめた。

「ガイが、お前の車が店の前に停まっているのを何度か見た、と言ってたけど」

ジェイクは目をとじた。その口元が、完全に微笑とは言えない、奇妙な表情に歪んだ。

「二度だ。二度、見られたと思った。お前と話をしたかったが、お前は俺の電話に出ようともしなかった」

ジェイクは目を開けた。その目は、野生の獣のように暗闇で光っていた。

「二度目の時には、明らかに彼がここに住んでいるようなものだとわかって、俺は、一体自分が何をしようとしていたのだろうと思ったよ」

それに答える言葉はなかった。僕らは今、一体何をしているのだろう、と思う。

ジェイクが不意に起き上がった。身を屈め、頬を僕のペニスに擦り付け、舌でゆっくりと、根元から先端までをなめ上げる。

僕はビクッととび上がったが、それから溜息をつき、体の力を抜いてベッドに沈みこみ、ジェイクの口の愛撫と、彼の意識が僕だけに向けられている感覚を味わった。熱く、やわらかな口だ――あんな厳しいことを言う男の口が、こんなに甘いとは驚くほどだ。

ピチャピチャと、たっぷりと時間をかけて舌を這わされ、その刺激に僕のものはまた目覚めていく。僕は、快感の呻きをこぼした。ジェイクがそばに横たわると、唇に優しく、甘いキスをしながら、右手で僕の腰を抱いて引き寄せ、左手を僕の指と絡めた。これは……よかった。彼と手をつないだことなど、これまで記憶にない。

「何か、笑えるか？」

「まあちょっとね」

僕はそう答える。

ジェイクは問い返さなかった。聞かない方がいいとわかっているのだろう。唇が僕の肌をかすめるように、そっと、肩をなぞり、鎖骨をなぞる。ここに来る前に、彼はひげを剃ってきていた。どうしてか、そんなことに胸が温まる。

僕は体をねじり、彼に腰を擦り付ける。ジェイクの手が僕の脇腹をなで、乳首に吸い付かれると、ちりりと驚くような快感がはじけた。おかしなことに、ジェイク以外にそこをいじられるのは好きではなかった。小さな突起を吸い、そっと歯を立てているのがジェイクだというだけで、すべてがこんなにも違う。僕は呻いて、腰を揺すり上げた。

「お前が、ほしい」

ジェイクが囁く。

「ええと、まあ、後で返してくれるなら……」

僕は揺らぐ声で返し、ジェイクは真面目くさって言った。

「感謝する。良好な状態での返却を約束する」

肌が、苦しいほどぴんと張りつめて、熱い。心臓が激しすぎるほど高鳴っている。だがこんな形で終わるなら悪くない、とも思う——汗と精液にすべて使い果たし、燃え尽きて、この世から解き放たれるのなら。

ジェイクが、まだゆったりとした動きで僕の腰の動きに応じる。乳首をしゃぶられ、引っぱられて、僕は鋭い声をこぼしていた。

「ほら、そうだ」ジェイクが、かすれた声で囁く。「ここがいいんだろ？」

彼の親指が、僕の屹立の濡れた先端をなぞり、なでた。ジェイクのものも僕の体に当たっている。勃起し、まだ満たされない欲望にたぎりながら。

ナイトスタンドの引き出しがギイッと開けられ、ジェイクがゴソゴソと中をあさる音がした。どこを探せばいいか聞きもせず、当たり前のようにそこに手をのばしているのが腹立たしい。僕がろくに変わっていないと思われているのが——だが実際、僕は細々としたことは何も変えていない。そしてもしかしたら、自分で思うほど、芯の部分も変わっていないのかもしれなかった。

探し物を見つけると、ジェイクは素早く、無駄のない動きで戻ってきた。僕はうつ伏せになって体をのばす。ジェイクが僕の背骨に、軽い、だが所有欲のにじむ手をすべらせた。

「俺がどれだけこんな夢を見たか、お前にはわからないだろうな」

僕は首を振る。夢なら僕も見た、だが言っても仕方のないことだ。ジェイクの指が尻の間をなぞり、敏感な場所を探り当てながら焦らした。僕は呻き、その手に尻を押しつけ、脚を開いて彼を求めた。腹と、半ば固くなったペニスに、シーツがひんやりする。

ジェイクが、僕の肩に手を置いた。

「お前の顔が見たい」

「おっと、隠れロマンチストか？」

そう言い返しながら、僕はおとなしくジェイクの手で仰向けにされて、残りの言葉を飲みこみ、膝を曲げてジェイクに自分をさらけ出していた。

大きな手で僕のペニスをつかみ、ジェイクが言う。

「お前は、俺が寝た中で、一番きれいな男だ」

僕は鼻を鳴らした。どうせ、すべての見栄えのいい男にそのセリフを聞かせてきたに違いない——鞭でひっぱたく間にしゃべる暇があるなら。

その時、彼の濡れた指が後孔をさすり、指の先端が入ってきて、引かれた。

僕は大きく喘いだ。

薄暗がりではははっきり見えないだろうに、ジェイクは僕の顔を見つめながらまた指を、さっきよりも奥へと入れる。僕は目をとじて、ただ肉体の刺激だけに集中し、感情を切り捨てようとした。

二本目の指が入ってきたかと思うと、ジェイクが手をひねり、慣れた指が快感の、弾力のある場所を押した。あまりにも僕を知りすぎた指――だが僕は愉悦の感覚だけに意識を向け、ほかのすべてを心から締め出して、ジェイクにまかせた。ジェイクの指がまるで、僕が初めてであるかのように、まるで僕が壊れやすいかのように――彼にとってこの上なく大事であるかのように――丁寧にそこをほぐしていくままにさせた。

そしてジェイクの屹立が、ゆっくりと、ひどく慎重に、僕の中へ入ってくる。僕はせかそうとして、腰を押し返し、さっさと彼のものを受け入れようとする。ごくシンプルな行為にしてしまいたかった。ただのセックスに。だがジェイクは急がず、たっぷりと時間をかけながら僕の鎖骨にキスをし、首すじのくぼみにキスをし、その間もごくゆっくりと腰を進めて、いつまでも、永遠にその時間を引きのばし――ついに彼のすべてが僕の中へ入ると、僕らは同じ体温を分かち合い、互いの体をなじませながら一つになっていく。僕はジェイクの腰に両脚を巻きつけ、彼の肩に口を押しつけ、噛んだ。さっきのお返しだ。ジェイクがうなった。

腰を押し返しながら、動けとうながしてやる。僕らはシーソーゲームのように押しては引き、前に後ろに揺れ、満たされては抜かれ——肉体的な快楽——それ以上、何も深く考えたくない。

ジェイクの手が僕の屹立をつかんだ。驚いたことに、たしかに、僕はまた固くなっていた。何週間も駄目だったのに突如として思春期がやってきたかのように。親が週末に出かけている間にこっそりと相手をつれこんだ若者なみに、欲情している。

もう少し強く、激しく、などとねだる必要すらなかった。僕の望みを、ジェイクが適確に悟り、かなえていく。思い出のおかげか、単なる勘か。彼の手が僕のものを、なめらかに、なじんだ手でさすりながら、丁度いい力で握りこんだ。自分の手のように物慣れた、だがはるかに気持ちがいいのは、それがジェイクの手だからだ。

ジェイクが僕を突き上げ、突きこみ、僕らの体は昔のリズムを、そのパターンを取り戻していく。一歩ずつ、よく知った道をたどるように——そして行きつく先にはもはや言葉もまともな思考もなく、あるのは裸の肌とぬくもりと、どんどん高まる痺れるような熱だけ。ジェイクの手が僕のものをしごき、彼のものが僕を貫き、快感を突き、その動きがさらに速く、どこか我を失って——。

ジェイクの体が硬直する。次の瞬間、彼の叫びが聞こえた。

そしてまた、ジェイクにキスをされた。

少しの間、二人で横たわっていた。それから、ジェイクが僕の奥から己を引き抜いた。

さらにしばらくして、彼は呟いた。

「俺は、帰らないと」

「わかってる」

それでもジェイクは動かなかったが、しまいには体を起こした。廊下に向かう。ライトが点き、床やベッドに光の帯が落ちた。彼が服を着る音が聞こえてきた。

ジェイクの、光を背負った巨大な影が入ってきて、ベッドのふちに腰を下ろした。

「アドリアン……」

「わかってるよ」

僕は微笑んだ。

だが、わかっていなかったのだ。ジェイクは、続けていた。

「俺は、お前とまた会いたい。条件はすべてお前に合わせる」

「まったく……」僕は手のひらの根元で、両目を押さえた。「ジェイク」

「何だ？」

「い、何だ？　お前もよくわかってるだろう。前の続きを、ここから始めるようなわけにはいかないんだ。僕はお前のお友達にはなれない」

「なら一体、これは何なんだ！」

ジェイクの声の怒りと痛みが、胸に突き刺さる。

僕はベッドにさっと起き上がり、彼は体を引いた。

「何なのかはわかってるだろ、ジェイク。これは、僕らがやっと互いに言えた、本当のさよならだよ」

19

十六歳の時、僕はどうやってかリウマチ熱にかかって——実は結構難しい——おかげで心臓の弁に後遺症が残った。特に僧帽弁《そうぼうべん》が問題で、それで今や苦境に立たされているわけだ。

リサは、僕が生きて十八歳を迎えることはないと信じていて、僕はまるで昔のサナトリウム小説かなにかのような日々をベッドですごしてから、やっと外界への一歩を——物理的にも比喩的にも——踏み出せたのだった。

だがその自由のない日々の中、僕は手が届くものすべてを読み尽くしただけでなく、山ほどテレビを見た。ポーターの前妻、マーラ・ヴィチェンザの演技になじみがあるのはそのおかげだ。まあ、古代イタリアの照りつける陽の下を狂ったように走り抜けていくのを演技といっていいのなら。

一九六〇年代、うら若きマーラはイタリアのB級歴史ドラマに山ほど出演していた。正直、僕としてはアマゾネスやらアラビアの姫に扮したマーラの活躍より、筋骨隆々としたスティーヴ・リーヴスやその仲間の汗まみれの冒険活劇の方が好みだったが、銀幕でのマーラの大胆な演技には心惹かれるものがあった。たしか、背すじが凍るようなメディアを演じた筈だ。

六十代になった今も、彼女は年より若く見えた。アリーやニナよりも瑞々しく、引き締まって、手入れが行き届いている。陽光の下での長時間の撮影にも関わらず、肌の状態もよく保たれていた。髪は珍しい色味の茶に巧みに染められている。あれほど堂々と女海賊やアマゾネスの女王を演じていたというのに、マーラは驚くほど小柄だった。

「言わせてもらうと、どうしてあなたが私に会いたいのか、はっきりしなくて」

マーラは僕にそう告げながら、広々と贅沢なしつらえのサンタバーバラの邸宅を案内していく。

「何でしたっけ、あなたは警察と協力してらっしゃる？」

「まあ……そうです」

自信のない「まあ」を誤魔化そうと、それに本当に好奇心をそそられて、僕はたずねた。

「今気がついたんですけど――使われていたのはあなたの本当の声だったんですね、あのソード&サンダル映画の中で」

ソード&サンダルは、ギリシア神話などを元にした冒険映画の総称だ。彼女は愉快そうに返事をした。

「ソード&パンツ、という方が近いけれどもね？　ええ、自分の声を使ってもらったわ。私はニューヨークのリトル・イタリーで育ったの。祖父母はシチリア出身でね、私もヨーロッパに渡る前からイタリア語を母国語なみに話せた」

「ポーター・ジョーンズとはイタリアで出会ったんですか？」

「そう。彼が歴史映画のマーケットに興味を持ってね。結局は、アメリカ暮らしと、アメリカの映画業界の方を選んだけれど――それで私は、彼と一緒にアメリカへ戻った」

　僕らは、長方形のプールを臨むパティオに落ちついた。マーラの庭には熱帯の植物と噴水と、古典彫刻の小さなレプリカがあふれていた。

「結婚生活は、どのくらい長く？」

　マーラは物問いたげに僕を見た。

「三十年以上ね。あなた、私がポーターを殺したと思ってるの？　彼が私を捨ててあのアリー・ビートンと結婚したから？」

　僕は、テーブルのジャグからピンクレモネードをグラスに注ぐ彼女の手に結婚指輪があるのに気付いた。僕の知る限り、マーラは再婚していない筈だ。

「五年も待ってからやるようなことには思えませんね」

「どうかしら、あなたも知るように、冷めてから味わう復讐こそもっとも美味なり、ってことわざもあるから」

　不意に、王女メディアを演じた彼女の姿がよぎった。

「一理ありますね」僕はマーラを観察する。「でもどうしてか、アリーとの結婚生活そのものが、ポーターへの充分な復讐だった気がしますよ」

　マーラが吹き出した。

「言うわね！　ええ、あの馬鹿女のおかげで老いたポーターの人生はみじめなものだったわ。いい気味」

　そう言いながらも、彼女の目はユーモアにあふれていた。

「それで、私が前の夫を毒殺していないと思うなら、何の用でいらっしゃったの？」

「僕はどうも、すべてのことを乗り越えて、あなたとポーターは友人であり続けた気がするんです」

　マーラはゆっくりと息を吸いこみ、静かに吐き出した。答える。

「当たりね」

「彼が、病気でもう手遅れなのは知っていましたか？」

「ええ。あの人は告知を受けた、その足でここに来たもの」

「あなたのところへ？」

　マーラは細い肩を上げた。

「あなたも言ったように、私たちはずっと仲がよかった。というか、また近づいた、と言いましょうかね」

「ポーターの病気のことは、ほかに誰が知っていたんですか」

「雑誌に広告を打つような真似はしていなかったわね、そういうことを聞いているなら」

「アリーは知っていましたか？」

「最初のうちは、知らなかったわ。ポーターがあの女に打ち明けたのは、彼女について決心を固めてから……」言葉を濁して、マーラはレモネードのグラスを口へ運んだ。「信頼できる何人かには、話してたわね」

「ポーターはアリーと離婚するつもりだったんですか」

「結局は、いいえ」固い笑みだった。「最後にはあの女は、自分が本当にポーターを愛していると彼に信じこませたのよ」

「それは、随分とやるもんですね」

「あの女は思ってるよりずっといい女優だって、私もね、ずっとポーターに言ってきたのよ」

「でもポーターは、彼女の浮気を知ってましたよね？」

「あの筋肉バカとの？　ええ、全部知ってたわよ。探偵を雇ってあの女を尾行させたもの。でも彼女は相手と別れたし、子供を――」

マーラはごくりと、大きく呑みこんだ。

「子供を堕胎しましたね、知っています。アリーは恋人のダンカン・ローの子供を妊娠し、その後、中絶手術を受けた」

　こっちを見たマーラの目が潤んでいるのに気付いて、僕はうろたえた。

「私たち、子供ができなくて……私はほしかったんだけれど、どうしてもできなかった」

　どこか落ちつきのない手でグラスを取り、彼女はまたレモネードを飲んだ。

「アリーは、離婚したくなかったのよ。彼女の決意のほどは、評価しなくてはね」

　僕もピンクレモネードをためしてみた。山ほどの氷もピンク色も素敵だが、僕の感想としては普通のレモネードと同じ味だった。

「あなたは、ラングレー・ホーソーンが船から落ちて死んだ夜、その船に乗っていたんですよね？」

　その問いかけに、彼女の、青みのある黒い目がさっと僕の目を射た。

「あら、随分と話題が飛んだこと。私たち、皆いたわよ。昔の仲間が」

「ラングレー・ホーソーンの事故死について、どう思います？」

　彼女は長い間、僕を見つめていた。

「とても悲しいことだと思うわ。あの人は素敵な人だった、ラングレーはね。本物の紳士。それに、ニナにとってもあれは悲劇だった。あの子はとても迷える若者だったから」

「あの夜、何があったんです？」

マーラは首を振った。

「皆は、トランプゲームをしていた。ラングレーとポーターと、アルと、ポール。週末に集まっては飲んだくれてたものよ。私の覚えてる限り、ラングレーは風に当たりに甲板に上がっていったのね。それきり、戻ってこなかった。見つけた時には、もう手遅れだった」

僕がラングレー・ホーソーンについていくらか読んだ記事によれば、ホーソーンは船の手すりを越えて海に落ち、その際に頭を打ったのだった。もっとも、詳しいいきさつや、どこで打ったのかは結局はっきりしなかった。それだけが不審な点と言える。ホーソーンの血中アルコール濃度は一艦隊丸ごと酔いつぶせるくらい高かった。

「記事で読んだんですが、あなたは船室で寝てた?」

「ええ、ニナと私は早めに切り上げたから。男ってほんと、しょうがない。甲板での騒ぎを聞いて目を覚ましたの。そうしたら、皆でラングレーを探していた」

蝶が風をすべるように下りてくると、ユーカリの枝から吊られた給餌器《フィーダー》にとまった。蝶の脆そうな羽がまだらな木漏れ日を受け、ゆったりと開いてはとじる様を、僕は見つめた。

マーラへたずねる。

「ラングレーの死が事故ではなかったかもしれないと、考えたことはありますか?」

間を置いて、彼女は答えた。

「また、話が飛躍したわね。一体何を探ってるの、ミスター・イングリッシュ?」

「どうも、僕は疑り深いようで」僕は認めた。「ラングレー・ホーソーンの死によって二人の人間が大金を手にした。しかもあの死に方は……事故以外でもあり得る」

「その二人の人間は、ラングレーを愛してたのよ」

だがそれを言う彼女の口調は、不思議なものだった——まるで彼女自身、幾度も同じ疑問を抱いてきたかのような。ラングレー・ホーソーンが殺されたかもしれないという考えは否定しない、それどころか、それは彼女自身の中にもある問いなのだった。

僕はゆっくりと言った。

「ポーターから、回想録について聞いたことはありますか?」

マーラは身じろぎもしなかった。ただ、ガラスのようになめらかなプールの水面を凝視している。木漏れ日が、蛇の鱗めいたまだらな影を水面に落としていた。

やがて、口を開く。

「……あの人はいつも、回想録を書くんだって言ってたわね」

「しかし、本当に書いてはいたんですか?」

マーラはうなずいた。

「書いてたわね。間に合ううちに、書き上げようと」

レモネードを飲む。また声が出せるようになると、僕にたずねた。

「あなた、ご自分が何をほのめかしているのか、わかってる?」

「ええ」僕はうなずいた。「その回想録がどうなったのか、ご存知ですか」

マーラが肩をすくめる。ひどくイタリア人ぽい仕種だった。

「ベル・エアの自宅じゃない？　あの女が彼の私物を全部ゴミに出してなきゃね」

「彼は、回想録を隠しておくような用心をしていたと思いますか？」

彼女は僕を見つめた。

「用心なんて、しなかったでしょうね。ポーターは物事をそういうふうには考えない人だった。とてもそんなことは……」

マーラの微笑は、輝く銀幕の中で何度も僕が見たのと同じものだった。僕に言う。

「あの人は、マキャヴェッリみたいに物をややこしく考える人じゃなかったの」

さらにマーラと少し話をして、僕はレモネードを飲み干すと、芝生で遊ぶ鳥やプールの循環器の音だけが静寂を埋めるこの郊外のパラダイスに彼女を残し、立ち去った。


書店に戻ると、閉店したばかりでセキュリティゲートは閉まり、明かりを消した店内に、ナタリーが座っていた。

彼女は泣いていた。

「どうしたんだ？」

僕は問いかけながら、カウンターの下からティッシュの箱をつかんだ。

「あの猫に何かあったのか？」

「猫？　知らないわ。見てない。泣いてるのは――」

クリネックスの中でナタリーがさめざめと何か言ったが、僕には聞き取れなかった。

「何だって？」

ナタリーは赤く、腫れぼったい目で僕を見上げた。

「だから、ウォレンに一緒に住もうって言ったら、彼が嫌だって言ったのよ」

今日聞いた中では最高のニュースだったが、僕は言った。

「そうか……それは……」

「それは、何？」

意見なら山ほどあったが、どれもこの場の愛や平和や調和の役に立ちそうにたない。僕は恐る恐るたずねた。

「ええと――ウォレンから理由は聞いたかい？」

「まだ早いって」

「ふむ……まあ、それは――無理もないかな」

「もう三ヵ月もつき合ってるのに！」

彼女は、訴えかける相手を間違えている。

僕は不思議になってたずねた。

「どうしてウォレンと一緒に住みたいんだ?」

ウォレンの巣窟が、いや部屋がどんな様子なのか、大体の想像はつく。ろくでもないねぐらだろう。もはや不似合いな恋を裂くために親が娘をヨーロッパへ送りこめる時代ではないのが、実に残念だ。

「どうしてって? 彼を、愛しているからよ!」やたらはっきりと、ナタリーが言った。「それに、リサと同じ家に住むのにはもう耐えられないし」

僕はまばたきした。「そう」

ナタリーの顔がくしゃっと歪み、彼女はまたティッシュの中に泣き崩れた。もごもご言う。

「リサが嫌いなわけじゃないの。本当に。大好きよ。でも……あの家は、もう、リサの家なの。私の居場所じゃない。その上ローレンまで戻ってきたら……」

「どうしてローレンが戻ってくるんだ?」

「あの馬鹿と離婚するからよ」

何だって? あの会社ロボットの夫とか。いつの間にかすっかり事情にうとくなっている。

僕はナタリーに言った。

「一人暮らしを考えてみたらどうだろう? 家が嫌だからって、誰かと一緒に暮らそうとするのはあまりいい考えとは——」

「言ったでしょ、ウォレンを愛してるの！　ねえ、男としての立場から何かいいアドバイスはないの？」

ナタリーは僕をにらみつけた。赤く膨れた目でやられると、かなり怖い。舞台上のメディアも色を失いそうだ。

「そうだな。わかった。じゃあ、僕からのアドバイスだ。放っておくんだ、ナタリー。ウォレンにもうこの話を持ち出すな。自分はそれでかまわない、というところを見せつけるんだ。つまり君が、ウォレンとこの先もつき合っていたいなら」

正直、その点はまるで理解も共感もできないが。

「それだけ？」

僕はうなずいた。

「私たち、話し合うべきだとは思わないの？」

「君と、僕が？」

「私とウォレンが！」

「いいや、まさか、話し合うべきだとは思わないね。そっとしておくんだ」

ナタリーはティッシュ箱を手にして、鼻をかんだ。くぐもった声で言う。

「そうそう、あなたに聞いてこいって言われたの。今夜のディナーには来るんでしょ？」

ディナーのことなど、勿論きれいさっぱり忘れていたが、僕は答えた。

「ああ、今、上に行って着替えようと思ってたんだ。あっちで会えるね？」

ナタリーはうなずいて、また鼻をかんだ。

店の片付けを彼女にまかせて、僕は二階へ行き、シャワーを浴びて着替えた。それから弁護士のヒッチコック＆グレイセン事務所に電話をかけて、気取った口調の留守番電話にメッセージを残した。


「クリスマスはロンドンよ！」

リサが高らかに宣言した。

「君がそうしたいなら、いいとも」

ビル・ドーテンが即座に答え、リサの手をポンポンとなでた。仮にリサが「首をちょん切っておしまい！」と叫んでも、彼なら同じように答えそうだ。

残りの家族は、あからさまに沈黙を守っていた。エマでさえ、少し眉をしかめている。サンタクロースが海を越えてプレゼントを届けに来てくれるかどうか、心配なのかもしれない。

「クリスマスシーズンのロンドンは素敵よ」

曖昧な沈黙に向かって、リサがそう言い立てる。

「アドリアンが十歳の時、あっちでクリスマスをすごしたの。覚えてる、アドリアン？」

「正直、あまり」

僕の答えに、リサは少し傷ついた顔をした。

誰かが――まあ動じないビルだろう――オペラシーズンの話を始めてリサの気をそらし、残る皆は黙ったまま安堵の視線を交わした。

不平を言いながらも、僕はこの手の、ドーテン家の頻繁な家族大集合が本当に嫌なわけではなかった。だが今夜は、昔の殺人と最近の殺人で頭の中が一杯で、集中できない。カミュの言葉を思い出していた――二度目の罪から、習慣となる。一度目の罪は、ひとつの終わり……。

僕はその言葉について、そしてポーター・ジョーンズの死の真相について、ひとつの可能性を考えつづけていた。ディナーの間も、ディナーの後で皆が座って交わすおしゃべりの間も、さらにエマが大嫌いなピアノレッスンの成果の披露を聞く間も。エマは、習いはじめるまではピアノが大好きだったから、きっとレッスンが嫌いなのだろう。

ローレンとナタリーがキッチンを占拠している間、ビルは何やら書類に目を通し――人生の再設計プランか何かか――リサが、ソファにいる僕の隣にふわっと腰を下ろした。

「ダーリン、本当に気分は悪くない？　とても顔が青白いわ」

日曜に陽光あふれる海でクルージングしてきたばかりだというのに、何を言っているのか。僕の鼻はまだ日焼けでピンク色だ。僕は、何とか反応らしきものを返した。

「うならないの、アドリアン」リサに目でたしなめられた。「あなたに言っておくべきだと思うけれど、私はドクター・カーディガンと話をしてきたわ」

「何をしたって？」

あまりの驚きで、声を抑えることもできなかった。まさにそのせいで、僕は数年前に医者を変えたのだ。前のドクター・レイドはあまりにもイングリッシュ家に近すぎた。彼が僕をこの世に迎え、父をあの世に送り出し、時にリサの連れとして社交界に顔を出してもいたのだ。

リサは、僕の驚愕と激怒を無視した。

「アドリアン、あなたは手術を受けないと。何をぐずぐずしているの？　あなた、わかってるの――死にたいとでも言うの？」

一体どうやって。皆、リサに弱みを握られているのか？

「勿論、死にたくなんか――」

僕は言い返しかけて、途中でこらえた。

「こんなことはもうやめてくれ、リサ。僕の医者と話しただって？」

とてもじゃないが、これは看過できそうにない。「ぐずぐずしている」という言葉だって忍耐の限界に近かった。

「これが、ひどいルール違反だってわかってるのか？」

リサはただ、青い目を見開いて僕を見つめただけだった。

「私は、あなたの母親よ。母親にルール違反なんてものはないわ」

何が恐ろしいって、リサが本気でそれを信じていることだ。いや本当に恐ろしいのは、リサが住む世界ではどうやら誰もがそれを信じているらしいことだった。

「母親が、ってことじゃない。医者の側のルール違反だって言ってるんだ」

今回ばかりは、僕はリサ相手に自分の怒りを隠そうともしなかった。

「いいか、リサ。適切な時が来れば、僕は手術を受ける」

「適切なのは、今よ」

「へえ、今?」

僕は部屋を見回す。全員が注意深く、僕らにまったく気付かないふりをしていた。

「そうか。じゃあジェスチャーゲームの代わりにお医者さんごっこをやろうか?」

「真面目になって」

リサの表情も、声も、冗談を許すものではなかった。

「心房細動《AーFIB》を併発する僧帽弁逆流症《クロニックMR》はとても深刻なの。あなたが子供だった頃より、今ではさらに深刻な症状だと見なされているのよ。心房細動《AーFIB》のある患者のうち三十パーセントがそれに伴う脳梗塞《CVA》を発症しているの」

リサが略語を並べ立てるとは。余程怯えているに違いなかった。しかも、よく調べている。

僕は胸を打たれた。本当に、絞め殺せるものならそうしてやりたい。

「つまり七十パーセントは無事だってことだろ」

「そんな賭けは許さないわ。そんな権利、あなたにはない」

「僕に、権利がないって？」

リサは憤然と言い返した。

「ありませんとも。ガイはこのことを――？」

「そこまでだ」僕は立ち上がった。「リサ、この話をするつもりはない。誰ともだ。ガイと僕との間のことにも、人に口出しされる筋合いはない」

僕はキッチンの方を向いた。ナタリーとローレンが唖然と僕を見ていた。

「私、何も言ってないわ！」

僕の表情に何を見たのか、ナタリーがそう反論する。その真偽はさておき、僕の私生活の中身が当然のように話題にされている――リサはそうしている――その図々しさ……僕の弁護士も、主治医までも、おまけに恋人さえも――そろって……！

考えどころか、言葉すらままならない。

「ディナー、ごちそうさま」と僕は言った。「だが僕個人への干渉はありがたくないね。とても礼儀正しくふるまえる気分じゃないから、失礼するよ」

「アドリアン！」

リサは、深く傷ついた顔をした。

「おやすみ」

そう告げ、出ていく僕へ、ドーテン家の面々がそれぞれぎこちない挨拶を呟いていた。


パサデナまでの道中はほとんど覚えていないが、書店の裏に車を停めようとして、僕はガイの車が道に停まっているのを見た。一瞬、このまま走り去ってしまおうかと思った。

だが、結局エンジンを切り、車から下りて店の鍵を開け、僕は二階へ向かった。

ガイは、キッチンのテーブルの前に座ってビールを飲んでいた。肩に広がった銀の髪が、頭上の照明に光っている。黒いTシャツには交差した骨とドクロの海賊旗マークが大きく描かれていた。僕を見た彼の目の緑が、ひどく鮮やかだった。

「話をできるか？」

僕はうなずいた。向かいの椅子に座る。疲れ切っていた。怒りは体力を奪うし、あまり慣れない感情だ。

「ピーターのことを、君に説明したい」

ピーター・ヴェルレーンの仮釈放審理の場で、ガイが強くヴェルレーンを擁護する証言をしていたことを、僕は数本の電話で聞き出していたが、言うのも面倒なので黙っていた。ガイが、己にとって正しいと信じることをしただけなのはわかっている。事前に僕に話したり、意見を聞いたところで、ガイは同じことをしただろう。

僕は言った。

「大体のところは、わかっている。まだヴェルレーンへの気持ちがあるんだろ」

「たしかに、そうだ。だが君への気持ちを変えるようなものではない。私は君を愛している。君と一緒になりたいんだ。本当のパートナーにね」

僕はうなずいた。「ピーターのことは？」

「彼は友人だ。今、彼は助けを必要としている。だがもし君が、ピーターと自分とどちらかを選べというなら、君を選ぶよ」

「選んでくれと言うつもりはない」

「なら、どうしてほしい？」

僕は首を振った。ガイが銀の眉をしかめる。

「君が何を考えているのか、よくわからないよ」

「僕自身にもわからないんだ」僕は認めた。「ただ、とても、誰かと身を固めるようなことはできる気がしない」

ガイは、その言葉に考えこんだ。「今は？　それとも、未来永劫？」

「……わからない」

「そうか」

ガイの視線を感じる。僕はオーブンのつまみを見つめながら、どうして左側のつまみはいつもスムーズに回らないのだろうと考えこんでいた。

「また元通りの関係を続けていくことはできるわけだな」

僕は溜息をついた。「ああ。そう思うよ」

「情熱的な答えで嬉しいよ」

「ごめん、ガイ、僕はただ――」

「それが君の問題だ、アドリアン。君は人との間にいつも壁を作る。それが、何と言ったか、あの大学時代からの恋人――メル？――のせいなのか、あのリオーダンの野郎のせいなのか、私にはわからないが」

「やめてくれるか？」

僕は反射的に言い返した。

ガイは僕を、一瞬見つめた。それから淡々と続ける。

「それとも、君は昔からそうだったのかもな。とにかく、君は他人との間を、わずかな溝で隔てている。そこを渡る橋はない。この二年間、私はずっと探してきたんだからな」

「へえ？」

また――己の理性や良識に反して――僕の腹の底から怒りがこみ上げてきていた。

「でもつき合いはじめてからの九ヵ月、いろんな相手と寝てたのはそっちだよね？　一つには己の主義として、ひとつには――」僕は彼の言葉をくり返す。「〝特定の相手だけとのセックスは、成熟した健全な男性にとって現実的な枠組みとは言えない〟から」

「私は、もし君が望むなら君のパートナーになる決意があると言った筈だ。だが、君は望んではいない、だろう？」

「そっちのペースではね」

僕はごくりと唾を飲んで、たずねた。

「ひとつ聞かせてくれ。ピーターと寝たのか？」

ガイの表情が消えた。僕は呟く。

「成程？」

「あれは、君とのこととは無関係だ」

「そうかな」

「そうだとも。あれはただ、いたわりと親愛の行為にすぎない。ピーターはすべてを、そして皆を、失ったんだ」

「僕は昨夜、ジェイク・リオーダンとセックスしたよ。それも僕らのこととは無関係だと思うか？」

ガイが僕を凝視した。しばらくして、やっと言葉を返す。

「君は、どう思う？」

「僕からすると、関係ある気がするね」

「はっきりわかったら、電話してくれ」

それがガイの返事だった。

20

「でも、もうあのケータリング業者が逮捕されたんでしょ？」

アリーはそう僕に告げ、プールサイドのラウンジチェアから頭を上げた。今日の彼女は喪服だ——黒いワンピーススタイプの水着に、大きなジャッキー・オーのサングラス。

「人違いだったんでしょ。彼女が殺そうとしたのはポールだった。間違えるなんて、残念ね」

そこには賛同せざるを得ない。まあアリーの方も、悲嘆のあまり弔いの炎に身を投じそうには見えないが。

「ええ、そうらしいですね」僕は答えた。「僕は一つ二つ、あなたに聞きたいことがあるだけです」

アリーは、青いクッションにまた頭を預けた。頭上の雲が、巨大なサングラスの表面に映っている。

「あなた、この間も同じことを言ったわ」

「ポーターは死ぬ前、本を書いてませんでしたか？」

「本ですって？」

彼女の言い方からすると、死んだ夫が何かの前衛芸術に走っていたのを僕にとがめられたかのようだった。

「回想録とか、そういうのです。自伝というか」

アリーが肘をついて身を起こし、サングラスを外した。

「ああ、そう言えば」ゆっくりと言う。「あの人、また書きはじめてたわね」

「その原稿はどうなったんです？　残された書類の中にありませんでしたか？」

彼女の眉がぐっと寄った。

「いいえ。私、あの人の書類は全部見たもの」

それは疑っていない。

「ポーターがその原稿を書き上げてたかどうか、知ってますか？」

アリーが首を振る。

「彼が出版社や編集者と話を進めていたかどうか、あるいは共著者がいるかどうか、わかりますか？　文芸エージェントとか？」

「わからないわよ」アリーは少しばかりすねたように答えた。「多分、誰かには見せたんでしょうけど。ほら、いつも人に読んでほしがってたから」

「とにかく、回想録をまた書きはじめていたのはたしかなんですね？」

サングラスをまたかけて、彼女はラウンジチェアに平たく寝そべった。

「だと思うわ。きっと、書き上げるつもりはあったんでしょうよ。自分の……エンディングが来るより前にね」

まるで映画のエンドロールの話でもするような、軽い調子の言い方だった。

「でも、本当に書き上げたかどうかは知らないけどね。だって、ねえ、誰がそんなもの読みたがるわけ？」

「ポーターから、シー・ジプシー号で起きた事故について聞いたことはありますか？」

「シー、何ですって？」

面倒そうにアリーが呟く。

「シー・ジプシー号。ポーターの友人、ラングレー・ホーソーンが所有していた船の名前です。ある夜、ラングレーはその船から落ちて溺死した。ポーターは話してませんでしたか？」

彼女は大きなあくびを噛み殺そうとした。

「私、ポーターがべらべらしゃべり出したら、全部聞き流してたもの。考えるだけでもくたびれちゃうじゃない？」

あくまで忠実に、僕はマーラやアリーへの訪問の前に、ジェイクに電話連絡を入れていた。毎回留守電で、メッセージを残したが、ジェイクからの反応はなかった。実のところ、水曜の夜に彼にさよならを言い、出ていった後のドアに鍵をかけたのを最後に、ジェイクとは話していなかった。

別に、この沈黙は意外ではないが。ＬＡ市警がニナ・ホーソーンの逮捕に踏み切った今、リオーダン主任警部補はマスコミ対応でお忙しいだろうし、ニナの弁護士は「有名人への不当なハラスメント」から「警察による権力濫用」まであらゆる申し立てをしていた。

僕のふわふわした仮説を彼の固い頭にぶつけて反応を見てみたくはあったが、それを期待するのは身勝手すぎるだろう。僕が、彼との友情すら拒むことにジェイクの自尊心はいたく傷ついていたし、まあそれは彼らしい。

もし僕らがプラトニックな友人関係を築けるというのなら、僕もあの申し出を受け入れたかもしれない。だが、ジェイクはその境界線を尊重しないだろうし——。

いや、誰を誤魔化している？　ジェイクがプラトニックな友情を保てるかどうかなど、僕は知らないし、どうでもいい。そうではなく、肝心の点は、僕がジェイクとのプラトニックな友情など保てないということだ。そんなのは、あまりにも苦しい。

もしかしたら、ジェイクがケイト・キーガンとの〝本物の結婚〟を保つために力を尽くしているると信じられたなら、僕も彼との清き友情を保てたかもしれない。だが実際にはジェイクは昔のＳＭ趣味に舞い戻った上にポール・ケインとも頻繁に会っており、その矛盾した態度を知った今では無理だった。

しかも僕の仮説が今、どんな方向に向かっているのかジェイクが悟ったら、僕への評価は地に落ちて砕けるだろう。どうもジェイク本人は、どれほど僕が苛立たしい存在だったか、過去をきれいに忘れているようだ。

ともあれ、またアル・ジャニュアリーを訪問することを伝えようと、僕がジェイクに電話すると、どういうめぐりあわせか、当人が電話口に出た。

『やあ』

ごくさりげない挨拶だった。

「やあ」

僕もそう返す。まさに当意即妙《とういそくみょう》。

『お前に電話するつもりだった』

「いいんだ」と僕は応じる。「そっちはもう容疑者を逮捕したろ。僕はただ、いくつか気になることがあるだけで」

『その話でじゃない。この間の夜のことで――』

「話すようなことは何もないよ、ジェイク」

少しばかりむっつりと、ジェイクが言った。

『いいから、とにかく俺の話を聞いてくれるか？』

同じくらいそっけなく、僕は言った。

「どうぞ」

だが短い沈黙の後、彼は言った。

『また別の時にな。それで、用は何だ？』

「何も。ただ……指示に従っているだけだよ。これから、アル・ジャニュアリーに会いに行ってくる」

『何故だ？』

「言ったろ、いくつか気になることがあるって」

『どんなことだ』

「どうやら、ポーター・ジョーンズは回想録を書いてたらしいんだよ」

空っぽの静寂の中、何かがきしむ音が聞こえる気がした。ジェイクがゆっくりと言う。

『ジョーンズではなく、狙われたのが本当はポールだと言い出したのはお前だぞ。お前の仮説だ』

「僕がいつも正しいってわけじゃないさ」

『たしかにな、そいつは間違いない』怒ってはいたが、まだそれを抑えていた。『ポーター・ジョーンズが暴露本を書いていたから、誰かが彼に毒を盛ったと？　それがお前の最新の仮説か？』

まさに死を呼ぶ本、というわけだ。

「たしかめておく価値はあるとは思わないか？」

『いや、思わん』

「ニナがどうやってポーターのグラスに毒を入れたか、その謎は解けたのか？」

返事はなかった。

「まあ、ジャニュアリーに会えば何かその点についても手がかりがあるかも。あのバーカウンターに、僕と並んで立っていたわけだから」

やはり返事がない。

ふと僕の中に浮かんできたのは、あまり嬉しい考えではなかった。もしかしたら——ジェイクの彼への好意は、僕が思いこもうとしてきたより、深いものなのかもしれない。

自分でも驚いたことに、僕の口を言葉がついて出ていた。

「なあ。もしお前が……行くなと言うなら……もう、やめておくよ」

『俺は——』

ジェイクは言葉を切った。あるいは激しい鼓動の音にかき消されて、その先の言葉が僕の耳に届かなかっただけかもしれない。まるで、二人で絶壁のふちに立っているかのような気がした――そして僕は、二年前の事件や、騒動に満ちた休暇の日々、ジェイクがくり返し僕を守ってくれたことを思い出していた。幾度も、幾度も。ぎりぎりのところで。あの頃、僕はジェイクを命綱としてたよりにしていたし、今もまたこうしてよりかかっている。その恩を、僕はできる限り返すつもりだった――彼が、必要としてくれるなら。

『ジャニュアリーとの話が終わったら、また電話しろ』

唐突にジェイクがそう言い、電話は切れた。

「君から電話をもらって、少し驚いたよ」

アル・ジャニュアリーがそう言って、僕に瓶入りのノニジュースを手渡した。

僕はそのボトルをテーブルに置いた。ひどく暑い日で、風もなく、空気が重い。蜂の羽音すら暑苦しく物憂げだった。光る丘の斜面で野草が鳴らす葉音も乾いている。

「この間の電話の時、あなたはニナに人を殺せる筈はないとはっきり言ってましたよね」

「そうは言っていない」

アルはゆっくりと、この間の会話を思い出しながら答えた。

「私は、ニナが父親を船からつき落とすなどありえない、と言った筈だ」

「でも、ニナがポール・ケインを殺そうとするかもしれない、とは思うんですか？」

二匹のシャーペイの片方がさっと立ち上がり、警戒の目で丘の谷間を見つめた。アルがおだやかに呼ぶと、犬は彼の足元に戻ってきて、ハアハアと息をしながら座りこんだ。アルが言う。

「ニナは……かつての彼女なら、そういうことをしたかもしれないと思う。だが、ポールを狙うために、彼女がこれだけ長い年月待っていたとはとても信じられないことだ。あの二人は──たしかに親密とは言えないが、この何年も、平和な間柄だったよ」

「ポール・ケインは、パーティに彼女のケータリング会社をよく使っていたんですか？」

「そこまでは知らないな」彼は考えこんで眉を寄せた。「多分、一度か二度は。ニナの会社は評判がとても高いし、いい仕事をする。私も何度か使ったことがあるよ──まだ、パーティを開いていた頃にはね」

その言葉には、またかすかな苦さがまとわりついていた。

「となると、ニナの逮捕には驚いたでしょう？」

問いかけに、アルは溜息をついた。

「イエス、そしてノー、だ。いかにもニナのやりそうなことだとも思う。今の彼女が、とは言いきれないが、昔の彼女ならやりかねなかっただろう。ニナは、ポールのことを心底憎んでいたからな。もしかしたら、今もまだ」

ニナについては、大体わかった。僕は切り出す。

「ポールが作ったカクテルですが。ヘンリー・スカルファーカー。あれは珍しいものですか？」

「あのスカルファッ、、、カーか？　いいや、ポールはパーティとなるとあれを作るんだ――特に、パイレーツ・ギャンビット号でのパーティでね。カクテルの姿をしている頭痛だよ、あれは。ジン、グレナディン・シロップ、シードル、ピムズカップ、スミノフ……しかもあれを、陽光降りそそぐ船の甲板で飲むんだからな」

アルはぶるっと身を震わせてみせた。

問いの答えはもうわかっていたが、はっきりと聞きたかった。

「あのカクテルはグラスに作るんですか、それとも？」

「ピッチャーに作る。ポールはいつも、アンティークの銀のパンチボウルで混ぜるんだ」

僕はあのパーティでパンチボウルを見た記憶はなかったが、あの日、バーカウンターの向こうに立ったのがポール・ケインだけだったという確信はあった。

「それは不思議ですね」僕は言った。「それなのに、ポーターの飲んだカクテルだけに毒が入っていたと言うのは」

「そうだな、パンチボウルに毒は入ってなかった、ポーターのグラスだけだ」

アルがうなずく。

「そのカクテルは皆が飲むんですか？」

「一杯だけなら。言ったように、あれは液状の頭痛だからね。ポーターはよく飲んでた。あいつは何でも飲んだ。ポールの方もあれが大好きで、いくらでも飲めるだろうよ」

「あのパーティの時、僕はバーカウンターの前に立ってました。ポーターにカクテルのグラスを手渡したのも僕です。いくら考えても、どうやってニナがあのグラスに毒を入れられたのかまるでわからない。彼女は、あの会場にすらいなかったんですよ」

アル・ジャニュアリーが僕と目を合わせた。

「その謎解きは警察の役目だ、だろう？　見当がついてなければニナを逮捕する筈がない」

事件に何度か関わるまでは、僕にもそんなふうに考えていた頃があった。

「あの日、何か見ませんでしたか？」

彼は、太ももに頭をのせている犬を半ば無意識になでていた。

「もし見ていたら、警察に言っているよ」

ちらりと、僕の手つかずのノニジュースのボトルを見る。

「氷を出そうか？」

「いえ、もう行かないと」そう答えた。「そう言えば、ポーターがまた回想録を書きはじめていたのはご存知でしたか？」

アルをじっと観察していたので、犬の大きな頭をなでる手がとまったのに気付いた。彼が僕を見る。ゆっくりと、答えた。

「ああ」

僕は何も言わず、彼も何も言わなかった。それからやっと、彼がたずねる。

「何故だね？」

「その原稿がどこに行ったのか、気になって」

「どういう意味だい？」

「アリーによれば、ポーターの残した書類の中に原稿はなかったそうです。どこにもなかったと」

「マーラなら——」

「マーラも、知りませんでした。彼女はポーターが回想録をまた書き出していたのはたしかだと言っていましたが、ポーターの死後、原稿がどうなったのかはわからないと」

「もしかしたら、ポーターは興味をなくしたのかもな」アルがそう呟く。「眠る犬は、眠ったままにしておこうと思ったのかもしれない」

「もしかしたら、そうかもしれないですね」

僕も同意した。

アル・ジャニュアリーの丘の邸宅を出て、僕はジェイクに電話をかけたが、留守電が応じても驚きはしなかった。

その夕方、乗馬クラブで、囲いの中で馬を走らせるエマを眺めている間に、ジェイクから電話がかかってきたが、僕は出なかった。必要なことはもう伝わっている。僕はまだ生きていて、まだ皆をわずらわせていると。

僕にあるのは、一連の仮説と、勘だけだ。勘が根拠なんて、ジェイクに向かって言えるわけがない。もっと客観的な証拠が必要だが、そんなものがどうすれば手に入るのか見当もつかなかった。確たる証拠なしにジェイクに知らせたところで、否定されるだけだ——しかも彼を責められまい。

乗馬レッスンが終わるとエマをつれて駐車場へ歩きながら、僕の考えは何百マイルも遠くにあったが、その時エマが不意に、ひどく静かにたずねた。

「アドリアン、手術するの？」

なんだ、ドーテン家の食卓は近ごろその話題で持ちきりなのか？

「多分ね」

彼女は、僕の手の中に指をすべりこませて、手を握ってくれた。

エマを送ってから店に戻ると、クローク&ダガー書店の横の路地に二台の警察車両が停まっていた。

一台なら、色々な可能性が考えられる。だが二台となると……別に、こっちに後ろめたいことなどないとは言え。

僕は覆面車両の横に自分の車を停め、両手をよく見える位置に保ちながら、車を下りた。二台の警察車両なんてどう考えてもいい予兆ではないが、問題は、どのくらい悪い知らせなのかだ。手が汗ばんでいたが、僕はジーンズで手のひらを拭きたい衝動をこらえた。

白黒のパトロールカーのドアが開き、二人の警官が出てきた。ホルスターのボタンが外されている。書店の裏口が開いて、アロンゾが扉枠の中に立った。その顔には感じの悪い、大きな笑みがあった。

「ミスター・イングリッシュ！　今日の午後はどちらに？」

制服姿の警官が、僕の両側をはさんで立つ。

僕は用心深く答えた。

「午後の、どの時間だ？　ここ何時間かはグリフィス・パークのパドック乗馬クラブにいたけど」

「ほう、証明できるでしょうな？」

アロンゾは僕の方へ歩き出しながら、そう問いつめた。手錠を取り出す。

「その前にはどちらに？」

「一体、どういうことなんだ？」

僕は問い返す。多分、思わず一歩下がっていた。

片方の警官が僕をつかみ、車の横にドンと押さえつけた。足を大きく蹴り開かれ、腕を背中へねじり上げられる。また別の誰かが容赦のない手つきで、叩くように僕の身体検査をした。

アロンゾが楽しそうに宣言した。

「アドリアン・イングリッシュ。アル・ジャニュアリー殺人未遂容疑で、お前を逮捕する」

21

地面が大きく傾いたようで、僕は額を車の熱っぽい屋根にのせ、長く、ゆっくりと呼吸した。とにかく何だろうと、このアロンゾの足元に倒れて気絶するのだけは御免だった。

殺人未遂。まさか、これは不意打ちだった。完全に。

めまいは数秒で薄らぎ、僕は何とか自分を取り戻した。首を回して、背後のアロンゾの顔を見ようとする。うまくいかなかったが。

「アルは、生きてるんだな?」

僕はそう絞り出した。

「その通りだ」背後のアロンゾが言った。「がっかりか?」

彼は、僕の両手首に手錠をはめた。冷たい金属の輪を——それも、予想外にきつく。それから僕を車から引きはがした。

僕はかすれ声で聞いた。

「僕が殺そうとしたと、アルがそう言ったのか?」

わけがわからない。まるで、誰かにガツンと殴られたように頭がくらくらした。

「ジャニュアリーは何も言ってない」アロンゾが応じる。「昏睡状態だ。ハウスキーパーが——」

路地を走ってきた銀のセダンがすぐそばに停まるのを見て、アロンゾが言葉を切った。運転席にジェイクの姿を見て、僕の心に——おかしな話だが——安堵感がこみ上げた。どう考えても、僕の逮捕を許可したのはジェイクだというのに……。

「リオーダンがここに?」

制服警官の片方が不安げに言った。アロンゾが「くそっ」と呟く。

ジェイクは車のエンジンを切りもしなかった。ドアをバンと開き、車から降り立つ、その顔には憤怒があらわだった。言い放つ。

「一体これはどういうことだ？　アロンゾ刑事、俺は手を出すなと言った筈だ――」

アロンゾがさえぎる。

「俺には自分の担当事件のあらゆる可能性を追及する権利が――」

そこでジェイクが怒鳴った。

「ふざけるな、言い訳はよせ、俺は手を引けと命令したんだぞ！　このイングリッシュがアル・ジャニュアリーに会いに行く前後、俺と話したと、お前に言ったな？　俺は彼と三時に話している。俺がアリバイ証人だ」

ジェイクの目が――険しく、揺るぎなく――僕の目をほんの刹那だけ見た。ぐいと、制服警官の片方へ顎をしゃくる。

「手錠を外してやれ」

「あんた、何様のつもりなんだ？」アロンゾはすっかり叫んでいた。「これは俺の事件だ！　それをあんたがいちいち邪魔をして、金持ちでホモのお友達を守ろうと――」

ジェイクが突進した。僕の背後で揉み合う音がして、警官たちが僕を離すとアロンゾとジェイクの間に割って入ろうとした。

「警部補、警部補！」

警官の一人がそう、息の上がった声でとめている。

ジェイクはアロンゾを建物の壁際に追いつめ、力強い手でその襟首をねじり上げて、アロンゾを壁に縫いとめていた。アロンゾは逃れようともがきながら、ジェイクに殴りかかるように拳を振り上げていたが、警官の一人がその手にしがみついている。もう一人の警官は二人の間に肩をねじこみながら、互いに迫ろうとする男たちにはさまれて必死に足を踏ん張っていた。

ふっと、ジェイクが後ろに下がり、肩を揺らして、まるでターミネーターの初期モデルのように首をゴキッと左右に曲げた。

アロンゾは毒づき、ほとんど怒りの叫びを上げていた。彼が何を言っているのか僕には聞きとれなかった。

そのすぐ鼻先に、ジェイクが指をつきつける。

「俺に文句があるか？　なら上に報告するんだな、くそったれ」

「しないと思ってんのか？　不満があるのが俺だけだとでも？　あんたがどこかおかしいって、気付いているのが俺一人だけだとでも思ってんのか？」

「アロンゾ、落ちつけ、ほら」

警官がいさめる。

ジェイクは、もう聞く価値もないかのようにアロンゾへ背を向けた。僕に向けてうなずく。

「彼の手錠を外せ」

命じられた制服警官が、すぐさま従った。

数秒後、手錠は外れ、僕が手首をさする間、アロンゾが警官の手を振り払って僕の横を抜けていった。車に乗りこみ、ドアを叩きつけて閉め、やかましくバックすると、タイヤをきしませながら路地を走り去っていった。

二人の警官たちは、気まずそうにたたずんでいる。

「平気か?」

ジェイクが僕に、ぶっきらぼうにたずねた。

僕はうなずく。

ジェイクの目つきから、真意がはっきりと伝わってきたので、僕はその場に背を向けて店の中へ入った。

閉めたドアに、よりかかる。心臓が、車にはねられかかったウサギのように胸の内で飛び跳ねている。僕は幾度か、長くゆっくりと、呼吸をくり返した。

カウンターの上の電話がけたたましく鳴り出し、僕はドアを押しやって歩き出すと、電話を取った。

『アドリアン?』ナタリーだ。『何ともない? 警察に店から追い出されたのよ! 一体どうなってるの?』

「よくわからない。でももう問題ない。後でまた電話する」

彼女の文句に耳を貸さず、僕は電話を切った。店からは路地が見えないので、フラットへ上がって、二階の窓から見下ろす。ジェイクがまだ道に立って、警官たちと話をしていた。車のエンジンも切った後で、何もかもおだやかに見えた。警官の一人は笑っていて、どうやら事態は収束したらしい。

アドレナリンが一気に引いていって、吐き気と震えがこみ上げた。僕はソファに座ると、両手に顔をうずめた。一階に下りて店の戸締まりをしないとならないのだが、この瞬間、何もかもどうでもよかった。そこまで本がほしいのなら、誰だろうと好きに持っていけばいい。それどころか、レジの金までお好きにどうぞという気分だった。

どうにか、考えようとした。アル・ジャニュアリーが襲われたのだ。昏睡状態だという。必ずしもそれがポーターの死につながるとも、僕が放って回った質問に関係あるとも限らないが、あまりにもタイミングが良すぎた。

ガイの言葉を借りるなら、この世に偶然というものはない。

その点は、アロンゾ刑事も賛同することだろう、だから彼は僕の手に金属のブレスレットをはめたがっているのだ。アロンゾの主張はわからないでもない。科学者のグレース・マレー・ホッパーの言葉がよぎる――一度何かを起こせば、まぐれと呼ばれる。二度なら偶然。三度行われれば、それは摂理の証明。

僕が殺人捜査に巻きこまれるのは四度目だ。一般市民の平均値はとうに越えている。

随分と長い時間経った気がしてから、僕の背後で扉が開いた。ジェイクの声がする。

「お前のかわりに店は閉めてきた。大丈夫か？」

僕はちらっと視線を走らせる。

「元気だ。溌剌《はつらつ》としたもんだよ。一体、何だったんだ？」

ジェイクはネクタイを外し、シャツの襟元のボタンを外した。僕と同じくらい疲れきって見えた。

「アル・ジャニュアリーの昔の男が家に寄って、意識不明のジャニュアリーを見つけたんだ。頭をプレ＝コロンビア美術の石の彫刻で殴られていた。ハウスキーパーの証言によれば、二時四十五分に彼女が帰る時にはお前はまだ家にいて、それに基づくとジャニュアリーが襲われる前に最後に一緒にいた人物はお前だということになる」

「事実、そうかもしれない。僕は三時直前にあの家を出た。それから、お前に電話をしただがジェイクと会話はしていない。僕が録音メッセージを残しただけだ――そしてもし本当に僕のアリバイが精査されるようなことになれば、たちまちにジェイクの嘘も暴かれる。

「鑑識によれば、ジャニュアリーはおそらく五時前後に襲われたと見られる。第一発見者が訪れる寸前のことだ。実際、その男の訪問で犯人が逃げ出した可能性もある。その時間、お前は子供をつれて乗馬レッスンに行っていた、だろ？」

僕はうなずいた。

「裏付ける証人の数も充分だ。それにジャニュアリーが生きのびて意識が戻るかもしれない」

「彼に護衛をつけてくれたんだろ？」

ジェイクは真顔を保ったが、おもしろがっているのがわかった。陰気に、ではあったが、それでも愉快そうだった。まあいい、たしかに僕はミステリの読みすぎかもしれないが、ジャニュアリーの襲撃者は無慈悲であり、かつ大胆さを増している。

「どうして、アロンゾは僕を目の敵にしてるんだ？　もう事件の容疑者はつかまえたんだろ」

ジェイクが、僕の向かいに腰を下ろした。

「ニナ・ホーソーンの起訴は無理だ。彼女の弁護士が証人を出してきた。ケータリング会社の従業員の女性で、あのパーティの設営を確認しに家に行った時、ニナ・ホーソーンはバーカウンターに近寄りもしなかったと誓っている。ずっと一緒にいたと、法廷でも証言する気満々だ。地方検事は信憑性のある証言だと考えている。いや俺だって、あの証言は買う。信頼できる証人だ」

「僕がアルを襲う動機は？　ついでに言えば、ポーター殺しの方もだけど」

ジェイクは首を振った。

「お前がどうというより、狙いは俺だろう。アロンゾとはいくらか因縁があってな。あいつは、俺がお前に手出しされたくないのを知ってる――それだけで、お前があいつの……興味を引くのに、充分だ」

「素晴らしいね」

僕の口調に、ジェイクの口元がピクッと揺れた。

「心配するな。お前に手出しはさせない」

「ありがとう、僕のヒーロー」

僕はむっつりと言った。彼が奇妙な目を僕に向ける。

僕の考えは別の方向へと向かっていた。呟く。

「アルの家には、大きな番犬が、二匹いたよ」

「犬は家の外にいた。ジャニュアリーの襲撃者が犬を外に出したか――犬が慣れた相手かもな、それかジャニュアリー自身が出しておいたかだ。すべての状況が、犯人がジャニュアリーと親しい、少なくとも警戒するような相手ではなかったことを示している。そして、二杯のドリンクを注いでいる間に、彼は犯人に背後から殴られた。二発」

「助かりそう？」

「まだわからない」

僕はうなずき、両手を見下ろした。僕はアル・ジャニュアリーが好きだった。そしてもし、僕の推測が正しければ、僕こそが、彼をこんな目に遭わせた元凶なのだ。知らずしてではあるが、それが免罪符になるだろうか？　もし僕が嗅ぎ回らなければ――もし事件の先が見えてきた時に、僕が手を引いていれば――。

大体、何故だ？　何のために僕はこんなことを？　ニナ・ホーソーンの逮捕で事件がひとまず片づいた後、さらなる調査を誰にたのまれたわけでもなければ、誰からも望まれてすらいない。僕は自らアロンゾの視野に入り、標的になり、もしかしたらアル・ジャニュアリーに死をもたらしたのだ。しかもそこまでしてもなお、ポーター・ジョーンズを殺した真犯人を示す証拠はつかめていない。どうやってつかめばいいかも、わからない。

ジェイクが皮肉っぽく言った。

「今になって、やめればよかったと後悔してるなんて言うなよ、ミスター・ホームズ？」

「僕が後悔と無縁だとでも思っているのか？」

「いつも、いらないところに首をつっこむ男だとは思ってるよ」

ジェイクは少し物憂げに応じる。

僕は、彼の鋭い視線から目をそらした。

「畜生」

ジェイクが呟く。驚いたことに、彼は椅子から立ち上がるとソファへ歩みより、僕の隣に腰を下ろして、肩に腕を回してきた。僕を引き寄せ——そしてもっと驚いたことに、僕も逆らわず彼によりかかった。

「お前のせいじゃない」ジェイクが囁く。「犯罪の責任を負うのはただ一人、手を下した人間だけだ。だから、何も背負いこむな」

僕は少しの間目をとじ、その言葉が真実であるよう祈った。そしてそれ以上に、ジェイクの腕の中にいられるこの瞬間に甘えていた。予想外の、複雑に入り混じった優しさと力強さ。ジ

エイクなら複雑な問題をかかえた子供すらいい大人に導いていけるだろう。アフターシェーブローションの匂い、アロンゾと争った名残りの、かすかにとがった汗の匂い。耳を寄せ、彼のおだやかな鼓動を聞いていた。

ジェイクが続ける。

「本気で思ってなけりゃ俺がこんなことを言わないのは、お前だってよくわかってるだろう。俺はな、素人の探偵ごっこには厳しいんだ——誰だろうとな」

「知ってる」僕はうなずいた。「でも、ならどうして、ポール・ケインの今回の提案に乗ったんだ？　お前なら、自己中心的で虚飾まみれのハリウッドタイプから真実を引き出すくらいのことに、ちょっと目端の利く素人の助けなんか必要ない筈だ」

僕が身を起こすと、ジェイクは気の進まない様子で僕から手を離した。

「どうしてかって、わかるだろ」

ジェイクはそう、僕と視線を合わせ、それからふっと目をそらした。唇が自嘲のようなものに歪んだ。

「お前について一つたしかなことは、決めたが最後、絶対にあきらめないってことだ」

ジェイクが言おうとしている——らしき——言葉が、真実であってほしいと願ってしまうのは、不吉なしるしだ。僕は勘ぐるようにたずねた。

「まさか、僕と一緒に捜査したかったからって、そんなわけないだろ」

「そういう言い方でいいのかどうかはわからんな」ジェイクは認める。「お前に物事を動かす力があるのはたしかだが。だが——ああそうだ、俺は、お前と会う口実がほしかった。お前と話す理由がな。俺たちがまた友人になれないか、たしかめずにはいられなかった。猫にマタタビのように、お前が殺人ミステリにとびつくのはわかってたしな」

僕は、のろのろと言った。

「でも、お前の思いつきじゃないんだろ？」

「ああ」

「言い出したのは、ポール・ケインだ」

ジェイクがそっと言った。「前に言ったことがあるか？　お前は、しゃべりすぎる」

そして彼は身を傾け、僕に唇をかぶせて、巧みな、心に入りこんでくるようなキスをする。唇のぬくもり、滑稽な、歯がカチッとぶつかる音、そして突然の飢えにキスが深まっていく。ジェイクの舌が淫靡な動きで僕の口腔へすべりこみ、僕は求めながら口を開き——彼の上腕を握りしめ、指をくいこませ、ただうかされたようにキスを返した。

奇妙なことに、脳裏にはジェイクとの初めてのキスの記憶があふれ出す。初めて、ジェイクが男とした、本当のキス。

あの時——深くゆるやかに、何かを探すように……ジェイクが僕の後頭部を手で包み、僕を引き寄せ、味わっていた。僕もジェイクを味わいながら、おだやかに呼吸を分かち合い、静かな吐息で互いの胸を満たして……。

だが違う、ジェイクが初めてキスをした男が、僕であるわけがない。そんなことがどうしてあり得る？　ジェイクは僕と出会う二年も前からケインとつき合っていたのだ。そう考えると——いやとにかく気の散る考えだ。あの初めてのキスがあれほど特別に感じられたのは、ジェイクにとって大きな意味を持つキスだと、僕が勝手に思いこんでいたからだ。ジェイクが僕を信じ、大切なものを分かち合ってくれたかのように、勘違いしてしまった。だがそんなものなどない。大切なのはこの思い出だけだ。それも間違った理由で。

僕はキスをほどき、ジェイクを押しのけて、ソファから立ち上がった。どれも荒々しい動きだった。

「お前のことが、もう何もわからないよ」ジェイクへ言い放つ。「僕とまた会いたかったなんてことも信じられない——お前はこの五年間、ポール・ケインとずっとつき合ってたんだろ？結婚してるってことを置いといても、それだ」

ジェイクが黄褐色の目を細めて、僕を見つめた。

「俺が、何だって？」

「お前とポール・ケイン。彼は、お前と自分が五年前から恋人同士だと言ってたよ」

「恋人？」

ぞっとしたように、ジェイクはその言葉を吐き捨てた。

その反応はあまりに純粋で、疑う余地もなく思えた。恋人、という概念に対するジェイクの嫌悪感は実に夢のないものだが、僕の中に安堵感がはじけて広がった。すべてが嘘や、僕の一方的な思いこみなどではなかったのだ。

だがその時、ジェイクの表情が変わって、僕は気付く。まただ――また僕は、どんな愚か者でもだまされないような嘘を、自分に信じこませようとしている。

ジェイクも、立ち上がった。僕を見る目つきはまるで、僕こそが危険で、謎に満ちているかのようだった。

「俺はたしかに、ポールを五年前から知っている。それは間違いない。お前と一緒だった間も、しばらくはあいつと会っていた」

「空耳かな」僕はそう返した。「お前と〝一緒だった〟覚えは、僕にはないんだけど？」

「あれを、笑いごとにはしないでくれ」

ジェイクがひどく静かに言った。

その表情が、僕の嘲笑をかき消す。彼のそんな顔を見るためなら何だろうと犠牲にできた、そんな時もあった。

ジェイクがやはり静かに、揺るぎなく、続けた。

「ポールに対して何の気持ちもないとは言わない。だが俺とポールの間にあるものは、わずかも、愛や恋とは呼べないものだ。お前が使うような意味ではな」

恐ろしいことに、僕の目の奥がじんと熱を持つ。

「それって……どんな意味？」

僕はたずねていた。ジェイクが短く返す。

「俺が使うのと、同じ意味だ」

彼に背を向けた。絶対に——決して、ジェイクのために、もう一滴も涙をこぼすつもりなどない。窓辺へ歩みより、通りを見下ろして、人通りが失せ、すっかり薄暗くなって街灯がきらめき出していることにぼんやりと気付く。

ジェイクが背後に歩みよった。体はふれなかったが、僕は全身に彼の熱を、そして彼の——祈りを感じた。

「もしお前とあの頃に戻れるなら、俺はほとんど、すべてを捨ててもいい」とジェイクが囁いた。「どうしてか、お前にもわかるだろう」

わかっている気などしない。「ほとんど」という言葉は、ジェイクが何ひとつ失えないという意味だと、僕もジェイクも、そればかりはよくわかっている。

だが僕は目をとじ、後ろから抱きしめてくるジェイクの腕を振り払わなかった。

22

明かりはつけたままにした。抑えた光が、おだやかな影を落としている。

どこか不思議で、どこかなつかしい。甘くて、苦い。恐ろしくて――そして、そう、安らぐ。それほどお互いをよく知っている。言葉の段階を通りすぎ、手や唇を使った対話に至れば、僕らはよくなじんだ。昔から、そうだ。完璧に互いの体を合わせて、はじめはゆっくりと、優しく体をゆすりながら、心地よさを与え、分かち合う。

ジェイクがうなり、僕をかかえたまま仰向けに転がると、がっしりとした体の上に僕を横たえた。彼に力強く突き上げられると、きつく重なった体の間で僕の勃起が擦れた。快感がうねる――肌を震わせ、熱くがむしゃらに。二人の体が絡み合い、よじれて、腰を回しながら押しつけ合う。

ジェイクの全身は強靭な筋肉に覆われて、わずかの無駄もない。僕は両手をジェイクの肩につき、腰を持ち上げ、彼の動きに応えながら体の内側に深く、彼の灼熱を迎え入れていった。

ジェイクは僕の腰をつかみ、支えながら、うながす。

気持ちがいい。

あまりにも――いい……。

ジェイクが先に達し、声を立て、僕を抱えこみながら腰を激しく突き上げて、僕の胸元に顔をうずめた。その頬は濡れていた。睫毛のすぐ下が。涙か？　その考えに、僕は暗い笑みを浮かべた。きっと汗だろう。次の瞬間、僕も絶頂を迎え、二人の間にべたつく精液をほとばしらせ、汗まみれの体をさらに濡らした。ジェイクの上にぐったりと倒れると、耳元にジェイクの大きな溜息が聞こえた。

目の奥に、チカッと閃光のようなものがきらめき、僕はまた、飛んでいるような感覚に包まれていた。まるで海賊のガレオン船に乗って帆をはためかせ、星々や雲海の中を駆け抜け、輝く海の波頭をかすめて、ピーターパンのアトラクションのように。存在しないネバーランドへとそのまま――。

心臓の、激しすぎる鼓動が耳の中で鳴っている。僕の胸には大きすぎる拍動だったが、もうしてしまったことだ。後悔はなかった。

朦朧としたまま、ジェイクの、獣のような目に微笑みを返す。ジェイクは甘く、溶けるような優しいキスをしてから、僕の体に腕を回し、ごろりと倒して、背中から僕をかかえこんだ。包みこむように。

〝二番目の星を曲がって、ネバーランドへ〟

朝まで、そのまま、まっすぐ……。

僕らはまどろんで、目を覚まし、また二人でもつれ合ったが、それは優しくゆったりとした動きで、僕の胸を締めつける苦さも喉の震えも、こみ上げてくる感情によるものだった。危険なほど幸福に近い何か。だが——違う。満たされ、安らいでいてさえ、僕にはわかっていた。これは嵐の前の静けさにすぎないのだと。

それでも昔に戻ったようなふりをするのはいい気分だった。ジェイクが別の暮らしと妻を持ち、もうじきそこへ帰っていくことも忘れて。僕らの間のこともすべて解決したかのように。共に横たわって、キスをして、なで、初めてふれるかのように互いの体をまさぐり、なめらかな肌を指や手のひらでなぞっていくのは、心地よかった。

僕の脇腹をのんびりとなでていた手が、とまりかかる。ジェイクが半ば憤慨したように言った。

「お前、痩せすぎだぞ。何が問題だ、アドリアン?」

僕はパチパチとまばたきし、〝三つ数えろ〟でローレン・バコールが言ったラストのセリフを真似る。

「〝あなたがいれば、何も〟?」

ジェイクは心ならずもという様子で鼻先で小さく笑い、愛撫の手をさらに僕の尻へとのばした。つねる。僕がぎょっととび上がると、彼はつねった場所をさすった。

「馬鹿」と僕が言う。

「ああ」とジェイクが答えた。

そのまま二人で横たわり、ジェイクが僕の尻をなでた。

「それでもきれいだがな、お前は」ジェイクが呟く。「俺の知ってる一番きれいな男だよ」

僕は、心のこもらない笑いをこぼした。ポール・ケインよりきれいなんてことはないだろう。内面の話でなければ。あの男よりは僕の方が、まだ人としての内面はきれいな筈だ。少なくともそう願いたい。

枕にのせたままの頭を向けると、ジェイクが探るような目で僕を見ていた。僕は口を開く。

「心臓が悪化したんだ。手術を受けないと」

彼の表情が凍りついた。

「いつだ？」

そう押し出した声はかすれていた。

僕は首を振った。

「まだ執刀医と話してないんだ。近いうちだとは思うけど」

医者と話していない、という言葉に、ジェイクが鋭い息を吸った。その息をそろそろと吐き出し、僕に言う。

「お前は一体、何を考えてるんだ」

僕は微笑した。これを打ち明けられる相手がこの世でジェイクだけだなんて、実におかしな話だ。

「だって、怖いんだよ」

ジェイクはまじまじと僕を見つめた。

「冗談だろ。お前ほど度胸のある男は見たことがない」

「それはただ、僕らが同じものを怖がっていないだけだよ」

僕は、そう告げる。

ジェイクの顔がこわばり、彼は窓を見つめた。部屋の外に広がる夜闇を。

僕は、かすかにざらつく彼の顎を拳の背でなでた。

「人生は賭けみたいなもんだよ、ジェイク。リスクはつきものだ。それこそ、今、お前だって色々なものを危険にさらしている」

返事はなかった。

僕は、天井を見上げる。僕らのどちらも、しばらく何も言わなかった。

やがて、ジェイクが覆いかぶさってきて、僕の額にキスをし、唇でゆっくりと鼻梁をたどり、唇に少しとどまり、顎へ、耳の後ろへ、トクトクと脈打つ首すじへと……そして胸の上へと、たどっていった。彼の愛撫の下、僕の心臓はおだやかで規則正しいリズムを刻んでいた。ジェイクがそこにキスをする。その唇は花びらのようにやわらかく、息は温かく肌にくぐもった。

「こんな賭けはしないでくれ、アドリアン」

彼が囁く。

僕は答えず、ジェイクの頭をなで、指の下の短くやわらかな髪の感触を味わった。しばらくして、僕の緊張を悟られたのだろう、ジェイクが体を起こして、じっと僕を見た。

「どうした？」

「……お前も、わかってる筈だ」僕はやっと切り出す。「はじめは疑っていただけかもしれないけど、もうわかってるんだろ」

「その話はしたくない。今大切なのは、お前と俺のことだけだ」

「僕らがこうして一緒にいるのは、ポール・ケインの差し金だよ」

「違う」

「よせよ、ジェイク。まさか、殺人を見過ごせるわけないだろ？　僕らの動きはすべてケインによって操られていたんだ」

ジェイクは首を振る。目がギラリと光った。

「お前は間違ってる。何も、わかってない」

「それしか筋が通らないんだよ。ほかの誰がポーターのグラスに毒を入れられた？　あのグラスを僕からポーターに渡させたのは、彼独特のユーモア精神だろう。僕を巻きこんで、警察で間に合いそうな質問を皆にさせて回ったのも」

「なら、ジギトキシンをどこから入手した？」

　まるで打てば響くような反問から、ジェイクがすでにこの可能性を考えつめていたのだとわかった。当たり前だ。彼にはその手の本能がそなわっている。狩人の本能。

　僕は肩をすくめた。

「それはわからないけど、毒の入手元より、その毒がどうやってポーターのカクテルに入ったかの方がはるかに重要だと思うね。ジギトキシンの入手は色々なルートがあるだろうけど、現実的に考えてあのグラスに毒を入れられたのは二人だけだ。僕と、ポール・ケイン。僕はやってない」

「ポールもやってない」

　僕は、何も言わなかった。

　ジェイクが苦しげな声で言った。

「それで、お前によればポールの動機は、ジョーンズが書いていた回想録なんだろ。だな？」

「ラングレー・ホーソーンの溺死事故に関わる部分が、問題だったんだと思ってるよ」

「どれもお前の勝手な想像にすぎない」

「ジェイク。ほかの誰に、ポーターを殺す必要があった？　もうじき病気で死ぬ男だ」

「もし昔の事故が殺人だと知ってたなら、どうしてポーター・ジョーンズは長年何も言わなかった？」

「わからない。もしかしたらポーター自身は殺人だと思ってなかったのかも。つまり、ラングレーが死んだ夜についての記憶の中に、殺人を告発する材料があると、自分では気付いていなかった」

「お前は、推測しているだけだ！」

「ああ、そうだ。でもそれ以外に説明がつかない。お前だって似たようなものだろ、気付いてない。それか……」

「それか、何だ？」

ジェイクの声は無表情だった。

「それか、気付いているのか。だがケインを逮捕すれば、お前と彼の関係も必ず明るみに出る。カミングアウトせずに逮捕は不可能だ。お前にとっては、ほとんど自殺行為だろ」

彼は、苛ついた息をついた。

僕は続ける。

「お前はケインと対立すらするわけにはいかない、すっかり彼の意のままだ。彼もよく心得ている——それがたまらないんだろ、いかにもケインが好きそうなゲームさ。そういう点で、ケインは僕の古なじみだったロバートによく似てるね。ただケインには、ロバートにはなかった冷酷さがある」

　ジェイクは、その蛇足を無視して問い返した。

「お前は、俺がポールに脅迫されていると言いたいのか？」

　僕はジェイクと目を合わせる。彼は怒っていたが、僕の心は奇妙なほど揺るがなかった。

「ケインが、あからさまに脅すような底の浅い真似をするとは思ってない。だけどお前もケインも、互いの立場はよくわかっているだろう。ケインは、お前が秘密を守るためならどんな犠牲を払うか知り尽くして――」

「お前は、俺が自分を守るために殺人を見逃すと思うのか？」

「そもそも、ケインが殺したと思ってないだろ」と僕は指摘した。「お前は頭から、そんな可能性を自分の中で抹消している。だろ？　ケインにとってはそれで充分なんだ」

　彼はごろりと起きると、両足をベッドのふちから垂らした。

「随分と、俺はお前から高く評価されているようだな？　二年の間、俺と会おうとしなかったのも無理はない」

　否定しようと口を開けたが、ジェイクの言葉はそう的外れというわけでもなかった。僕は話を続ける。

「お前にとって本当に危険なのは、この先だよ。もしポール・ケインがこのまま罪を逃れたら

——アルが死ぬか、殴られた時の記憶がなく、そしてお前も彼を逃せば。そんなことになれば、お前はケインに首輪をはめられたも同然だ。次に彼が何を要求するかわかったもんじゃない。もしかしたら僕を片付けろと言い出すかもね」

「笑える」

ジェイクがこもった声で言った。

実際には、そうでもない。

「もし彼がポーターを殺したという僕の推測がひどい誤解で、間違っていたとしても、お前が危険な立場にいるのは変わらない。その危険性に、お前だって気がついただろ——三人鉢合わせのステージをケインがしつらえた、この間の日曜に。あの男は、お前の首の鎖を引っぱって楽しんでるんだよ」

「下らん」そう言いながら、ジェイクはまだ僕の方を見ようとしなかった。

「ケインは傲慢で、残酷な男だよ」

そこが魅力なのかもしれないが。僕に何がわかる？

しばらく、どちらも何も言わなかった。それから、ジェイクが肩ごしに僕を見る。

「俺に、どうしろと？」

僕は起き上がって、背すじをのばした。

「カミングアウトするんだ。ケインの支配力を、それで無効にできる」

「カミングアウト？」ジェイクの顔がこわばった。「お前は自分が何を言っているかわかってるのか？」

「ケインの支配を断ち切れれば――」

だが最後まで言う前にさえぎられる。

「一体、ゲイの警察官がどんな立場に置かれるかわかってるのか？」

来た。昔通りの、なつかしいお題目。

「それは警察官によるんじゃないか？」

ジェイクはベッドから下りると、服を引きずって部屋を横切っていった。

「世間知らずの言うことだな。この仕事は充分に厳しい仕事なんだ、その上、仲間から白い目で見られるんだぞ。今日のアロンゾを見ただろ？　しかも、あいつはまだ知らない。ただ疑ってるだけで、あれだ」

「いいだろ、僕は世間知らずだ」僕は応じた。「でもとにかく、僕が思うに、ケインのもくろみ通りに今回のことを見逃せば、お前は殺人の事後従犯になるだろ。協力者とか、まあ何かには。捜査の穴を放っておいただけじゃない、お前は殺人犯をみすみす見逃そうとしているんだからな」

「ポールは殺人犯じゃない！」

ジェイクとケインの関係への嫉妬が、僕の目を曇らせているのだろうか。事実を歪めて解釈しているのだろうか。自分のいいように現実をねじ曲げているのは、僕の方なのだろうか？

「彼がお前を脅して、操っているのはたしかだ」

その言葉に、ジェイクは答えもしなかった。

結構。多かれ少なかれ、人は他人に操られるものだ。まったく。

それにしても、常に世界を白と黒で容赦なく切り分けるジェイクが、この件に関してだけは盲目になってしまうのは、ある意味で笑えるほどだった。彼の恐怖は、僕も理解している。理解はできるが、僕は失望していた。嫌悪感を覚えてもいた。

手早くシャツのボタンをはめながら、すっかり逃亡体勢に入り、ジェイクは細切れの言葉を吐き出した。

「俺には、仕事のことだけじゃないんだ。家族だって、いる」

「そこは僕にはどうにもならない」

僕の心を、かつて自分が積み重ねてきた小さな妥協がよぎっていく。社会の期待に応じて──母の期待に応じて──僕が社交の場に同伴した適齢期の女性たちの数々。だが僕は一度も、自分が何者かを否定したことはない。ジェイクが一生を費やしてきたような、そんな嘘を貫き通す決意や気力は僕にはない。

「俺の親父。兄弟。くそ、俺は、結婚してるんだぞ！」

「ああ、そうだったね」僕は皮肉に言い返した。「すっかり忘れてたよ」

ジェイクの手がとまった。

「いいだろう」

そう言って、彼は僕と目を合わせる。

「だがな、もしすべてをトイレに流すみたいに捨てちまうなら、俺のこの二年間は一体何のためにあったんだ？　誰にわからなくても、お前にだけはわかる筈だ」

ジェイクが去った時も、僕はまだその言葉を解き明かそうとしていた。

23

ポール・ケインが誘った。

「飲まないのか？」

「今のところは」

僕は断った。

彼の色気のある唇に、秘密めかした笑みが浮かぶ。

僕らはカフェ・デルレイの、マリーナを見晴らすテーブルに座っていた。群青色の夜の海で船がおだやかな波に揺られている。まばらな星たちが青い夜空で淋しげにまたたく。中西部の訛りのある女性が僕らのテーブルに歩み寄って、ケインにサインをたのんだ。ケインは女性の持つスターラインツアーの観光パンフレットにサインしてやった。彼女へ言う。

「このカリフォルニアでは、どこに行っても生きたスターが見られるからね」

彼女は嬉しそうに笑って、少しの間ケインとおしゃべりを楽しんだ。ケインのサービス精神には文句のつけようがない。

「しかし、君から電話をもらって少しばかり驚いたよ」

僕へ向き直りながら、彼はなめらかに切り出した。

「勿論、嬉しくも思ったがね」

心からの笑いが、その両目に明るくきらめいていた。僕はまた、ジェイクがケインのどこに魅力を感じているのだろう、と不思議に思う。僕だって今でもやはり、ケインを美しい男だと思うが、それはひどく歪んだ、毒のある美だった。ジェイクにとってはそこがエキセントリックな魅力になるのだろうか。僕がそう思いたいだけか。

ジェイクからは何の連絡もなかった。昨日の夜、たいまつを持った村人に追い立てられた闇の怪物のように、僕の部屋から逃げ出していったきりだ。ジェイクどころか、誰ひとり、何ひとつ言ってこない。誰も僕を逮捕しにも来なければ、事情聴取にすら訪れなかった。今はもう、土曜の夜だ。

この午後、僕は病院にまた電話した。アル・ジャニュアリーは重篤な状態のままだが、ひとまず容体は安定したとのことだった。

「驚かせましたか？」僕は問い返す。「あなたを驚かせるのは難しそうですけどね」

「君という存在が俺には神秘なのさ」

ケインは、自分が映画の中で使ったセリフをそのまま返してきた。

僕は水のグラスの中にぷっと息を吹いた。ケインが薄茶色の眉を上げる。

「失礼、何だね？」

「いや、僕こそ失礼」まったくそうは思っていなかったが、僕はあやまった。「実のところ、次にどこを調べればいいか、あなたに聞かなければと思ってて」

ぐっと、ケインの眉が寄った。

「次……？」

「ええ、事件は終わってないので。次は何を調べたらいいと思いますか？」

「何を……？」

語尾を途切らせ、ケインは考えこみながら続けた。

「たしかに、事件は終わっていないか。興味深いね」

そこで不意にクスッと笑いをこぼした。

「星に聞いてみた方がいいのかもな。地上のスターじゃなく、空のお星さまに」と、僕にウインクする。「俺にはジプシーの血が流れてるんだ、知ってたかな？」

「知りませんでした」

「母方の祖母からね」手のひらを上にして、手をさし出した。「君の手相を読んであげよう」

「またの機会に」

「ほら、いいから」

気乗りしない僕を愉快がっているようだった。

「チップがいります？」

「友達だろ、金は取らないよ」

ケインは肩をすくめる。僕の手を取って、手のひらを上に返した。

「これが生命線だ」親指の爪で僕の手のひらを半ばまでたどって、ぴたりととまった。「おや、これは——」

ケインは両眉を上げ、痛ましげな、哀れみの目で僕を見た。

僕がさっと手を引こうとすると、ケインは笑い声を立てた。

「からかっただけさ、君をね。君の生命線はごく普通のものだよ。しかし、恋愛運の方はと言うと……」

首を振り、目に歪んだ輝きを浮かべて、彼は僕の手を離した。

僕はグラスへ手をのばす。肌を濡らす冷たさが、彼の手の感触を、彼が手のひらに読んだ僕の運命を消していく。冷たい水を一口飲んで、グラスを下ろした。

「ニナ・ホーソーンが釈放されたのはご存知ですよね？　警察は、彼女がどうやってポーターのグラスに毒を入れたのかつきとめられなかったようで」

「ああ、聞いたよ」

ケインは冷ややかに言った。グラスを取り上げる。アドミラル・ティーとかいうカクテルだ。彼は甘い、フレーバーの香る酒を好む。

「次は、アリーの番だろうね」

「何がアリーの番なんですか？」

彼の目が僕をのぞきこんだ。

「警察は、アリーを有力な容疑者として調べている筈だろ」

「ああ」僕は小さく笑った。「僕はてっきり……ほら、あなたの周囲では昔からよく人が死ぬから」

ケインが僕を凝視する。

僕は声をひそめた。

「アル・ジャニュアリーが襲われたのは知っていますよね、勿論？」

「勿論」まだ僕を見つめていた。「悲劇だ」

「そうはならないかも。彼が助かってくれれば」

ケインが唇をなめた。僕は信頼しきった微笑を返す。

「あなたがこの事件を調べようとした目的は、僕と同じだったでしょう。ほとんど、ね。あなたも僕も殺人の容疑者となりたくはなかった――」

「そして君は、見事に目的を果たした」彼はそう保証する。「俺も君も、もう疑われていない」

「そうでしょうか？」

僕は眉を上げ、彼の優雅な驚きの表情を真似てみせた。

「もし、警察がアリーを逮捕しなければ？　アリー以外に目星をつけようとしていたら？　残る候補はあなたと、僕と、ローズ・ヴァレリーだけだ。襲われた以上、アルは候補外になるから」

「アルが襲われたのは、ポーターの殺人とはまるで関係ないかもしれない。アルは前に、あの近所で物騒な事件があったと言っていたしね」

「ジェイクはうまく捜査方針をそらしてくれているかもしれませんが、アルの襲撃犯人がポーターの殺人犯と同一人物であることに疑いの余地はほぼないでしょう」

ケインはグラスを傾けながら、何も言わなかった。僕は続ける。

「ジェイクの影響力もそろそろ限界だ。ポーター殺しで誰かが逮捕され、裁きにかけられる必要がある。ＬＡ市警は殺人には厳しく対処しているし――たとえ相手が、金持ちや有名人であ

って も」

彼の、輝きをたたえた目が、僕を長い間見つめていた。

「君は、実に正しい」ケインがそう口を開く。「たしかに、このまま消えてなくなるような問題ではないな。実際……ああ、思えばとびきりのタイミングだな。明日パイレーツ・ギャンビット号で小さな集まりがあるんだよ。あのパーティにいた、親しい友人たちだけで。君も来るといい。君にはぴったりの場だと思うよ。ほら、上手だろう……嗅ぎ回るのが」

「嗅ぎ回るのが上手って？」僕はまぜ返した。「ジェイクはもっと、僕を高く評価してくれてたと思ってましたよ。ほかにも——色々と、ね」

僕らの視線が絡み合う。ケインの目は、氷のように青かった。

それから、彼が微笑む。

「すべてにおいて高評価だよ、心配いらない。俺としても君を誘惑してみたいくらいでね」

「そのうちに」僕は応じた。「しかし明日は、僕の『殺しの幕引き』の映画化についてもっとつっこんだ話をしませんか」

ケインは慎重な口調になった。

「なあアドリアン、映画の件はかなり厳しい状況なんだ。ポーターが資金源で、アルが脚本を書く予定だった以上——」

「ああ、シナリオは僕が書くよ」明るく、彼に保証した。「それに資金については、あなたがどこかから調達してくれると信じているし」

ケインの顔をよぎる表情へ、僕は眉を上げてみせる。

「でしょう?」

彼が微笑んだ——輝く瞳と見事な歯のまばゆさに、僕の目がチカチカした。

「ああ、勿論」ケインがうなずく。「俺に全部、まかせてくれ」


僕がクローク&ダガー書店に戻ると、猫が裏口の外で死にかけていた。

あやうく、踏みつけてしまうところだった。もう暗かったし、僕の頭は物思いで一杯だったからだ。自分の殺人計画をセッティングするのは、あまり気持ちのいいこととは言えない。

だが足を下ろす直前、その下でニイ、とかぼそい声がして、猫の輪郭がうっすらと見えた。

膝をつくと、ドア上のたよりないライトの光で、猫のやせこけた体が黒っぽいものでまだらに汚れ、くぼんだ腹が小刻みに上下しているのがわかった。まるでカートゥーンアニメの中で車に轢かれた猫のように薄っぺらく見えた。

僕は囁く。

「一体、何があったんだ?」

答えを期待したわけではなかったが、また苦しげな鳴き声が返ってきた。

「だから注意してやったのに、ちゃんと聞いてなかったのか?」

　そう言ってやる。僕は立ち上がり、店に入ると、二階へ駆け上がった。あの猫が企んだわけでもあるまいが、この上なくまずいタイミングとしか言えない。棚からタオルをひっつかんで階下へ戻り、カウンターの後ろで少し足をとめて一番近い動物の救急病院の住所を調べた。

　コロラド大通りに、午後六時から朝八時まで開いている動物病院があった。そこに電話して、閉院していないこと、患畜の受け入れをしていることを確認する。僕は電話口で礼を言って、その患畜がまだ息絶えていないかどうかたしかめに店外へ出た。

　まだ、息はある。第一段階としては悪くない。

　できる限りそっと、僕は猫を持ち上げてタオルにのせ、くるんで車内に運んだ。動物救急病院へ車を走らせる間、猫は助手席で喉を鳴らしていた。

「あの子の名前は?」

　僕のタオルが猫と共に奥へかつぎこまれていくと、受付の若者がたずねた。

「ええと……ジョン・トムキンス」と僕は答える。

「変わってますね」

　受付の男はその名前を書きとめた。

「海賊なんだ」僕は説明した。「つまり、ジョン・トムキンスが。猫の方は知らないけど。どのくらい時間がかかるか、見当つきます?」

手遅れになる前にジェイクに電話しなくては。

受付係は、形式的な同情の色を浮かべながら首を振った。

僕は待合室に座り、猫好き向けのくたびれた雑誌を手に取った。名前をつけただけだ。僕は猫好きのつもりは――生まれて一度も――なかったし、今からそうなる予定もない。だが、どうしてか僕はここに座り、時計を見ながら、若い猫の栄養学についての記事を読んでいる。

十分ほど経ってから、獣医が出てきた。

「どうやら、犬に噛まれたらしいね」

一体、トムキンスはどこで格闘相手の犬を見つけたのやら。

「じゃあ……あの猫は……？」

獣医は僕がその先を続けるのを待っている。僕は何となく、うながすような手ぶりをした。もしくは、これからどうするべきか手信号で問うような。

「助かるよ」

獣医が教えてくれた。こみ上げてきた安堵感に、僕は自分で仰天した。いや、と言い聞かせる。これは、あの猫の自業自得のせいでナタリーに聞きたくもない小言を聞かされずにすんだからだ。

安堵感は、続いてやってきた九百ドルの請求書でこっぱみじんになった。検査代、レントゲン料金、縫合料金、その他あれこれ。唯一のいい知らせはミスター・トムキンスがここに入院するということで、おかげで今夜は、あの猫を絞め殺したい誘惑と戦わずにすむ。

僕は血まみれのタオルを受け取り、瀕死のクレジットカードを受け取り、病院スタッフに礼を言ってクローク&ダガー書店へ戻った。

その時にはもう十一時半になっていて、既婚者の家に電話をかけるには遅すぎる時間だったが、ほかに選択肢はなかった。

僕は、ジェイクの携帯にかけた。留守番メッセージにつながる。

「聞いたら、電話してくれるか？　これは――」

生死のかかった問題だ？　そこまでドラマティックになりたくはないが、ある意味では合っている。そしてある意味では違う。

「――緊急なんだ」

結局、そこに落ちついた。

僕は電話を切り、一階にまた戻るとセキュリティゲートや施錠をたしかめて回った。落ちつかない自分を鼻で笑いながら。ビクビクするのがわかっていて、どうしてこんな立場に自分を追いこんだ？

二階へ戻ると、電話が鳴っていた。僕は受話器を取る。

『一体どうした？』

ジェイクがたずねた。起き抜けの、かすれを帯びた声だったが、緊張感があった。

「聞いたら、お前は気に入らないと思うよ」

『今さらわかりきったことを言うな。何だ』

「僕は明日、ポール・ケインの船で一緒に海に出ることになった。まず間違いなく、彼は僕を殺そうとする」

ひどく長い沈黙の後、ジェイクが言った。

『俺は、今すぐ殺してやりたいよ』

「いいか、あのな――」

だがそこで、僕はジェイクに何を言っていいのかわからなくなる。今、何をたのもうとしているのかはわかっている――自分を釣り餌として罠を仕掛ける前から知っていたことだ。もしかしたら、誰が相手でも、あまりに無理なたのみかもしれないということも。

『お前は、どうしても放っておけないんだな？』

ジェイクは声を低く抑えていたが、それでも僕には彼の憤怒が聞きとれた。

「殺人を？　ああ、人殺しを放ってはおけないね、ジェイク。それに、ひとつ言わせてもらうと、放っておいたところで僕の身がどれくらい安全なのかもわからない。なにしろお前のボーイフレンドは、問題が起こると手っ取り早く相手を殺して解決しようとするからな」

『でたらめだ』

「いいだろう、もし僕が間違っていれば、明日は楽しいクルーズで、僕は日焼けして少し酔っ払って帰ってくるだけだ。でも、もし僕が正しければ――」

『お前は、あいつが真っ昼間にお前を殺そうとするとでも思うのか？　乗組員もいるんだぞ、勘弁してくれ』

「あのパーティにだって大勢客がいたんだ、人がいたところでためらいやしないさ。それに、僕を撃ち殺したりはしないと思うよ。また事故のように見せかける筈だ。僕を海につき落とすとか、階段から転げ落とすとか。飲み物に何か入れたり」

ジェイクは絞り出すような声で言った。

『そりゃ、お前の計画と同じくらい完璧だな。ところでお前に計画はあるのか？　殺される以外に？』

「ああ、世の中で一番単純な計画だ。お前が一緒に来てくれ。ケインが僕を殺さないよう、止めてくれ。それで、彼を逮捕するんだ」

『殺人未遂でか？　お前は一体――』不意に、ジェイクは声をひそめた。『もしお前への殺人未遂現場を押さえたとして、それがどうほかの容疑の証明になる？』

「だって、事件の犯人でないなら僕を殺す理由がどこにある？」

『俺は山ほど思いつくぞ』

「……そりゃ、随分だね」

一瞬置いて、僕は応じた。ジェイクが――少しは――冗談を言っている。いいきざしだ、多分。話を続けた。

「とにかく、僕はマイクをつけて、話を録音するつもりだ。ラジオジャックで装備一式、買ってきたから――」

僕は言葉を切った。ジェイクは笑っていた。

それは〝チキチキマシン猛レース〟のケンケンのような、ほとんど声を出さない、喉に引っかかるような笑いだった。やっとしゃべれるようになっても、ジェイクの声は少し調子外れだった。

『お前はイカれてるよ』と僕に言う。『どうしてこれまで気がつかなかったんだろうな？』

「イカれてるわけじゃない、これはごくシンプルな、わかりやすい手法だ。僕が殺されなくても、確たる証拠が手に入る」

ジェイクが、ひどく静かな声で言った。

『よく聞くんだ。明日、船には絶対に乗るな。これに関して俺はお前を手伝う気はない。俺は、ポールに操られるつもりもないが、お前に操られるつもりもないんだ。お前が何をもくろんでこんなことを言い出したのか、俺にわからないとでも？』

その言葉はまるで予想外だった。自意識過剰にもほどがある。

「この計画が全部、お前をカミングアウトさせるためだと思ってるのか？」

『俺にさせたいんだろ。お前はわかってる筈だ――知ってる筈だ。俺にはできない。そんなことを、するわけにはいかない』

「殺人犯を見逃す方がましだと？」

『あいつは殺してない！』

その叫びが、僕らの沈黙に長い尾を引いた。

ジェイクが電話口を手で覆って、誰かと話す。それから、また戻ってきた。

『時間切れだ、この話はまた今度だ。とにかく——また言うぞ——船には、乗るな。馬鹿なことはするな。よくわかったか？』

わかった。理解した。本心からの言葉だと。

「ジェイク……」

どう言えばいいのだろう？

「もう計画は動き出したし、今からじゃ止められないんだ。彼は僕を狙ってくる。こちらが主導権を握っている間に手を打つのが一番なんだよ」

『お前は、海の真っ只中で相手の船に乗っている状態の、どこが主導権を握っているというんだ？』

ジェイクの声は怒りと、ほとんど読みとれない何かの感情で揺れていた。

『心臓が悪くなったと、この間、俺に言っただろう。なのに今度はこんな馬鹿をやらかそうとするのか。お前は気でも狂ったのか？』

答えを求めて聞いているわけではないようだ。

僕は、できる限り忍耐強く答えた。

「この方法なら、いつ狙われるのかがわかるんだよ。そんなチャンスは二度とない。明日を逃せば、僕は状況のコントロールを失う。明日もし僕が行かなければ、ケインに僕が知っていると悟られて――」

ジェイクがさえぎる。その低い声は、誰のものかほとんどわからないほどだった。

『お前が、正しいことをしているつもりなのはわかっている。責任の一端は、ポールにお前を巻きこませた、俺の側にもある。だが、たのむ……』

彼の声はさらに低くなった。

『お願いだ、アドリアン。やめてくれ。お前のためなら俺はほとんど何でもする――だが、これは無理だ。今回はお前の力にはなれない』

「ほかの誰にもたのめないことなんだ、ジェイク」

プツッと通話が切れた音は、やわらかく、だがはっきりと僕の耳に響いた。

24

「本当にこの航海中、食事も飲み物もいらないのかい？」

ポール・ケインがのんびりと聞いた。

朝の九時を少しすぎ、僕らの乗ったクルーザーは沖へ向かってすべり出したところだった。朝もやが薄れはじめている。美しい一日になりそうだ。まだ夜明けの肌寒さが残り、海風は潮と雨と、揺らぐ緑の波の奥底に沈む何かの匂いを漂わせていた。

ケインと僕は、パイレーツ・ギャンビット号の甲板に座っていた。僕らの間のテーブルに軽食の盆が置かれ、食欲をそそる皿が並んでいた。ベイクド・オムレツ・ロールとかいうもの――ハム、マッシュルーム、チーズ入り――や、新鮮なフルーツ、マフィン。熱いコーヒーの入ったポットがさらに僕を誘惑してくる。

「後で、何かいただくかも」

僕はそう応じた。ケインが微笑む。

「自分の船で君に毒を盛るとしたら、俺は相当な愚か者だよ」

「そうでしょうね」

僕も同意する。彼はクスクス笑った。

僕とケインは二人きりだった。マリーナに到着した僕へ、ケインは「パーティはやめたよ」と言ったのだった。「君は何か、心にかかえているだろう？　これなら邪魔も入らずにじっくり話せるからね」と。

そうは言ったが、僕らは話などしなかった。そのまま船は出港した。ケインの雇っている船長が舵を取る姿は、決して僕の心を安らがせるものではなかった。

できる限りの予防策は取ってきた。ガイに、電話で事情を話した。ガイは――そんなことが可能なら――ジェイク以上に激怒し、僕にあきれ果てていたが。ポーター・ジョーンズ殺害について、自分の仮説を細かく書きとめてきた。それだけでなく、計画が破綻した場合にそなえて、ポール・ケインの逮捕や起訴に役立ちそうな情報はとにかく残らず書いた。それを弁護士のミスター・グレイセン宛に、僕の死後に開封するようにと但し書き付きで送っておいた。

勿論、そんな手紙を受け取っただけで年老いたミスター・グレイセンがぽっくりあの世に旅立ってしまう恐れはあるが、その点はどうしようもない。もし事が僕の思い通りにいかず、この予防措置を聞いてもケインが僕を殺そうとするほど愚かで向こう見ずだったら、せめてＬＡ市警がラングレー・ホーソーンの溺死を再捜査するだけの根拠は残しておきたかった。僕の死への捜査は、言うに及ばず。

できれば、そんな事態に至ってほしくないものだが。

ケインの方はと言えば、会ってから三十分ばかりというもの、親しげにしゃべりながら、にこやかに朝食を楽しんでいる。

だが、ついに食事を終えると、手に付いたマフィンのくずを丁寧に払い落とし、皿を脇へ押しやった彼は、愉快そうにきらめく目で僕をじっと眺めた。

「なあ、はっきり言うと、俺を脅迫するために君がこんなところまでやってきたと信じてるわけじゃないいんだよ」

その口元が笑いにピクッとはねた。

「いや、それにしても認めなくてはね、実に自然だった。昨夜の一幕なんか素晴らしかったよ。〝シナリオなら僕が書く！〟」

僕の真似をしてみせ、首を振る。

「コメディの才能を持ってるな、君は」

こんな、親しげでざっくばらんな態度で来るとは、さすがに僕も予想していなかった。慎重に問い返す。

「脅迫目的でないなら、僕は何のために来たと？」

「探偵映画の見すぎ以外に、かね？　俺が思うに、君は答えを知りたいんだろう。君は好奇心の塊だ。俺としても君の疑問に答えるのはかまわないよ。どうせ、何も証明できない。証拠は何もない。今となっては。それに、俺は君が好きなんだ、アドリアン」

ケインは、優雅な眉を片方だけ上げてみせた。

「君のことが、大好きなんだよ」

実におかしな話だが、ケインの言葉を恐ろしいと思ったのはこれが初めてだった。寝袋に入ってふと気付いたら、足元でコブラがとぐろを巻いていた気分だ。

僕は、もはや推測でも何でもなく、言った。

「ポーター・ジョーンズの回想録は、あなたが処分したんだな」

「ああ」

即座に返事があった。早押しのクイズか何かのように。

「でもどうして、ポーターまで殺した？」

「俺がどうして回想録を処分したのか、ポーターは知っていたからさ。あれは失敗したよ。適当に誤魔化して、時間を稼ぐべきだったね」

「彼は、あなたがラングレー・ホーソーンを殺したことを知ってたんだな」

「いい機会だから、ここで正式に述べておくと」ケインはその言葉を強調するように眉を上げた。「俺はラングレーを殺してないよ。あれはちょっとしたはずみだった。事故さ」

「なら、どうしてそう報告しなかったんです？」

「二人で、口論してたものでね。俺も罪悪感を覚えるべき状況だったし、容疑者にされるのは見えていた。ラングレーは、俺に自分の遺言の話をしてたのさ——心底、俺とニナを結婚させたがってたよ。当たり前だが、俺もニナもお互い、結婚する気なんかかけらもなかった。二人とも若かったが、そこまで馬鹿じゃなかった」

「それで、何が起こったんです？」

「怒鳴り合いになった。ラングレーが俺に背を向けようとして、よろめき、舷側にぶつかってね。そのまま海に落ちて、頭を打ったんだ。俺が引き上げた時にはもう死んでたよ。蘇生処置をしているところにポーターがやってきた。俺は動転していてね。ひどく。だから、ポーターが考えたのさ……ラングレーの体を海に戻し、後で死体を発見するふりをしようと。その細工をして、彼はラングレーが死んだ時間の俺のアリバイを証言してくれた」

ケインがあまりにも簡単に、堂々と話すので、僕の頭が当然の疑問につき当たるまで数秒かかった。

「ポーターは、どうしてそんなことを？」

ケインは苛々と答える。

「そりゃ彼は俺の友人だったし、あの状況が警察の目にどう映るかよくわかっていたからだよ。俺を守るためだ。哀れなラングレーを助けるにはもう手遅れだったしね。大体、あれは事故だ」

「そして、回想録の中で、ポーターは実際には何が起きたのか書いた？」

彼はうなずいた。

「書き残していきたかったのさ。後ろめたさを晴らしておきたかったらしい。後ろめたく思うことなんて何もなかったのにね」

そうかもしれないし、そうでないかもしれない。だがやはり僕から見ると、船の舷側から落ちたラングレー・ホーソーンが引き上げられる前に溺れてしまったという話は、都合が良すぎるように思えた。ケインが彼を水から引っぱり出すまでどのくらいかかった？　どうしてすぐに助けを呼ばなかった？　もしかしたらポーターも、過去を振り返るうちにケインの話は好都合すぎると気付いてきたのかもしれなかった。

ケインが言った。

「ラングレーの死の状況が知られることによる危険性は、俺にとって今もあの時と変わってないんだ。だがポーターにはそれが理解できなかった――理解しようとしなかったのかもな」

「それであなたは、自分の苦境を救ってくれた友を毒殺することに――」

ケインが言葉をかぶせた。

「ポーターは死にかかっていた。膵臓ガンだったんだ。その手の死がどれほど苦しいか知っているかい？」

「へえ」僕はそう返した。「あれは彼への思いやりだったわけだ？」

ケインの目がすうっと細められる。

「ああ、事実そうだ。あの方が早く、痛みもずっと少なく、己の死にそなえる必要もない。はっきり言って、そう悪い死に方ではないよ。信じたまえ、友としてもビジネスパートナーとしても、ポーターを失って俺が得るものは何もない」

この船上のシナリオがどんな結末へ向かおうとしているのかは、大体見えてきた。ただケインの声が、僕がシャツの下にテープで留めた小さな録音装置に届くほど充分大きいことを願うばかりだ。

「僕を巻きこんだのは何故だ?」彼に問いかけた。「僕の本の映画化権を買って——どんな目的があったんだ?」

ケインは睫毛を伏せたが、不意にさっと目を上げて、僕へ微笑みかけた。その微笑の美しさに、僕は少し呑まれる。

「俺はね、前から君に興味があったんだ。ジェイクの心を争う、謎に包まれたライバル」ケインが、己を嘲るように笑った。「だがジェイクは結婚し、君と別れた」

「あなたとは、別れなかった?」

「長くはね」

じっと、僕の顔を眺めている。

「ジェイクが結婚した後、俺たちの距離は近づいた。とてもね。ある夜、彼は何杯か酒を飲んだ後で、君のことを話しはじめたんだ。それで俺は、本の映画化を口実に君と会うことにしたのさ。言っておくと、君の本も気に入ったんだよ。だがあまり商業的に成功しそうな感じはしないね」

実にグサリとくることを。

「それで、どうして僕を事件の捜査にまで引っぱりこんだんだ？」

「おや、楽しくなかったかい？」

僕は口を開き――それから、とじた。ケインがくっと笑う。

「ほら、楽しかっただろ。俺もとても楽しませてもらったよ、君を見ていてね。そして、ジェイクを見ていて」

ほぼわかっていたことが、これで確信に変わった。事故だったとか動転していたとか、旧友への思いやりだとか、ケインがいくら言おうが、この男は残忍で計算高い人でなしなのだ。社会病質者《ソシオパス》。良心も倫理観も、他人への共感もない。それどころか、我が子の溺死も彼の仕業かもしれないとすら僕には思えた。誰もあの事故については注目しなかったのだろうか？

「アル・ジャニュアリーについては？」

僕は、慎重に問いかける。

「君のせいでもあるんだよ」と返事があった。「一体どうして君がアルを巻きこまなきゃならなかったのか、理解に苦しむね。ラングレーのことやポーターの回想録について彼に質問を浴びせたりして、何が起こるか考えなかったのかい？」

これには一言もなかった。アル・ジャニュアリーが死にかけているのは自分の責任ではないかと、考えるだけでも耐えがたい。ここから生きて戻れたなら、もう二度と、どんな事件捜査にも首をつっこんだりするものか。

僕はケインに言った。

「あの日、アルはあなたに電話をして、ポーターの回想録について僕から質問を受けたと言ったんだな。僕の質問をきっかけに、アルは考えはじめたんだ——思えば、ポーターのカクテルに楽に毒を入れられたのはあなただけだった。あのグラスを、僕からポーターに渡させたのは気が利いてたね」

「だろ？　そこまで計画してたわけじゃなかったがね」

ケインはうなずく。

「あれは成行きだった。むしろ君が飲むんじゃないかと思ってたんだよ。あのグラスは、君のグラスの隣に永遠かと思うくらいずっと置いてあったんだ」

彼は微笑んで続けた。

「だが君は注意深く、あのグラスに手を付けようとしなかったし、ポーターが手元から消えた原稿のことを愚痴り出さないうちに何とかしなければならなかったからな」

あの日曜の午後、自分が死と隣り合わせにいたことを悟って、僕の背すじをぞわりと震えが抜けた。すべてはあそこで終焉を迎えていたかもしれないのだ——そしてあの場に現れたジェイクが、担当事件の被害者となった僕の死体と対面していたかもしれない。

そして、ケインはその罪からも逃れていたかもしれない。

僕は言った。

「それであなたはアルの家に駆けつけ、彼の頭を殴り——」

「充分な力で、とはいかなかったようだがね。だがアルが持ちこたえたとしても、頭部への強い衝撃を受けた被害者はしばしば打撃直前のことを忘れているものさ。あの日のことも、何も覚えていないかもしれないね」

「ああ、まだ希望はあると！」

つい、ケインの陽気な口調を真似ずにはいられなかった。ケインの微笑はどこかいびつだった。

「ほかに質問は？　俺がどこからジギトキシンを手に入れたのか、死ぬほど知りたいんじゃないかな？」

「ニナが、前にあなたのパーティのケータリングをした時、古い薬瓶をそのあたりに置き忘れていったとか？」

ケインは苦々しい顔をした。

「勿論、違う。おかしなことを考えるね。嫌だな。昔の恋人の置き忘れ？　実のところ、俺はあの薬を三年前からずっと持っていたんだよ。いつか役に立ちそうな予感があってね」

そして、ケインの目の中にある奇妙な目つきが、また僕の背すじにぞわりと寒気を走らせた。

ケインが優しく聞いた。

「ほかに聞きたいことはあるかな？」

「この先どうなるのかな、と思う以外はね」

甘ったるい声で、ケインが応じる。

「君だってまさか、何の考えもなく来たわけじゃないだろ？　ひとつも？　ほら、その服の下にマイクを仕込んだり？　ジーンズの腰の後ろにお祖母《ばあ》ちゃんのウェブリー・リボルバーをこっそりはさんで来たり？」

僕は、指先ひとつ動かさなかった。

頭上高く、カモメが降下しながら、甲高い声で鳴いた。心に刻まれて消えまい、と思う。この鮮やかな陽射しの熱と、風がはらむ潮の香り。この裏切りの味。

ケインが笑い声を立てた。

「勿論、準備してきてるだろ？　ふむ、おかげで選択肢がいささか限られた。君に、ゲームに参加する気さえあったら……でも、ないんだろ？　君はどうしても、俺を裁きにかけずにはいられない。そのせいで何を失うとしても――皆が。君自身も含めてね」

わずかも動ける気がしない。たとえ自分の命がかかっていたとしても。比喩ではなく、今や本当の生死の境に立っているとしても。

「さて、俺が君のために立てた計画について話してあげよう。これから、君の最後の好奇心を満たしてあげるよ——俺のような男とジェイクとの結びつきが一体どんなものかという謎をね。ずっと知りたかったんだろう、君は？」

僕の無反応に、ケインの眉が上がった。

「勿論、そうだろうとも。誰でも気になる。君の愛するミステリだ。君は知りたいんだろう、この秘められた世界を。お互いを信頼した男同士が分かち合う、完璧な苦痛の世界だ。深い信頼——他人の理解など及ばぬほどの。俺たちは、互いと……すべてを分かち合うんだ」

「懲役の年数もね」

僕は口をはさんだ。

ケインはやわらかく微笑み、おかしなことだが僕の頭をよぎったのは、子供時代読んだ『チキン・リトル』の絵本にいたキツネ、フォクシー・ロクシーの顔だった。どうしてそんなことを考えているのかは謎だ。ショック状態か。

「もっとありがたがってくれたまえよ、アドリアン。俺は君を、およそ想像を超えた肉体の快楽の世界へ案内してあげようというのだよ。甲板の下に、部屋があってね」

彼のまなざしが、僕らの足元のチーク材のデッキをちらっと見下ろした。

「とても特別な客のための、とても特別な部屋だ。そこに下りて、君と何時間も一緒にすごそう。君と俺と。何もかも見せてあげる——何もかも、教えてあげるよ。君の心臓がもつ限り」

「結構だ」

僕はそう言った。今いちなタイミングのせいで、口から出た瞬間、何となく同意しているようにも響いていた。

「遠慮する手はないさ。だって、この下で誰が君を待っていると思う？」

僕はごくりと唾を飲んだ。

「何回答えていいのかな？」

彼にたずねる。その声の落ちつきように、自分でも驚いた。気分は落ちつきとはほど遠い。死んだような気分だった。きっと、もう死んでいるのだ——たとえこの船から生きて下りられたとしても。ジェイクが、僕の計画をケインに明かしたと悟った瞬間、僕の中の何かが尽きていた。

僕は、自分が苦心して弁護士宛に書いたあの手紙を思い出す。可能な限り、ジェイクを巻きこまずにすむよう知恵を絞った手紙を。今となっては滑稽だ。

「まあ、本当ならサプライズといきたかったんだが」ケインはやや惜しそうだった。「仕方ない、君を説得するためだ」

彼はしなやかな動きで優美に立ち上がり、僕らの背後に下がっている真鍮の大きな鐘を鳴らした。頭上で動きがある。僕は見上げた。上甲板に、船長が姿を見せていた。ケインがすべて問題なしと手を振ると、彼はまた操舵室の中へと姿を消した。

僕はぼんやりと、ケインが彼にいくら払っているのかと考えた。この職のために、一体どこまでするのだろう。

背後から足音が聞こえた。甲板に振動が伝わってくる。僕は背後へ顔を向け、甲板に上がってくるジェイクを見つめた。

「残念ながら、裏目に出たねえ」

ケインが、僕の表情を眺めながら言った。

「昨夜、ジェイクから電話があってね、君が俺を罠にかける壮大な計画を練っているって言うじゃないか。なかなかにドラマティックな趣向だね、アドリアン。その点はさすがだと言おう」

僕は、気力を振り絞ってジェイクの顔を見た。彼の顔には……苦悶があった。僕をちらりと見て、目をそらす。その集中は、すべてポール・ケインに据えられていた。

「だがねえ、これは言わねばね、この手の罠がうまくいくのは小説やテレビドラマの中だけさ。もし俺がジェイクと組んで先回りしていなければ、俺は君に何ひとつ告白したりはしなかっただろうからな。まあこうなったからには、俺としてもささやかなシーンを演じて楽しませてもらったよ。君は本当に、とても賢いな！　謎解きをする君を見るのは、まったく、素晴らしい経験だった」

「僕の計画が非現実的だって？　そっちこそ、また船の上で不審な死を遂げた人間をのせたまま港へ戻れると――」

「黙ってろ、アドリアン」

ジェイクが無感情に言った。僕は言い返す。

「ファック・ユー」

ピクリと、ジェイクの頬が引きつる。

「大事な点を忘れてもらっては困るね。君を俺たちがファックするんだよ」ケインがわざわざ教えてくれた。「かわるがわる、くり返し。君の病気のおかげで、自然な心臓発作として警察に通用する状況が作れるだろう。まあスキャンダルにはなるだろうが、俺はスキャンダルが好物でね」

ジェイクにウインクする。

「それに俺には、手助けしてくれる有力な友人が警察内にいるんでね。いわば、法という海を座礁せず渡れるように」

言葉がうまく出るのか不安になるほど、僕の心臓は激しく打っていた。僕は言い返す。

「それが計画だと言うなら、どうかしてるよ。ＤＮＡって聞いたことがあるか？　ほかにも――」

ジェイクが手錠を取り出して、僕の言葉が途切れた。僕は、木のテーブルをガタッと揺らして立ち上がる。

「ジェイク」

僕は、彼を呼んだ。情けないことに声が揺れていた。恐怖にではない。痛みに、そしてあまりの信じられなさに。怒りなどもう越えていた。ジェイクがここまで変わってしまったことへの、戦慄のようなものすらあった。

ジェイクは僕に目もくれなかった。彼は生気のない、機械のような声で言った。

「ポール・ケイン、お前を逮捕する。罪状は誘拐、強姦未遂及び殺人未遂——」

ケインが笑った。

その瞬間、ジェイクの中で何かがはじけたようだった。

「正気か、ポール！　お前は本当に、俺が殺人を平気で見逃すと思ったのか？　俺は、警察官なんだぞ。俺は人生のほとんどを、法を行使し、支えるために尽くしてきたんだ」

苦悶に満ちた言葉を、沈黙が呑みこみ、カモメがまた滑空しながら嘲りの鳴き声を上げた。

「本気じゃないだろ」ポール・ケインは——茫然としていた。「ジェイムズ……」

「俺は信じたくなかった」ジェイクが応じる。「とても信じられなかった。だが本当だったんだ。アドリアンがお前を告発した、そのすべてが、どれも真実だったんだな」

「ダーリン——」

ケインは震える右手をのばした。大仰で芝居がかった動きで——だがそれは心からのものに見えた。ケインは心の底から衝撃を受けていた。この男に心があるかどうかはともかく。

ジェイクが彼をつかみ、ぐるりと後ろを向かせて、手錠をかけようとする。

「もう黙ってろ。弁護士を待つんだな」

ケインが身を屈め、ジェイクの腕の下からするりと抜け出した。振り返った彼の手元で、小さな金属が気まぐれな陽光をギラリとはね返した。

銃だ。小さな拳銃。デリンジャー。

ケインが僕に銃口を向け、撃った。

その瞬間、僕の前にジェイクが踏み出した。弾丸がぶつかった一瞬、僕は彼の体がのけぞるのを感じる。小さな金属のかけらが猛スピードで肉体にめりこみ、銃声が耳に、屋内の拍手のように轟いたかと思うと、僕の左肩が何かに激しく突きとばされた。左腕がだらりと重く垂れ下がる。

一瞬だ。ほんの、刹那。バン！　そしてすべてが終わり。

ケインは唖然と口を開けて僕らを見つめ、立ち尽くしていた。その仰天しきった顔は、こんな状況でなければ愉快な見ものだっただろう。

「ジェイムズ……」

ケインが囁いた。

「ジェイク！」僕も呼ぶ。ジェイクの右肩が血に濡れていた。「ジェイク？」

ジェイクが突進し、凍りついているケインの手から銃を叩き落とした。拳銃は甲板をすべり、船室への階段をカラカラと落ちていく。

甲板に据えられた椅子の一つへ、ジェイクがケインを押しやった。ケインはおとなしく椅子へ沈みこむ。ジェイクが身を屈めて彼に手錠をかけた。立ち上がる。彼のシャツの前は血に染まり、シャツに開いた穴からさらなる血がゆっくりとにじみ出していた。

足元で甲板がぐらりと傾き、僕は手すりに手をのばした。ジェイクが僕を支えた。

「楽にしてろ」

僕に命じる、その声は落ちつき払っていた。僕は言葉を返す。

「お前、撃たれただろ」

「大丈夫だ。お前も撃たれたぞ」

僕は見下ろし、左肩の上部からあふれる血がツイードのカーディガンを濡らしているのを見て、驚いた。

「うわ、本当だ」

ジェイクが僕の後ろを見たものだから、僕も見ようとしたが「じっとしてろ」と言われて、優しい手で背中をさぐられた。

「まだ、弾丸はお前の肩の中だな」

「本当に？」

まるで現実とは思えなかった。僕はジェイクの顔をじっと見つめて、どうにか事態を呑みこもうとしていた。ジェイクは、ひどく平静に見えた。真摯だが、淡々とした表情だ。この落ちつきはいいことなのだろうが、もう少し何を考えているかわかるとありがたい。

ジェイクは僕をデッキチェアの一つに下ろすと、顔をしかめながら自分のシャツを脱ぎ、それを丸めて僕の左肩にぐいと押しつけた。僕の右手を取り、布の上にかぶせる。

「押さえておくんだ」

ジェイクの手には血がついていた——彼の傷からも血があふれ出している。血まみれの肩から、僕は目を離せなかった。

「お前の傷の具合は？」

たずねた僕の声はかぼそかった。

「大したことはない」ジェイクの目が僕を見つめた。青ざめた顔のせいでその目はひどく暗く見えた。「俺は大丈夫だ」

僕はうなずいた。

「ろくでもない計画だって、だからお前に言ったろうが」

「たのむから、お前からの最後の言葉が説教ってのは、勘弁してくれ……」

「お前は死なない」

ジェイクがぶっきらぼうに言った。

それから、僕らを残して上甲板へと上がっていく。随分と長く感じられる間、そのまま戻ってこなかった。

ケインが苦々しく吐き捨てた。

「お前のせいだ。お前のせいで、こんなことになったんだ」

僕は目をとじた。カモメの声と波音と、船のエンジンのくぐもった音が聞こえてくる。少しして、船が回頭を始めたような気がした。

上甲板から足音がしたが、僕はあまりにも疲れていた。

目を開けなくとも、顔の上に影が落ちたのがわかった。ル・マルのアフターシェーブローションの香りが、潮風とディーゼルエンジンの匂いに混じる。温かな指が僕の首すじに押し当てられた。

「聞いてくれ、まだ手遅れじゃない」ケインが必死に訴えた。「まだ、どうにか打つ手はある。俺たちが力を合わせれば」

何の返事もない。ケインは懇願を続ける。

「一体何をしているのかよく考えるんだ。これは神がくれたチャンスだよ。俺たち二人に！」

「黙れ、ポール」

指が僕の頬をなでた。僕は目を開ける。

「そのまま死なせればいい」とケインが言った。

「こいつは死なない」ジェイクが僕の目を見つめた。「お前は、死なない」

うなずきはしたが、僕はあまり自信がなかった。

「助けはもう呼んだ。あとは、お前が港まで持ちこたえるだけだ」

僕は呟く。

「温めた石、持ってないよね？」

「何だって？」

「温めた石を布にくるんで、傷に当てると、痛みがやわらぐんだって……」

「石の持ち合わせはないな。それこそもう少し石頭ならな——何がなんでも、こんな計画に同意するんじゃなかったよ」

「お前は、してないよ」

僕は目をとじた。左肩が痛みはじめていた。ひどく。少しでも痛みから逃れようと、症状の分析をはじめる。吐き気、胸を押しつぶすような圧迫感——いや、やはり分析もやめておこう。

ジェイクがすぐ横にしゃがみこみ、僕を抱きこんだ。彼の手が僕の右手を上から包みこみ、濡れたシャツの塊を僕以上の力で肩に押しつける。すっかりジェイクにまかせて、僕は彼の首のつけ根に頭を預けた。日に温まった肌の匂い、汗と火薬と血の金属的な匂いを吸いこむ。一連のアドレナリン・ラッシュで、ジェイクの心臓は激しく打っていた。

強くいようとしなくてもいいんだ、と僕は思う。もう平気な顔で耐えなくてもいい。なにしろ死にかけているのだ、少しくらい弱くても許される筈だ。僕はジェイクの胸に顔を押し当て、体の奥から絞り出した痛みの声をくぐもらせた。

もっと、ひどいことになっていたかもしれない。一人きりで死んでいたかもしれない。

ジェイクがためらうとか。あの時、ほんの一瞬だけでも。

痛みが少しだけやわらいだ。

またケインが切々と、計算高い上品な声で、自分を救うべく説得にかかっているのが聞こえた。

「これが俺たち二人にとってどれほどの意味を持つのか、わからないのか？　やり直せるチャンスだ——最後のチャンスだ。これは運命なんだよ。どうして目の前にある運命に逆らおうとするんだ？」

ジェイクが僕の頭ごしに言った。

「ポール。次にその口を開いたら、貴様の頭を吹き飛ばす」

ケインは喉がつまった笑い声を立てた。

「本気か？　お前は馬鹿か？」

ジェイクが身じろぎし、彼が脅しを遂行しないよう僕は祈った。

彼の手が、僕の顔を傾ける。

「大丈夫か?」

「最高だよ」

ポール・ケインの息の根が断たれるまでは、生きて見届けてやりたいものだ。

ジェイクの笑い声は奇妙な響きがした。

痛みがまたひどくなっていく。

口を寄せたジェイクが、耳元で囁いた。

「がんばれ」

僕はうなずいて、目をとじた。

25

ぼやけた……天井。照明がおかしい。どこか不気味な……。

僕は、瞼を引き剥がすように開けた。まばたきする。病室にいた。ベッドサイドにはリサが座っていた。

リサは疲れ果て、しぼんで見えた。化粧もしていない。表情はこわばり、突然年をとったかのようだ。

左肩が痛んだ。包帯のせいでごわついて、固まったように感じられる。身じろぎするだけで痛い。胸が痛い。ひどく。管やコードが入り乱れ、シュウッと機械的な音がしていた。チカチカとライトを点滅させながらずらりと並んだ機械に、僕はつながれていた――そして完全に自力で呼吸しているわけでもないようだ。恐ろしかった。心底。

僕は動いたか、音を発したのだろう、リサがはっとして僕の顔を見つめた。彼女は、僕以上に怯えて見えた。

「アドリアン……」

リサの声は、囁くようで、ひどく揺れていた。

僕はウインクした。

彼女の目に涙があふれる。

一日分の体力をそれだけで使い果たした気分だった。僕は目をとじた。


次に目を開けると、周囲はカードとバルーンだらけだった。二つ折りの色画用紙に描かれているのは、どうやらエマの絵だ。その絵の中でとびはねている逆立った黒髪の棒人間が誰なのかも、見当がついた。もっとも僕自身はもう長い間、そんなふうに喜びにとび上がった記憶はないが。

どこもかしこも痛んだが、呼吸は自力でできるようになっていた。母はベッド脇の椅子でヴォーグを読んでいる。いつものように頭から足先まで一分の隙もなく整った姿で、どうやら世界は正常運転に戻ったようだ。

僕は、しわがれた声で言った。

「エマに、自分の馬を買ってあげようよ」

リサが雑誌から顔を上げた。ほんの一瞬、彼女は平静さを失いかかったようだったが、結局、言った。

「やめてよ、アドリアン！　エマは馬から落ちて首を折ってしまうに違いないわ」

そして素早く、目元を拭った。


おかしな話かもしれないが、ポール・ケインの船上で撃たれたのだと思い出せるまで、しばらくかかった。一日か二日の間、僕は薬で朦朧《もうろう》とするあまり、てっきり自分はまだ肺炎で入院しているものだと思っていた。胸はひどく痛いし、呼吸するのもやたらとつらい。すべてが苦痛だった。考えるのさえ全力を要した。だから僕は何も考えなかった。鎮痛剤の繭の中にくるまれて、自分の病状がどれほど悪いのか、この先どうなるのかといった不安を外に締め出した。

とりあえず、この先の未来は存在するようで、それはいいニュースと言えた。だがどうやら、僕はなんらかの心臓への処置を受けたらしい。どんな処置なのかは、誰もが言葉を濁して語らなかった。あまりめでたいことではないということか？　増殖していくカードや花やバルーンとは裏腹に。

「誰か、僕の猫を迎えに行ってくれた？」

僕はたずねた。というか、どうやら手当たり次第にたずねていた。

「ダーリン、あのけだも――あなたの猫なら、ナタリーが面倒を見ているわよ」

リサは、もう四回も僕にそう保証していた。

僕は目をとじた。だが感じていた――何か、思い出さなければならないことがあるのだと。何か、忘れてしまっていることが……。

そして、すべてが一瞬で押しよせてきた。あの短い航海と、ポール・ケインが僕を撃ったその結末。ジェイクのことを、思い出していた。

僕はまた目を開けた。

「ジェイクは大丈夫？」

リサのほっそりした顎がぐっとこわばり、言いかけた言葉をこらえた。

「私の知る限りね」と、ジェイクなみのそっけなさで言い放つ。

「たしかめてくれるか？」

リサは、はあっと小さな溜息をついた。

「ええ、たしかめておくわ」

僕の見つめる前で、彼女は心を決めて、僕にたずねた。

「ジェイクに会いたい？」

妥当な問いと言えたが、僕は内心、ビクッとひるんだ。ジェイクに会いたい。だが会いたくない。こんな管と電極だらけで、点滴や鼻への酸素チューブにつながれた、エマの化学実験の途中のような姿では。

僕の表情を不気味なほど正確に読みとって、母が言った。

「そうね、多分、もっと気持ちがしっかりしてきてからがいいわね」

僕はうなずき、目をとじて、眠りに落ちていった。


「タピオカって一体何なんだ」スプーンの上のそれをじっと眺めながら、僕はたずねた。「穀物の一種？」

「知らないよ」ガイが応じる。「だが残りの人生を点滴で生きていくのが嫌ならこれを食べることだな」

「普通はデザートを食えって脅されたりはしないものだろ。これをデザートだとも思えないけどさ」

　僕はスプーン一杯分、それを食べた。

　見守りながら、ガイが言った。

「いいニュースがある。あの脚本家、アル・ジャニュアリーが意識を取り戻したそうだ。回復の見込みだと」

　その安堵は大きく、まるで胸から重石が取り除かれたような気持ちだった。

「本当に、よかったよ。教えてくれてありがとう」

　ガイは口を開けたが、結局、僕が目を覚ましてからずっと言いたくてたまらない言葉を呑みこんだ。僕がポール・ケインを罠にかけるつもりだと電話で告げた時、すでに僕にぶつけたのと同じ言葉を。

　かわりに、言った。

「君が対応できそうなら、警察が事情聴取したいと」

「ああ……」

　僕の口調に、ガイの微笑もやや曇っていた。

「リサが、警察を病室の外に締め出して、くいとめてるんだ。訴えるとか、裁判所に差し止め命令を請求するとか、子々孫々に至るまで呪ってやるとか言ってね」

「リサは一体何を考えて……いや、本当に何を？」

ガイは片方の肩をすくめただけだった。

「ジェイクは、警察にどう事情を説明したんだ？」

「さてな」

「でも、彼は大丈夫なんだよね？」

ガイの眉がきりりっと上がった。

「ジェイクが大丈夫かって？　聞く気にもならないね」

数秒して、苦々しそうにつけ加える。

「昨日、退院したよ」

心臓がドキッとはねた。だが少し──何か違う。妙だ。どう、とはっきりつかめないし、気のせいかもしれないが。

「ジェイクは──ポール・ケインは、どうなった？」

僕の薬漬けの夢の中で、ジェイクはポール・ケインを撃って黙らせていた。別の夢では、ジェイクに撃たれるのは僕だった。

「君を撃ったサイコ殺人犯のことかい？　今のところ逮捕されて、ＬＡ市警と君にはめられたと訴える準備にいそしんでいるよ」

僕が笑うと、ガイが呟いた。

「君が楽しんでくれて嬉しいね」

「笑いごとではないね、たしかに」

僕は顔をしかめた。

「僕は元々、ケインに対して正義が果たされるべきだとか、ご大層なことを考えてたんだよ。でも今じゃ、命があっただけでありがたい。本当によかった、ジェイクがあの時、迷わなくて……」

あの、長かった刹那のことを思い出したくはなかった。ジェイクが僕を罠にかけたのだと、恐怖と否定の日々がついに彼を殺人者にしたのだと、信じたあの瞬間を。

「それは、ジェイクに恋人を裏切れと言ったからか？」

僕は首を振った。

「僕はジェイクに、カミングアウトしろと言ったんだ。するべきだと迫った。彼とケインの関係を隠したままケインを逮捕するのは不可能だった。僕がケインから自白を引き出そうが、同じことだ。ポール・ケインが落ちる時、必ずジェイクも道連れに落ちる」

目をとじて、つけ加えた。

「比喩的な話だよ」

ガイが僕の食事のトレイを片づけ、ベッドの横にまた腰を下ろしたのを感じた。

しばらくして、まだ瞼をとじたまま、僕はたずねた。

「ピーターは、どう?」

「若い」

僕はかすかな微笑を浮かべた。

「それは時間が解決してくれるさ」

さらに少しおいて、呟く。

「僕は、ジェイクに対して冷たすぎたのかもしれないな」

「そうかね?」

ガイが辛辣な口調で返した。

「僕には理解できなかったんだ。まさか、ジェイクが……」

「君との関係を断ちながら、友人でいつづけようと望むとは?」

これがガイのいいところだ。いつも彼は、僕より早く僕の考えていることを読み取ってくれるようだった。僕はうなずいて、ベッドカバーの上に手を置いた。ガイの手が僕の手の下にすべりこみ、温かく手を包んでくれた。

ガイが言った。

「君は、冷たくしたわけじゃないのかもしれない。ただ君にとってそれは、あきらめるには、あまりにもつらい夢だったのかもしれない」

彼の親指が、軽く僕の手首の脈をなでた。そっとつけ足す。

「私にとってよりも、ずっとね」

僕は手のひらを返して、ガイと指を絡み合わせた。

次に目を開けると、ジェイクがそこにいた。

僕は微笑した。

ろくな笑顔じゃなかったのだろう、ジェイクが言った。

「長居はしない」

彼は顔色が悪く、くたびれて見えた。目の下には黒ずんだしみのような影がついている。右腕はスリングで吊られていた。僕はチューブだらけで機械につながれ、ジェイクは颯爽《さっそう》と腕を吊るスリング一本だけ、と。人生なんてこんなものだ。

僕はジェイクに応じた。

「別に、僕に予定があるわけじゃないけど」

「こうして話している間にも、今ごろ、お前の母親がセキュリティを呼び集めているよ」

だとしたら随分のんびりとした招集だ。ぼんやりとだが、ジェイクがしばらくここにいた気配を感じていた。それか、誰かに髪をなでられる夢を見ていただけか。

「肩はどう？」

「今すぐドジャー・スタジアムの始球式で投げるようなわけにはいかないな」

「国家を歌う役じゃなかったっけ？」

たしかに、おもしろくも何ともないジョークだった。咳を一つ払って、ジェイクはぼそっと言った。

「お前に……礼を言いたくてな」

口の中が膠《にかわ》のようにべたついて、ひどい味がした。膠じゃなくて、タピオカだろうか。僕はごくりと唾を飲んだ。

「うん」

また、かすかな笑みを彼へ投げる。

「僕もだよ」

感謝しているのは、僕を魚のエサにしたがるポール・ケインに耳を貸さなかったことだけではない。聞かされた話だが、僕の心臓は船が港に戻る前に一度止まっていた。ジェイクが蘇生措置を施して、救急救命士が引き継ぐまで僕の命を引きのばしてくれた——その間、ケインが言葉を尽くして、放っておくようそそのかしていたに違いないが。

ジェイクは、何日も眠っていないように見えた。目の周囲の皺も、さらに枝分かれして見える。

「大丈夫か、ジェイク？」

彼は何とか微笑んだ。

「それは俺のセリフだな。具合はどうだ？」

彼のまなざしが、包帯を巻かれた僕の胸と肩を見やる。僕は肩をすくめかかって、あやうく思いとどまった。

「薬漬けでぼうっとしてるよ」それから、ジェイクの質問を、恐る恐る考えこんだ。「……わからないんだ。みんなその話は、腫れ物にさわるみたいな扱いで」

認めたくはないが、周囲の様子に僕はすっかり怯えきっていた。横を向いて、モニターや並んだ医療機器を眺める。折角助かったというのに、台なしにするような思いがかすめていく。

「なあ」

呼ばれて、顔を戻した。ジェイクが僕の視線をじっと受けとめた。

「ビルからビルへぽんと飛び移るような真似はできないだろうが、俺が聞いた限りじゃ、お前は手術前の状態には戻れる見込みだぞ」

ジェイクの目にはわずかの揺らぎもなく、僕は少し体の力を抜いた。

「手術前の状態って、撃たれる前、それとも後？」

ピクッと、ジェイクの口元が笑いに引きつった。

「それに倹約好きのお前のことだ、セット料金ですんで嬉しいだろ。銃弾の穴を縫い合わせた上、心臓の弁の修理も合わせて、実にお得にすんだんだ」

「色々見て回って、値段を比較して、自分に合った手術を見つけられるってわけだね」

僕は、遠い十一月の日のジェイクの言葉を真似して、言った。

ジェイクの微笑は、目にまでは届いていなかった。僕は今さらな言葉を続ける。

「ポール・ケインのことは、残念だった。お前には大事な相手だったのに」

ジェイクの表情ははっきり読めないものだった。

「ケインはこれからどうなるんだ？」

「殺人と、殺人計画の未遂で裁判にかけられる」

僕の目を見ながら、ジェイクは注意深くつけ加えた。

「お前からの要請がない限り、検察側はレイプ未遂と誘拐監禁では訴追しないそうだ」

それにはほっとした。ケインが僕のために予定していたシナリオは、あまり人に言いふらしたい類いのものではない。

「すでに、有罪の材料は充分だ」ジェイクが説明した。「たとえラングレー・ホーソーンについての殺人を立証できなくてもな。パイレーツ・ギャンビット号の中からジギトキシンも発見された」

ケインは愚かではなかったから、それは傲慢ゆえの過信だろう。だが、海賊王とは傲慢であるべきものだ。無慈悲。豪胆。ケインにはそのすべてがあった――天から恵まれた多くの資質に加えて。

ジェイクが真顔になった。大きく息を吸い、切り出す。

「俺は、警察を辞める」

衝撃的な一言だった。僕は、返す言葉も見つけられない。

「当然の決断だ」とジェイクが続けた。「誇りがあるのなら。嘘、二重生活——お前の言ったことは正しい。俺は立場を利用し、職務に妥協を持ちこんでいた」

まだ、すべてのものを白と黒で断つのだ。己のことすら。誰よりも、ジェイク以上に己を厳しく断罪できる者はいない。

「辞めて、どうするんだ？」

「民間の仕事を始めようかと考えている」

ふたたび、僕は言葉をなくしていた。想像がつかない、ジェイクが——何だ？　銀行のガードマン？　防弾車のドライバー？

僕の沈黙に、ジェイクはどこか気恥ずかしげな笑みを見せて、言った。

「自分の事務所を開こうかと思ってな」

「つまり、私立探偵みたいな？」

「まあな」

「サム・スペードだ。うわ」

非現実的にしか感じられなかった。どうしても、警察官として以外のジェイクの姿が思い描けない。

ジェイクは僕の表情をうかがうように見ていた。

「あまり、一度に言って負担をかけたくないんだがな」

「まだあるのか？」

僕は微笑んだが、体の内が冷たくなっていた。大手術の後に襲ってくる深い凍えのように。

「この話がお前にとって、意味があるのかどうかわからない。つまり、昔と同じほどの意味を、まだ持っているのかどうか」

僕はごくりと唾を飲みこんだ。こみ上げる思いを読まれないように、目をとじる。

ジェイクが揺らぎのない口調で言った。

「俺は、ケイトに離婚を申し出た。彼女に真実を話した。何もかも。すべてを」

僕は、歯をきつく噛みしめた。

「家族とも話した。家族に、俺はホモセクシュアルだと言った」

顎が痛むほど力をこめているのに、僕は、睫毛の下からあふれてゆっくりと頬をつたう涙をとめることができなかった。

ジェイクがたずねる。

「まだ、お前にとって意味がある話か？」

僕は目を開けた。盛り上がった涙の乱反射ごしにジェイクの表情を見つめ、深く、揺れる声を吸いこむ。

「ああ」僕は答えた。「意味があるよ」

アドリアン・イングリッシュ 4

海賊王の死

2015年2月25日　初版発行

著者　ジョシュ・ラニヨン［Josh Lanyon］

訳者　冬斗亜紀

発行　株式会社新書館

〒113-0024 東京都文京区西片2-19-18
電話：03-3811-2631
［営業］
〒174-0043 東京都板橋区坂下1-22-14
電話：03-5970-3840
FAX：03-5970-3847
http://www.shinshokan.com/comic

印刷・製本　株式会社光邦

Printed in Japan　ISBN 978-4-403-56019-4

monochrome romance

「ドント・ルックバック」

ジョシュ・ラニヨン

〈翻訳〉冬斗亜紀　〈イラスト〉藤たまき

甘い夢からさめると記憶を失っていた――。美術館でキュレーターをしているピーターは犯罪に巻き込まれる。自分は犯人なのか？夢の男の正体は？

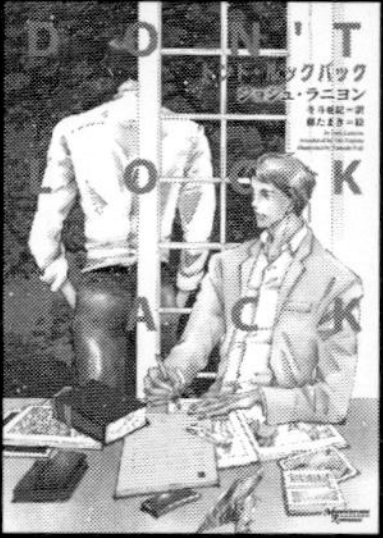

定価：本体720円＋税

「フェア・ゲーム」

ジョシュ・ラニヨン

〈翻訳〉冬斗亜紀　〈イラスト〉草間さかえ
〈解説〉三浦しをん

もとFBI捜査官の大学教授・エリオットの元に学生の捜索依頼が。ところが協力する捜査官は一番会いたくない、しかし忘れることのできない男だった。

定価：本体900円＋税

アドリアン・イングリッシュ2

「死者の囁き」

ジョシュ・ラニヨン

〈翻訳〉冬斗亜紀　〈イラスト〉草間さかえ

行き詰まった小説執筆と、微妙な関係のジェイク・リオーダンから逃れるように牧場へとやってきたアドリアンは奇妙な事件に巻き込まれる。

定価：本体900円＋税

アドリアン・イングリッシュ1

「天使の影」

ジョシュ・ラニヨン

〈翻訳〉冬斗亜紀　〈イラスト〉草間さかえ

LAで書店を営みながら小説を書くアドリアン。ある日従業員で友人・ロバートが惨殺された。殺人課の刑事・リオーダンは、アドリアンに疑いの眼差しを向ける――。

定価：本体900円＋税